박승직상점

상권

박 상 하 장 편 소 설

박승직 상점

매일경제신문사

…젊은 날.

나는 상인이 되고 싶었다.

그러나 누구도 그 길을 가르쳐 주는 이는 없었다.

나는 오직 스스로 그 길을 찾아 나서야만 했다.

차례 • • •

제 1부 | 젊은 날의 말늦

제 2부 | 껍질 바깥으로

제 3부 | 1896년 박승직상점

제 1부

젊은 날의 말늦

봄날은 간다

처음에는 아주 태연하기만 했다. 아무 대꾸조차 하지 않았다. 끝 모를 정적만이 깊디깊어 마치 벌판 안으로 걸어 들어가는 것만 같았다. 그러나 안으로 조금 더 들어서자 이내 수줍어 슬며시 자리를 내어주었다. 손을 내뻗으면 저만큼 스르르 물러나 앉고는 했다.

…물안개였다.

한강 나루는 온통 은빛 물안개로 뒤덮여 있었다. 마법에라도 걸려 시간이 멈추고 만 듯 모든 것이 나른하기만 했다. 조바심치는 거라곤 어디에도 보이지 않았다.

순간, 기우뚱 하고 몸이 한쪽으로 기울어들었다. 강물 위로 스르르 미끄러져 나아갔다. 놀란 물새들이 푸르릉, 허공으로 날아올랐다. 은빛 물안개가 서둘러 또 저만큼 스르르 물러나 앉았다.

다시 한 번 기다란 삿대가 강물 속으로 텀벙하고 꽂혔다. 사공이 힘을 주어 삿대를 몇 차례 떠밀어내자, 나룻배는 어느새 강 복판으로 미끄러져 나아갔다.

'…!'

다음 순간 휘청하며 날선 어지럼증이 몸을 엄습했다. 나룻배 난간을 단단히 붙잡아야 했다. 나이 들어 나룻배를 타보기도 처음이었다. 더구나 마흔의 나이를 넘긴, 장성한 아들과 둘이서 한강으로 뱃놀이를 나오게 되리라고는 예기치 못한 일이었다. 하지만 이렇게라도 나서지 않는다면 이제 다시는 가보지 못할 것만 같았다.

"어르신, 어디로 노를 저어 갈갑쇼?"

나룻배가 강 복판까지 나아가자 사공이 노를 집어 들었다.

"아버님, 어디로 가보시렵니까?"

선뜻 입이 벌어지지 않았다. 장성한 아들이 거듭 물었을 때에야 비로소 오랜 세월 묻어두었던 말이 가슴 속을 뚫고 올라왔다.

"송파… 나루."

그래, 거기로 가자. 그 날 이후 나에게로 와서 다시는 돌아가지 않는 강물이 된, 흘려도 흘려보내도 다시금 밀려만 드는, 그 아스라한 세월 너머 거기로 가자. 아직도 내 몸을 한사코 매고 있는, 열일곱의 내가 머물고 있는 거기로 가자구나. 내 인생에 첫 질문을 던져 운명과 조우했던 그곳으로 가보자구나.

"어르신! 송파 나루라고 하면 여기서 한 시간 거립니다요?"

사공은 괜찮겠느냐며 부자를 잠시 돌아보았다.

"…그곳으로 갑시다."

늙은 아버지의 얼굴을 힐긋 살핀 뒤 장성한 아들은 그만 방향을 결정지었다.

"네에, 그리합죠."

사공이 방향을 잡았다. 낡은 노를 저어가자 뱃머리가 송파 나루를 향해 끄떡끄떡 앞으로 나아가기 시작했다. 늙은 아버지는 여전히 말이 없었다. 하염없이 강물 위만을 바라보았다.

그때 은빛 물안개 속에서 무한히 처량하면서도 아름다운 기악 소리가 꿈결처럼 아련히 울려퍼졌다. 개나리 활대로 일곱 개의 굵은 줄을 비비고 또 비벼서 울리는 애절한 아쟁소리와 함께 저 멀리 기러기가 날아가며 우는 것 같은 구슬픈 대금 소리, 거기에다 맺고 끊는 장구 소리가 한데 얽히고설킨 몽환적 장단이었다.

소리 또한 절창이었다. 절고 절은 듯한 목청을 뚫고서 한이 맺혀 절규하듯 토해내는 남도 소리는, 하지만 섬세하면서도 정밀해서 아무나 따라 부를 수 없을 것 같았다. 더구나 소리의 울림이 너무도 정교하고 짙어서 듣는 이의 심금을 단박에 사로잡았다. 뿐만 아니라 더할 나위 없이 처량하면서도 온화한 느낌을 갖게 해서, 마치 가슴 속에 맺혀 있는 정한을 흐르는 소리 가락에 실어 한 고비 한 고비를 씻어내어 풀어나가는 듯한 정겨운 감정을 은은하게 불러일으켰다.

"소리가 어떠신지 모르겠습니다, 아버님?"

장성한 아들이 여쭈었다. 남도 소리를 들으려면 약간의 슬픔이 필요하다던데. 괜찮다. 늙은 아버지는 은빛 안개 속에 말없이 앉아 있었다.

그때 한순간 시야가 갑자기 트였다. 은빛 물안개가 일시에 걷히면서 먼 곳까지 한 눈에 훤히 내다보였다.

나룻배는 두 척이었다. 앞쪽 배에는 늙은 아버지와 장성한 아들이 함께 타고, 뒤따라오는 배에는 소리꾼과 그 일행이 타고 있었다. 마치 꿈결인 듯 아련하게 울려퍼지는 소리 가락에 취해 끄덕끄덕 강물 위를 무심히 헤쳐 나아가고 있었다.

"다행입니다요, 어르신."

오늘따라 물안개가 빨리 걷힌 거라고 했다. 얼굴에 쏟아져 내리는 햇살이 싫지만은 않은 듯 사공은 멋쩍게 씨익, 웃어보였다.

강바람이 시나브로 밀려들었다. 어슬렁어슬렁 강물 위를 불어오는 봄바람은 아이들의 도톰한 젖살만큼이나 한없이 보드라웠다.

문득 강물 너머 저 멀리 남한산 준령이 여릿여릿 눈에 들어왔다. 하늘을 도배한 듯 두툼하게 뻗어나간 어깻죽지며 펑퍼짐한 품안은 언제보아도 예전 모습 그대로였다.

그러나 남한산성은 시야에 잡히지 않았다. 남한산 정상 자락을 따라 희끗희끗 내다보이던 남한산성은 볼 수 없었다. 다시금 눈을 감았다 떠보았으나 허사였다. 젊은 날에는 한강의 어디서라도 쉽게 찾아볼 수 있었던 남한산성이련만 끝내 바라보이지 않았다.

"아버님, 무얼 그리 보고 계시는 겁니까?"

"으응, 남한산성을 보고 있었다."

늙은 아버지는 너무 멀어 가물거리는 남한산 정상을 마지막으로 다시 한 번 더듬거렸다. 하지만 흐려진 그의 시야에 남한산성이 보일 리 만무했다.

"여기서 남한산성이 보이세요?"

장성한 아들이 늙은 아버지의 눈길을 따라가 잠시 남한산성을 물끄러미 바라보았다. 그러다 아무 이상한 점이라곤 발견할 수 없었는지 그냥 그대로인 것만 같다고 대답했다.

"그렇구나…."

늙은 아버지는 혼잣말처럼 중얼거렸다. 가물가물 멀기만 하여 보이지 않는 남한산성에서 차마 눈길을 거두지 못했다. 숱한 세월 그만 햇볕에 바라고 달빛에 젖은 그의 두 눈가에는 나직이 강물만이 흘러내리고 있었다.

삐걱삐걱, 낡은 노 젓는 소리는 여전했다. 나룻배는 송파 나루를 향해 끄떡끄떡 강물 위를 헤쳐 나아갔다. 그 위로 강바람이 또다시 어슬렁어슬렁 밀려들었다. 아쟁과 대금, 장구 소리가 어우러진 몽환적인 분위기 속에 소리꾼의 절창 또한 오래된 기억처럼 아련하게만 들려왔다. 늙은 아버지와 장성한 아들이 도란도란 오래 이야기를 나누는 가운데에도 흐르는 강물처럼 하염없이 이어져나갔다. 소리는 어느 새 〈추풍감별곡〉으로까지 이어지고 있었다.

추월~ 강산
창락 추월
북방 소식~
기러기 울고
간밤에 부던 바람
금성이 완연하구나…

달걀 같은 세상

1881년, 봄날이었다.

이른 아침부터 이십 리 안개 길을 줄창 걷고 걸어 송파 장터 (지금의 서울 가락동 농수산시장 일대) 앞에 당도하자 조금은 찜부럭이 났다. 언제 그렇게 하나 둘 모이어 들었는지 장터 바닥에는 온통 사람들로 왁자했다. 도무지 발 들여놓을 틈도 없이 오면가면 북새였다.

벌써 장터 초입에서부터 물건을 등에 지고 다니는 등짐장수, 이고 다니는 임장수, 광주리장수, 둥우리장수, 보따리장수에서부터, 곡식을 말이나 소에 싣고 다니며 파는 시겟장수, 헌 물건을 가지고 다니면서 파는 마병장수, 병에 술을 담아 들고 다니면서 팔다가 여차하면 여자 몸도 끼워 판다는 들병장

수, 닭이나 오리를 어리에 넣어서 팔러 나온 어리장수, 아예 돗자리를 깔고 앉은 점쟁이며, 살아 있는 뱀을 잡아 파는 땅꾼에 이르기까지, 온갖 잡살뱅이 뜨내기 도붓장수들이 바리바리 장사진을 치고 앉아 끼리끼리, 나불나불, 드레드레, 말똥말똥, 빈둥빈둥, 빠글빠글, 사분사분, 알록달록, 조잘조잘, 초근초근, 키득키득, 티적티적, 포실포실, 흥청망청, 생다지 아우성판이었다.

"자, 약이 왔습니다! 약이 왔어요!"

약장수도 빠질 리 없었다. 언제 들어봐도 솔깃해서 벌써 사람들을 잔뜩 불러 모은 채였다.

"오늘 여기 갖고 온 약은 무슨 약인고 하면, 머리끝에서부터 발끝까지 바르면 다 낫는 약입니다. 아, 그러니 여러분들이 한번 오서갖고 약을 사가시랍니다. 자, 잘 보세요. 머리에 나는 두종, 이마에 나는 상종, 눈에 나는 안질, 입에 나는 구종, 얼굴에 나는 면종, 코에 나는 비종, 목에 나는 한종, 등에 나는 등창, 어깨에 나는 견종, 배에 나는 복종, 돌 안에 나는 산종, 똥구녕에 나는 치질, 바르면 낫고 안 바르면 안 낫는 거, 물에 데고 불에 데고, 바르면 잘 낫는 것. 자, 오늘 여기에 나왔습니다! 이런 만큼 요것이 그렇게도 좋으면은, 사실 적에 요거 하나 사시자면은, 시중가로다 지금 몇 냥을 주고 사야 하지만,

여기선 단 돈 한 냥도 받지 않구서, 요거를 여러분께 같이 노놔 드리겠습니다. 자, 여기를 한번 잘 보십시오…!"

약장수가 단봇짐 안에 조심스레 손을 집어넣었다. 사람들의 시선을 한데 끌어모으면서 천천히 꺼내든 건 돈푼깨나 들여 만들었을 법한 아주 작은 궤였다. 약상자가 틀림없어 보였다.

"송파 장터에 와봐야만 사람이 사는 것 같다더니. 이거야 원, 사람들 등쌀에 장터 바닥이 미어지겠구나."

"아무러하면 내가 형을 잃어버리기야 할라구."

박승완과 박승직朴承稷 두 형제는 약장수를 등진 채 발걸음을 멈추었다. 잠시 왁자한 장터 풍경을 우두커니 건너보다 말고는 이내 기대에 찬 걸음으로 장터 초입에 들어섰다. 열일곱 살인 승직보다 일곱 살이나 더 많은 맏형 승완이 사람들 사이를 앞장서서 헤쳐 나가면 그가 뒤를 따랐다.

그렇게 뜨내기 도붓장수 사이를 무람없이 지나 한참을 더 안으로 헤치고 들어가서야 비로소 송파 장터가 나타났다. 볏짚으로 지붕을 얹은 한두 칸짜리 엇비슷한 전방들이 골목길 양편으로 기다막하게 늘어서서 밀려드는 사람들을 무시로 불러들이고 있었다.

이처럼 장터 안에 전방을 차려놓고 하는 장사를 흔히 앉은 장사라고 하는데, 무명 옷감을 파는 면포전, 명주를 파는 명

주전, 모시를 파는 저포전, 솜을 파는 면자전, 헌옷가지를 파는 넝마전, 울긋불긋한 여러 가지 물감을 파는 화피전, 갖가지 종이와 그 가공품을 파는 지전, 담배를 파는 연초전, 말총·가죽·초·밀·이야기책 따위의 잡화를 파는 상전, 초립을 파는 초립전, 갓의 양태를 파는 양태전, 옻칠을 한 검은 갓을 파는 흑립전, 씨앗을 파는 종자전, 유기그릇을 파는 유기전, 숟가락과 젓가락을 파는 시저전, 꿀을 파는 청밀전, 엿을 파는 백당전, 돼지고기를 파는 저전, 산 병아리를 파는 병아리전, 꿩을 파는 생치전, 생선이나 건어물류를 파는 어물전, 소금에 절인 생선 자반을 파는 자반전, 쌀만을 파는 싸전, 쌀 이외의 곡물을 파는 잡곡전, 채소나 나물류를 파는 채소전, 이런저런 과일 따위를 파는 우전, 소금이나 황석어젓 따위를 파는 염전, 각종 바늘을 파는 침자전, 못이나 석쇠·가마솥 따위를 파는 잡철전 등과 같은 270여 전방들이 장터 끄트머리께 자리한 쇠牛전거리와 주막거리 앞까지 그야말로 질편하게 이어졌다.

더군다나 장터 안으로 들어서면 유난히 목청 큰 이들을 으레 만나기 십상이었다. 전방 앞에 붙어서 있다가 지나는 사람들을 요상 야릇한 꼬드김으로 끌어들여 전방 주인으로부터 구전을 챙기는 여리꾼의 호객이 오뉴월 왕파리처럼 따갑게 엉겨붙었다. 물건의 흥정을 붙여주고 구전을 챙겨 담는 거간꾼들의 목청 역시 매양 갈라진 쇳소리였다. 여기에 쇠살주들 또한 결코 뒤지지 않았다. 쇠전거리에서 흥정을 붙이는 그들조차 아무나 대고 곧잘 악다구니를 퍼대기 일쑤였던 것이다.

그렇대도 장터 바닥은 만날 싱숭생숭했다. 도처에서 힘찬 기운이 넘쳐나 보였다. 사람들은 누구라 할 것 없이 저마다 싱둥싱둥했으며, 여기저기 신명난 웃음소리가 펑덩하고 넉살좋은 인정마저 짐벙졌다.

승직은 그러한 장터 풍경이 못내 좋았었다. 언제 와보아도 싱싱하고 힘찬 기운이 넘쳐나는 송파 장터야말로 고단하고 누추하기만 한 농사일을 잠시 잊고서 숨통을 트이게 해주는, 아니 만날 그렇고 그런 농사일이 아닌 또 다른 세상과 만날 수 있는 통로이기도 했다.

하지만 아버지는 달랐다. 그런 송파 장터에 가는 것을 한사코 막아섰다. 더욱이 형제를 나란히 장터에 보낸다는 건 꿈도 꾸어보지 못할 일이었다. 세상물정을 알게 되면 농사일이 그만큼 힘들어진다는 것이 아버지의 입에 붙은 소리였던 것이다.

"누가 무어라 해도 사람은 모름지기 제 분수를 알고 살아가야 하는 법야. 그릇도 그 만드는 것에 따라 항아리 흙 다르고, 도자기 흙이 다 다른 것처럼 말이다. 그걸 모르면 이놈아, 인생이 고달퍼져. 아, 어디 세상에 종 것이 상전되는 것 본 일이 있냐?"

처음 한동안은 그 같이 부드럽게 타일렀다. 그래도 물러나지 않을 때엔 아버지는 끝내 버럭 화를 내고는 했다.

"이 녀석아, 정히 그렇게 애비 말이 마땅찮고 듣기 싫거들랑 장터 가는 참에 어디 토지 많은 집 세경 머슴으로라도 아예 들어가 버려. 썩 들어가선 다시는 집안 출입을 하지 말란 말이다."

그런 아버지였다. 그러던 아버지가 뜻밖에도 태도를 바꾸고 나섰다. 아니 아버지가 먼저 입을 열어 승완, 승직 형제에게 송파 장터로 바깥바람이라도 쐬고 오라며 땅불쑥하게 얘기를 꺼낸 것이었다.

하기는 아버지의 속내를 모르는 것도 아니었다. 장터에 가겠다고 한사코 떼를 쓰는 아들을 붙잡아두기 위해, 굳이 서둘러 하지 않아도 될 뒷간의 두엄을 억지로 내게 한 것이 그만 덜커덕 사고로 번지고 말았다. 그리고 그 사고를 아버지는 순전히 자신의 탓이라고 여겼다.

그랬다. 그 날 역시 발단은 순전히 장터에서 비롯되었다. 아버지와 아들 사이에 간다, 못 간다, 보이지 않는 실랑이가 벌어지는 가운데 예의 아버지의 음성이 벼락같이 높아졌고, 그런 아버지로부터 된통 야단을 얻어들어 풀이 죽은 승직은 마지못해 뒷간으로 발길을 돌리지 않으면 안 되었다.

"이놈아, 아침나절에 지게로 다 져내야 해!"

아버지는 그런 아들의 뒤통수에 대고 다짐처럼 오금을 박았다.

"어디로 말예요?"

억지 심정으로 쇠스랑을 집어든 승직은 불어터져 퉁명스럽게 물었다.

"아, 어디는 어디. 뒷골 채마밭이지."

"저 혼자 이걸 다요?"

"그러면 벌써 소 몰고 논에 나가 쟁기질하고 있는 네 형이라도 불러오랴, 응?"

아버지는 연신 혀끝을 끌끌, 찼다.

"…아이구, 씨이!"

뒷간의 두엄에선 소똥에 버무려진 보릿짚 썩는 냄새가 온통 진동했다. 승직은 두엄의 가장자리까지 걸어가 썩고 있는 보릿짚 더미에 억짓손으로 쇠스랑을 푹 찔러보았다.

그때 갑자기 담장 바깥이 소란스러워졌다. 송파 장터로 향하는 마을 사람들의 소리로 돌연 뒤숭숭했다.

'바람 핑계 구름 핑계 삼아 개나 소나 다 가는데. 이게 무슨 꼬락서니냐구?'

담장을 넘어다보지 말았어야 했다. 담장 너머에서 들려오는 마을 사람들의 소리에 주체할 수 없는 짜증이 터져 나왔다. 그러면서 두엄을 찍어 올리는 쇠스랑질도 자연 난폭해져만 갔다.

한데 어떻게 된 노릇인지. 자꾸만 쇠스랑질에 힘이 들어간다 싶었는데, 예리한 쇠스랑의 날이 발등에 푹 찍히고 말았다. 놀란 발등에선 피도 나지 않았다.

'…!'

순간 정신이 멍했다. 어떻게 해야 좋을지 아무런 생각도 나지 않았다. 발등에 찍혀 있는 쇠스랑의 날을 빼어볼 엄두도 나지 않아 그저 허공만 바라보았다.

그러다 풀썩 하고 그만 그 자리에 주저앉고 말았다. 이상하게 아픈 줄도 몰랐다. 눈물도 나오지 않았다. 보기만 해도 소름이 돋는 쇠스랑의 날이 발등에 꽂혀 있는데도 말이다.

"아니, 저, 저…!"

뒤늦게야 그걸 목격한 아버지가 소스라치듯 놀라 뛰어들어왔다. 두엄 바닥에 주저앉은 승직은 아버지의 외치는 소리를 듣고 나서야 비로소 외마디 비명을 내지르기 시작했다. 눈물을 와르르 쏟아내며 달려드는 아버지의 어깻죽지를 와락 붙잡았다.

"가만 있어! 가만 있어, 녀석아!"

아들의 발등에 꽂혀 있는 쇠스랑의 날을 확인한 아버지는 잠시 어찌할 바를 몰라 허둥댔다. 그러다 곧 무언가를 결심한 듯 아버지는 독한 얼굴을 하고서 아들의 발등에 꽂혀 있는 쇠스랑의 날에 불끈 힘을 주었다. 이내 자지러지는 아들의 끔찍한 비명 소리에도 아랑곳하지 않은 채 발등에 깊숙이 꽂혀 있는 쇠스랑의 날을 기어이 뽑고야만 것이었다.

"한 달포 됐지?"

맏형 승완은 아직도 그 날의 충격이 가시지 않은지 동생의 한쪽 발에서 눈길을 떼지 못했다.

"글쎄, 이젠 다 나았다니까. 내가 형을 장터에 데려오려고 아버지 앞에선 일부러 다리를 절어 보인 거라구."

"정말 이젠 아무렇지도 않아?"

"어서 앞장이나 서, 형은."

형제는 따갑게 엉겨 붙는 여리꾼과 거간꾼의 호객을 뒤로 했다. 사람들을 헤치며 장터 안으로, 안으로 들어섰다.

"어떡할래?"

맏형이 승직을 돌아보았다. 아버지가 새로이 사오라고 이른 쇠스랑부터 살 것인지, 아니면 줄타기 광대놀이나 춘향전을 만담으로 이야기해준다는 강담사講談士 구경부터 먼저 하고 나서 파장 무렵에 살 것인가를 결정하자는 거였다.

"형, 마음대로."

승직은 벌써 걸쩍지근하게 벌어졌을 장터 굿판으로 당장에라도 뛰어가보고 싶은 생각이었다. 하지만 자신의 속심을 꿍억누르며 형에게 내맡겼다.

“그럼 먼저 쇠스랑부터 사자. 굿판은 그 다음에 구경하기로 하구.”

형제는 계속해서 밀려드는 사람들 사이를 헤치며 자꾸만 장터 안으로 깊숙이 들어갔다. 화피전, 연초전, 초립전을 지나, 부녀자의 장신구를 판다는 족두리전 앞에 이제 막 다다랐을 무렵이었다.

‘…?’

그때 수많은 사람들이 오가는 가운데 유난히 맏형의 눈길을 잡아끄는 사람이 있었다. 동생과 같은 열일곱, 아니면 열여덟이나 되었을까? 어깻죽지까지 길게 늘어뜨린 덥수룩한 머리. 그 길고 덥수룩한 머릿속에 감추듯 언뜻언뜻 드러나 보이는 희고 창백한 얼굴. 더구나 맏형을, 아니 좀 더 자세히 말한다면 곁에 따라오고 있는 동생을 뚫어져라 바라보며 정면에서 똑바로 걸어오고 있는 그의 날카로운 눈빛이 여간 예사로워 보이는 게 아니었다.

‘누구지….’

맏형은 처음부터 그 자를 눈여겨보았다. 하지만 그 자는 아는 얼굴도, 전에 만난 적도 없는 생판 낯선 얼굴이었다.

'…?'

이윽고 세 사람의 거리가 바짝 좁혀졌다. 서로가 호흡하는 소리마저 들을 수 있을 만큼 가까워져갔다. 하지만 그 자는 아무 일도 없다는 듯이 형제의 곁을 그냥 지나쳐갔다.

하지만 맏형은 놓치지 않았다. 어깨를 스치듯 지나가는 그 마지막 순간까지도 그 자의 시선이 동생의 얼굴을 여전히 주시하고 있었다는 것을.

"…혹 아는 사람이냐?"

맏형이 이상히 여겨 동생에게 넌지시 물었다. 승직은 아무 대답도 하지 못했다. 도대체 그 자를 안다고 해야 할지 모른다고 해야 할지, 딱히 판단이 서지 않았다.

딴은 그럴 만도 했다. 아직은 그의 이름도 성도 몰랐다. 그 자를 만났던 게 오늘처럼 고작 세 번이었다. 다만 그 자가 도성 안 종로 육의전六矣廛(지금의 종로 2가 일대에 자리한 여섯 집단 시장)의 석유전에서 일하고 있다는, 장터 사람들이 그렇게 말하는 것을 어디에선가 얼핏 엿들었을 따름이다.

승직으로선 그뿐이었다. 그 자에 대해 아는 거라고는 기껏해야 그것이 전부였다.

말할 것도 없이 그 자를 처음 만났던 곳도 송파 장터였다. 그리고 그 첫 만남에서도 오늘과 같이 서로 마주보며 다가서

다 그저 아무 말 없이 그냥 지나쳐갔다.

한데 그때 자신의 어깨를 스칠 듯 지나가는 그 자의 뒷모습을 승직이 그만 뒤돌아보고 말았다. 그러다 잽싸게 눈길을 빼앗겼다. 그 자 또한 자신을 뒤돌아보다 그만 서로의 눈길이 정면으로 딱 마주치고 만 것이었다.

물론 그 때에 그 자를 왜 뒤돌아보았는지 설명할 길은 없다. 도대체 무엇에 이끌려 그랬는지 지금도 알지 못한다. 어쩌면 호기심 많은 열일곱의 젊음이 그랬던 건 아닐까. 왠지 거역할 수 없는 그 열일곱의 날카로운 감성에 사로잡혀 그렇듯 서로를 훔쳐보듯 뒤돌아보았던 건 아닌지 모른다.

하지만 그 날도 그게 전부였다. 그 첫 만남에서도 둘은 잠시 서로를 뒤돌아보다 말았을 따름이다.

그리고 이어 두 번째 만남이 다시금 이루어졌을 땐 앞산에 진달래가 한창 붉게 물들던 이른 봄날이었다. 예의 송파 장터에서였는데, 아니 그 날도 족두리전 앞을 막 지나고 있을 즈음이었다.

저만큼 앞쪽에서 자신을 정면으로 바라보며 똑바로 다가오던 그 자가 문득 나무막대를 주워들었다. 그러더니 사람들이 오가는 땅바닥에다 무언가를 재빨리 내려썼다.

'적심赤心'

조금도 거짓이 없는 참되고 진실한 마음을 가리키는 말이었다. 하지만 그 자는 곧 땅바닥에 내려쓴 글자를 짚신발로 쓱쓱 지워버렸다. 그런 뒤 아무 말 없이 그 땅바닥만을 물끄러미 내려다보았다. 마치 상대의 반응을 기다리기라도 하는 것처럼 움쩍도 하지 않았다.

승직도 가만 있지만은 않았다. 이내 나무막대를 건네받아 그 자가 지워버린 땅바닥에다 '단심丹心'이라고 내려썼다. 같은 뜻으로 화답을 한 것이다. 그런 다음 그 자와 마찬가지로 이내 자신의 짚신발로 땅바닥을 쓱쓱 지워버렸다.

그게 다였다. 그 두 번째 만남에서도 둘은 고작 적심과 단심으로 서로의 의중만을 주고받았을 뿐, 미처 다음에 무엇을 기약하기도 전에 또다시 그렇듯 헤어지고 말았다. 그리고 근 두 달여 만에 그 자를 다시금 세 번째로 만나게 되었던 것이다.

"한데 저 자가 왜 널 꼬나보면서 지나가는 거지?"

그 점이 못내 마뜩지 않았던 것일까. 맏형은 이맛살을 찌푸렸다. 그러나 동생으로부터 별다른 반응을 얻어내지 못하자 애꿎은 침만 퉤퉤, 뱉어내곤 말았다.

형제는 그렇듯 족두리전 앞을 지나, 갓을 파는 흑립전 앞도 지나쳤다. 그 다음은 목물전이었다.

마당을 쓸고 낙엽을 치우는 싸리비와 대나무비에서부터 봉당이나 마루를 쓸어내는 장목수수비, 곡식을 찧는 나무절구, 타작을 할 때 후려 패는 도리깨, 알곡과 뉘를 까불어 고르는 키, 잔칫날 갖가지 전을 부쳐두는 채반과 광주리, 감자나 고구마 따위를 담아두는 대바구니며 삼태기와 소쿠리, 또한 칠기 자개상이며 개다리소반, 차례를 지낼 때 쓰는 각종 제기, 국수를 만들 때 사용하는 홍두깨. 그 밖에도 시루떡을 찔 때 안치는 어레미와 가는 체, 곡식을 갈무리할 때 쓰는 뒤웅박, 부엌에서 사용하는 조리와 도마, 밥 푸는 주걱, 술이나 장 따위를 거르는데 사용하는 용수 등 갖가지 물건을 갖추고 있는 목물전 앞에 다다랐을 때 맏형이 불현듯 발걸음을 멈춰서며 깜짝 입을 열었다.

"맞아. 어머니가 신신당부한 게 있다."

"어머니가?"

목물전 앞에 형제가 발걸음을 멈춰 서자 전방 주인이 불쑥 나타났다.

"뭘 찾으시나?"

맏형은 잠시 목물전 안을 기웃거리다 이내 무언가를 발견하고는 손가락으로 그것을 가리켰다.

"풀 먹인 이불 홑청 다듬는 거 말요?"

전방 주인은 맏형의 손가락을 따라가 무언가를 번쩍 들어

올렸다. 오동나무 결이 그대로 드러나 보이도록 미끈하게 깎아낸 나무방망이었다.

"원래 이건 일 전 세 푼은 받아야 하는 건데. 에누리 없는 장사가 어딨겠수. 그냥 아홉 푼만 내슈."

전방 주인은 선심이라도 쓰듯이 넌떡 입을 열었다.

"어머닌 일곱 푼이면 살 수 있을 거라고 하던데요?"

맏형이 엽전 일곱 닢을 허리춤에서 주섬주섬 꺼내놓자, 전방 주인은 마파람에 게눈 감추듯이 얼른 건네받았다. 그리고는 돈궤에 훅 던져 넣으면서 혼잣말처럼 중얼거렸다.

"아, 그러구려. 잘난 내가 좀 손해보고 말지 뭘."

목물전에서 나무방망이를 사 담은 형제는 곧바로 장터 끄트머리께 자리한 철물전으로 향했다. 이제 쇠스랑만 사게 되면 그 다음에는 장터 굿판으로 향할 참이었다.

"…형, 내가 없어도 우리 집 농사는 어떻게 지어갈 수 있겠지?"

아무래도 물어봐야만 할 것 같았다. 다른 이는 몰라도 맏형에게만은 꼭이 물어보고 싶은 얘기였다.

"넌 그리도 농사짓는 게 싫으냐?"

느닷없는 소리에 맏형은 가던 길을 딱 멈추어 섰다.

"아니. 그렇지만 형도 이런 데 와보면 가끔 그런 생각이 들지 않어? 더 넓은 세상으로 나가고픈."

"넓은 세상?"

"적어도 난…."

아버지처럼은 살고 싶진 않아, 하려다 승직은 차마 말을 잇지 못했다.

"너 이제 보니…."

맏형이 가던 길을 다시 한 번 멈추어 섰다. 동생이 딴생각을 품고 있을지도 모른다고 비로소 깨달은 것이다.

"아이, 그냥 한번 해본 소리야. 아니 말도 못해?"

정색을 하며 쏘아보는 맏형을 그는 어서 가자며 손목을 잡아끌었다. 맏형의 입에서 무슨 소리가 튀어나올지 몰라 얼른 화제를 바꾸었다.

"참, 형은 모르지? 내 발등을 찍은 그 쇠스랑. 어디쯤에다 버리고 말았는지."

"…모르지. 아버지가 혼자 어떻게 하셨으니까."

무어라 한마디 하려다 말고 맏형은 그만 입을 열었다. 아무렇지도 않은 듯 천연덕스럽게 화제를 바꾸는 동생의 얼굴을 살펴보다 그냥 흘려듣고는 말았다.

"설령 안다고 해도 그렇지. 재수 없는 그 쇠스랑을 이제 누가 쓰겠냐?"

맏형이라고 알 리 없었다. 귀신이 붙어 아들 녀석의 발등을 찍어버리고 만 것이라며 아버지는 이튿날 그 쇠스랑을 아무도 모르는 뒷골 어딘가에 깊숙이 파묻고 말았으니, 만형인들 모르기는 마찬가지일 터였다.

"자식들을 키우기 위해선 이런저런 미신까지도 다 믿어야 한다고 아버진 그러지만, 솔직히 우리 아버진 쓸데없는 미신까지 너무 많이 믿어서 탈야."

"그러게 말이다. 쇠스랑을 왜 땅에 묻고 마셨는지. 엿이나 바꾸어 먹을 수 있게 그냥 내버려두지 않으시고."

형제는 그런 아버지를 이해하지 못했다. 그런 아버지가 못내 한심하다는 듯이 긴 날숨마저 깨물어가며 장터 끄트머리께 자리한 철물전 앞으로 성큼 다가서고 있었다.

송파 장터에 다녀온 지 꼭이 열이틀 뒤에 승직은 끝내 가출을 감행하고 말았다. 자신을 떠밀어내는 충동을 이기지 못해 무작정 뛰쳐나온 것은 아니라지만, 그렇다고 어떤 작정을 하고서 고향 집을 나선 것도 아니었다. 다만 확실한 것은 그가 자신의 의지에 따라 한성 종로거리의 육의전으로 그 자를 찾아갔다는 점이다.

물론 한성 종로거리의 육의전은 승직에게 초행은 아니었다. 아주 오래 전에 아버지를 따라 두 번인가를, 또 지난해에도 맏형을 따라 한 번 다녀간 적이 있었다. 때문에 한성 종로거리의 육의전 바닥이 전혀 낯선 곳이라 말할 수는 없었다.

그렇대도 한성 종로거리의 육의전은 언제 와보아도 그저 어리벙벙하기만 했다. 도읍의 한복판에 떡하니 자리 잡고 있는 도성의 시장답게 그 본새부터가 송파 장터하고는 현저히 달랐다.

무엇보다 그의 정신을 홀딱 빼놓게 만든 것은 그 엄청난 규모였다. 송파 장터가 골목길 양편으로 기다마하게 늘어선 것이 전부라면, 한성 종로거리의 육의전은 기다마하게 늘어선 그러한 골목길이 두 겹, 세 겹, 심지어는 네 겹까지 겹쳐져 있기까지 했다.

뿐만 아니었다. 그러한 골목길이 또다시 가로 세로로 교차하도록 되어 있어, 교차 도로에 익숙하지 않은 시골뜨기들은 영락없이 헤맬 수밖에는 없었다. 마치 거기가 거기 같고, 한 번 왔던 길인데도 전연 새로운 길처럼 보여 다람쥐 쳇바퀴 돌듯 육의전 바닥을 맴돌기에 딱 알맞았다.

때문에 종로 육의전 바닥의 크기도 엄청났다. 종로 네거리를 중심으로 동쪽으로는 배오개(지금의 종로 3가), 서쪽으로는 혜정교(광화문우체국 뒤 북청교 자리), 남쪽으로는 훈도방(을지로 2가), 북쪽으로는 안국방(견지동 일대)까지 널찍하게 뻗쳐나가,

종로 육의전 바닥을 둘러보는 데만 하루 종일이 걸린다는 얘기가 나돌 지경이었다. '조선의 만물상'이라고 부르는데 조금도 손색이 없었다.

승직은 육의전에서 먼저 석유전부터 찾았다. 석유전에서 일을 하고 있다는 그 자를 찾아 나섰다.

"석유전을 찾고 있소. 어디로 가야합니까?"

육의전 바닥으로 들어서자마자 이내 길을 물었다. 지게 한가득 봇짐을 지고 가면서 노부꾼(늙은 짐꾼)이 턱짓으로 방향을 가리켰다.

"동대문로 쪽으로 가보게."

"어느 쪽으로 가면 동대문로 쪽입니까?"

"저쪽으로 곧장 한참을 내려가다 보면, 큰 네거리가 나오는데. 거기서부터 바로 동대문로일세. 아무래도 거기 가서 다시 한 번 석유전을 물어보게나."

그렇듯 물어물어 석유전으로 그 자를 찾아갔다. 한데 그 자는 석유전에 있지 않았다. 석유전에서 들은 얘기로는 그 자의 이름이 김만봉金萬峰이라는 것만을 알 수 있었을 뿐, 그만둔지 벌써 며칠 됐다고 했다.

"엿새 됐네. 엿새 전에 여길 떠났어."

석유전 전방 행수行首(일꾼들의 우두머리)의 얘기에 그만 앞이

캄캄해졌다. 오직 그 자를 찾아 여기까지 온 것인데 엿새 전에 그만 두었다니. 실망이 이만저만 큰 게 아니었다.

"어디로 간다는 얘긴 없었나요?"

"그런 얘긴 따로 하지 않았던 것 같네."

"그럼 찾기 힘들겠군요?"

"우리 전방을 나간 뒤론 아직 김만봉을 보았다는 사람이 없으니까."

"네에…."

낙심하여 석유전을 그만 돌아서 나왔다. 육의전 거리는 여전히 사람들로 북적댔다. 저마다 갈 길 바쁜 몸짓으로 오면가면 북새통을 이루었다.

그러나 승직은 어디로 가야할지 몰랐다. 잠시 하늘을 올려다보았지만 딱히 갈 곳을 찾지 못했다.

"이보게! 이보게나!"

그럴 때 등 뒤에서 누군가 자신을 불러 세웠다. 아까 만났던 석유전의 그 행수였다. 뒤늦게야 서둘러 왔는지 가쁜 숨을 내쉬었다.

"김만봉이 말일세. 그 자가 우리 전방을 떠나기 전에, 내게 이런 부탁을 하였네."

누군가 자신을 찾아올지도 모른다, 그러면 이 말을 꼭이 물어달라고 했다는 것이다.

"우리 전방에서 일할 생각은 없는가?"

그렇잖아도 만봉이 떠난 자리를 찾고 있는 중이라고 했다. 행수는 넌지시 그의 의중을 떠보고 있었다.

"대체 어떤 일을 하는 겁니까?"

"김만봉이 하던 일을 그대로 하는 거지."

"그대로 한다구요?"

"왜, 둘이 친구라면서 김만봉에게 석유전 얘기도 듣지 못하였는가?"

행수는 전방에 가서 얘길 하자며 앞장을 섰다. 그도 그런 행수가 싫지만은 않았다. 왠지 전방의 행수답지 않은 단정한 얼굴하며 엄격한 몸가짐, 무엇보다 거역할 수 없는 맑은 눈빛에 그만 넌떡 행수를 뒤따라가고 말았다.

그로부터 닷새 뒤, 희슥희슥 날이 샐 무렵 석유전에는 벌써부터 사람들로 웅성거렸다. 각처로 행상을 떠나는 석유 등짐 장수들로 마당이 비좁았다.

"행상이 끝나거든 무엇보다 돈을 잘 간수해야 하네. 그리곤 곧장 전방으로 돌아오게. 수중에 돈을 지니게 되면 흔히 딴 생각이 들기 마련이니. 결코 한눈파는 일이 있어선 안 되네."

행수의 마지막 당부를 뒤로 하고 승직 또한 통지게를 등에 짊어졌다. 등잔용 석유와 깔때기, 됫박 따위를 짊어지고서 등짐장수들과 함께 석유전의 거느림채를 줄줄이 나섰다. 생애 첫 장삿길에 나선 것이었다.

그리하여 개천(지금의 청계천) 길을 따라 도성을 벗어났을 즈음에는 막 일출이 시작되었고, 해가 둥실 떠올랐을 적에는 벌써 망우재 고개를 넘어 양주의 한 마을로 들어설 수 있었다. 그가 이같이 생애 첫 장삿길을 망우재 너머 양주로 갔던 것은 전날 행수와 의논하여 작심한 것이었다.

"김만봉도 같은 소릴 하더니. 자네 또한 고생을 자처하는구만."

행수는 비교적 평탄한 길이라고 알려져 있는 부평이나 고양 방면으로 가길 원했다. 하지만 승직은 마다했다. 남들이 가는 쉬운 길은 굳이 가지 않겠다고 한 것이다.

"정히 그렇다면…."

행수는 '기전도畿甸圖'라고 쓰여 있는 경기도 지방의 지도를 다시금 살폈다. 그러다 가리킨 곳은 용인이었다.

"마포 나루를 건너가게. 부평이나 고양보다는 평탄치 않겠지만, 그래도 망우재 고개를 넘어가는 것보다는 나을 터이니."

"아닙니다, 행수어른. 거기도 가지 않겠습니다."

승직이 거푸 마다하자 행수는 난감해 하는 눈길로 지도에서 시선을 거둬들였다.

"저는 그곳으로 가겠습니다."

"망우재 고갤 넘겠다는 말인가?"

딴 이유가 아니었다. 한성의 동북 방면을 가로막고 선 망우재를 할딱할딱 넘어가고자 했던 건 모두가 힘들다며 외면하는 곳이라서였다. 고개를 넘어가는 길이 다소 힘들더라도, 그런 곳으로 가면 석유를 팔 수 있을 것 같다는 생각이 들어서였다.

한데 망우재를 넘어 마을 안으로 들어서자 막상 입이 벌어지지 않았다. 석유 사시오, 멀리 개항장(부산포)에서 올라온 등잔용 석유 사시오, 하고 큰소리로 외쳐야 한다고 다짐하면 할수록 먼저 가슴부터 두근두근 거리고 손바닥엔 진땀만 촉촉이 배어들었다.

하기는 동구 밖에서부터 먼저 낯선 통지게를 발견하곤 동네 까치와 개들이 정신없이 짖어대었다. 그러면서 철부지 꼬맹이들까지 꾸역꾸역 몰려드는 통에 석유 사라고 외칠 기회를 그만 놓쳐버렸다. 그런 꼬맹이들을 떼어버리지 못한 채 어정어정 마을 안을 그냥 돌아다니고 있었다. 그러자 무슨 구경거리라도 났나 싶어 마을 사람들이 하나 둘 담장 너머로 얼굴을 내밀었다.

그러다 마을 사람들이 먼저 다가와서는 말을 걸었다. 통지게 행색을 영락없이 알아보고는 빈 병을 들고서 나타났다.

"거기, 총각. 등에 짊어진 게 혹 그 서양 기름이라는 등잔석유 아니오?"

"네에, 맞습니다. 등잔 석유예요."

당시만 해도 가정집에서 쓰는 등잔용 기름은 대개가 들깨기름이나 무명씨기름, 아주까리기름, 쇠기름 따위였다. 하지만 이런 기름들은 만들어 쓰는 데는 품이 많이 들었을 뿐 아니라, 그을림이 많고 불꽃이 여간 작은 게 아니었다.

이와 달리 석유라는 서양 기름은 번거롭지 않아서 좋았다. 더욱이 그을음이 적은 데다 불꽃이 매우 커서, 찾는 사람이 날로 늘고 있는 추세였다.

그렇대도 밤새 행수와 의논하여 망우재 고개를 넘어간 것이 무엇보다 주효했다. 석유 행상들의 발길이 뜸한 망우재 고개를 넘어간 것이 보기 좋게 적중한 것이었다.

때문에 석유 행상이 모처럼 마을을 찾아왔다는 소문이 삽시에 퍼졌다. 또 그런 소문은 이내 골목 여기저기에서 등잔용 석유를 사려는 사람들을 떼떼이 몰고 돌아왔다. 그야말로 석유를 사려는 사람들이 그의 앞에 줄을 서야 할 지경이었다.

"총각, 등잔석유 좀 더 없소?'

더군다나 석유 행상이 또 언제 망우재 고개를 넘어올지 모른다는 생각에 여윳돈이 있는 사람들은 조금이라도 더 등잔용 석유를 사두고자 했다. 그래서 통지게로 짊어지고 간 석유통이 오래지 않아 동이 나고 말았다. 그의 괴춤에는 어느새 불어난 엽전들로 제법 묵직해졌다.

뛸 듯이 기뻤다. 빈 통지게를 짊어지고서 돌아오는 길은 발걸음이 날아갈 것처럼 가벼웠다. 할딱할딱 힘겹게 넘어온 망우재 고갯길에 접어들었을 때에는 산새 소리마저 청아했다.

하지만 그 즘에야 비로소 피로가 엄습했다. 망우재 고갯마루를 오르다 말고는 잠시 쉬어갈 요량으로 나무그늘을 찾아들었다. 허리 괴춤에 제법 묵직한 엽전 뭉치를 다시금 추슬러보며 마침내 짧은 날숨을 내쉬었다.

'이 정도면 쌀 두 섬은 넉넉히 살 수도 있을 텐데. 쌀 두 섬이면 우리 집 식구가 달포는 배곯을 일은 없을 텐데….'

뻐꾹뻐꾹, 숲에서 한사코 울어대는 뻐꾸기 소리 때문이었으리라. 스스로 대견스러워 허리 괴춤의 엽전 뭉치를 다시 한 번 추슬러보다 문득 울컥하고 뜨거운 것이 속에서 솟구쳐 올라왔다. 고향 집을 떠나던 날 새벽, 울먹울먹 안으로만 소리 죽여 눈물짓던 어머니의 가련한 모습이 불현듯 떠올라 그만 목이 메었다. 눈물이 핑 돌았다.

한데도 웃음이 절로 미어져 나왔다. 저 혼자 울다 웃다 한동안이나 반복했다.

그랬다. 승직은 마치 딴 세상에 와 있는 것만 같았다. 눈에 보이는 것마다 물로 씻은 듯 환히 내다보였다. 전에는 보이지 않던 것들도 멀리까지 바라볼 수 있도록 세상이 온통 반짝반짝 빛나고 있었다.

'내가 어디로 간다고 만형에게만이라도 귀띔을 했어야 하는 게 아닐까?'

하지만 이내 도리질하고 말았다. 아버지의 일그러진 얼굴이 득달같이 나타나선 벼락같이 소리치는 바람에 그만 두 눈을 질끈 감아 버렸다.

'가자. 어서 돌아가서 석유를 한바탕 더 떼어오자. 서두르면 오후 나절에 한 번 더 장사를 할 수 있을는지도 모른다.'

그것만이 가련한 어머니에게로 한시라도 빨리 되돌아갈 수 있는 길이라고 믿었다. 애옥살림에 열흘이 멀다 하고 먹을 양식마저 바닥이 나 부엌에 우두커니 서서 깊은 한숨만 내쉬던 어머니를 생각하며 다시금 통지게를 어깻죽지에 냉큼 짊어지었다.

그리곤 망우재 고갯마루를 힘겹게 넘어가고 있는데 저만큼에서 누군가 소리쳐 부르는 이가 있었다. 나무그늘 아래쪽에서 여보게 젊은이, 하고 자신을 향해 여러 차례 손짓해 불렀다.

"아, 상것은 발로 살고, 양반은 글로 산다던데. 글쎄, 이 망할 놈의 고개를 내가 넘기엔 너무나 힘이 든 모양이요. 내가 이같이 발병이 나서 더는 못 올라갈 것 같으니. 젊은이가 이 피물을 좀 사구려."

콧잔등이 유난히 빨그스름한 늙은 피물皮物 장수는 지친 몸짓으로 승직의 소맷자락부터 와락 잡아끌었다. 그런 다음 구질구질 땟물에 절은 자신의 보따리를 막무가내로 풀어헤쳐 종잇장처럼 바삭 마른 짐승 가죽을 마구 펼쳐보였다. 깊은 산속에서 한 해 동안에 걸쳐 잡았음직한 너구리, 족제비, 담비, 수달, 여우 따위의 피물이 여러 장이었다.

"이건 여우같은데요? 값이 꽤 나가겠어요."

탐스런 여우 꼬랑지를 보자 승직은 기가 팍 질렸다. 자신의 괴춤에 든 엽전 뭉치로는 어림도 없어 보였기 때문이다. 한데도 늙은 피물 장수는 소맷자락을 놓아줄 생각을 하지 않았다.

"그저 열 닷 냥만 내구려. 젊은이한테 아주 값싸게 친 거요. 이 망할 놈의 고개만 넘어가면 종로 육의전에서 더럽게 받아도 열일곱 냥은 너끈히 받고도 남을 물건이오."

그러나 망설일 수밖에는 없었다. 늙은 피물 장수가 소맷자락을 붙잡지만 않았다면 벌써 돌아서서 고갯길을 한참 올라가고 있을 터였다.

"이보게, 젊은이. 옛말에 나이든 노인 말 그른 데 없고, 아이 말 거짓 없다고 했다네. 그러니 속는 셈치고 이 나이든 사람 말 한번 믿어보게나."

늙은 피물 장수는 애걸하다시피 했다. 발병 난 자신의 두 발을 내보이며 죽으면 죽었지 망우재 고개를 더는 넘지 못할 것 같다며 애오라지 매달렸다.

"그런 게 아니라. 제 수중에 가진 것이 열닷 냥은 고사하고…."

늙은 피물 장수의 사정이 하도 딱해 보여 그도 피물을 사주고 싶은 마음이 굴뚝같았다. 하지만 괴춤의 엽전이 암만해도 턱없이 부족할 것만 같아서 선뜻 무슨 말을 꺼내야 할지 몰랐다.

"아이고, 등에 업은 손자 환갑 다 되겠네. 아, 얼마를 가졌길래 이 늙은이의 애를 이리도 태우는 건가?"

솔직히 수중의 돈을 일일이 세어본 게 아니라서 과연 얼마나 되는지 정확히 알 수는 없었다. 여섯 냥이 모아질 때까지만 하여도 속으로 셈을 놓치지 않았는데, 석유를 사겠다는 마을 사람들이 한꺼번에 몰려들면서 그만 깜박 놓치고 말았었다.

"정확한지 어떨지는 모르겠지만, 대략 열세 냥쯤은 되지 않을까 싶습니다만."

사실대로 얘기하면 늙은 피물 장수가 단념할는지도 모른다고 생각했다. 한데 늙은 피물 장수는 자꾸만 엇나갔다. 어디

셈이나 한번 해보자며 자리부터 잡고 앉았다.

"…아니, 이럴 수가 있나?"

어림짐작은 거의 틀림이 없었다. 열세 냥兩 오 전錢 여덟 닢分. 괴춤의 엽전 뭉치를 꺼내어 두 사람이 셈해 본 결과 엇비슷한 금액이었다.

"허허허, 이거야 원. 젊은이 말이 참이니 내 또 무어라 어거지도 못 부리겠고. 아무렇거나 이놈의 인생이란 알다가도 모르겠어. 우리가 그럴 것이라고 생각한 것보다 꼭 이렇게 한 끗씩 어긋나고 헛짚고 마니."

늙은 피물 장수는 두말 않고 보따리를 그의 앞에 불쑥 내밀었다. 그 돈밖에 더는 드릴 수 없는데 괜찮으냐 물었으나 체념처럼 피식 웃고는 말았다.

"에이, 그러다마다. 이 험난한 세상살이 어떻게 다 이익만 보고서 살아갈 수 있단 말인가."

늙은 피물 장수는 돌아서 가면서도 신신당부를 잊지 않았다. 종로 육의전으로 가거든 절대 열닷 냥 밑으로 값을 받아서는 안 된다고 외쳤다.

"이보게, 젊은이. 내 마지막으로 자네에게 들려줄 말이 있으니 잘 들어보게. 우리가 몸뚱이를 붙이고 살아가는 이 세상은 원래부터 난장판이라네. 세상은 원래 미주알고주알 콧두리, 고자가 뭣인지 까마귀가 무엇인지, 죽쑤는 데도 열두 가지요, 생각이 곧 팔자라. 똥 싼 놈은 달아나고 방귀 뀐 놈만 잡힌다는 달걀 같은 세상이니, 눈심지를 바짝 돋우지 않고서는 단 하루도 살아갈 수 없는 시끌시끌하고 요상한 난장판이라네. 내 말 알아듣겠는가, 젊은이!"

이윽고 종로 육의전으로 돌아온 승직은 자신을 기다리고 있는 행수와 마주앉았다. 행수가 지켜보는 가운데 석유전의 거느림채 방안에서 피물 보따리를 풀어헤쳐 보였다.

"석유 통지게를 메고 간 자네가 웬 피물 보따리인가?"

행수가 물었다. 짐승 가죽을 이리저리 뒤적이는 눈길이 싸늘했다. 승직은 망우재 고깃길에서 있었던 자초지종을 얘기했다.

"그 노인이 그랬단 말인가?"

행수는 잠시 기다리라며 보따리를 챙겨들고 자리를 떴다. 그리고 삼각(일각은 15분, 곧 45분)이나 지났을까. 묵직한 엽전 뭉치를 탁자 위에 덜컥 내려놓았다. 늙은 피물 장수가 말한 열닷 냥이었다. 행수는 그 가운데 한 냥 사 전 두 닢을 따로 떼어내어 그의 앞으로 내밀었다. 열닷 냥 가운데 본전인 열세 냥 오 전 여덟 닢을 뺀 나머지 돈이었다.

"여깄네. 자네가 번 돈이니 자네 것이 아니겠는가."

결코 적은 돈이 아니었다. 지금껏 자신이 가져본 돈 가운데 가장 큰 돈이었다. 하지만 선뜻 받을 수가 없었다. 무엇보다 숫기라고는 찾아볼 수 없는, 그런 자신이 거둔 성과라고는 도무지 실감이 나지 않았던 것이다.

"내 무어라 당부했었나. 행상이 끝나거든 돈 간수를 잘 하여 한 눈 팔지 말고 곧장 전방으로 돌아오라 그렇게 일렀건만."

한데 행수의 눈길이 조금도 달라지지 않았다. 여전히 싸늘하게 식어 날이 서 있었다.

"이건 오늘 자네가 행상에서 번 대가이니 받아두게."

행수는 다시금 엽전 이 전 다섯 닢을 내밀었다. 그런 뒤 이제는 더 볼 일이 없을 테니 그만 고향 집으로 돌아가라고 나직이 말했다.

"행수어른, 이제 그만 고향 집으로 돌아가라뇨?"

그제야 승직은 행수의 눈길이 싸늘하게 식어 날이 서 있는 까닭을 알았다. 자신이 행수의 당부를 어기는 중대한 과오를 저질렀음을 깨달았다. 그리고 조바심쳤다. 어떻게든 행수의 마음을 돌려보려 애를 써보았다. 하지만 행수의 마음을 돌리기에는 역부족이었다.

"내가 보기에 자네는 행상으로 살아갈 그런 팔자가 아닌 것 같네. 팔도를 돌아다니다 길 위에서 죽을 놈이 아니란 애길세. 더욱이 이 나라 국왕도 베풀지 못하는 인정을 늙은이에게 베

푼 것으로 보아, 아무래도 자네는 그 쪽에서 길을 찾아봐야 할 것 같네.”

행수는 더는 할 말이 없는지 그만 자리에서 휵 일어나고 말았다. 그런 뒤 모두가 잠자리에 드는, 보신각의 큰 종소리에 따라 순라를 도는 야경꾼들의 딱따기 소리가 들려올 때까지 다시는 찾지 않았다.

승직은 행수의 침소 방문 앞에 무릎을 꿇고 앉아 속절없이 기다리는 수밖에 달리 도리가 없었다. 바위처럼 꼼짝 않고 앉아 꼬박 밤을 지새웠다.

다음날 날이 새면서 행수가 그런 승직을 보았다. 침소의 방문을 열고 나오다 그때까지 무릎을 꿇고 앉아 있는 그를 보고는 물었다.

“어찌 그만 고향 집으로 돌아가지 아니하고 내 방문 앞을 고양이처럼 지키고 있는 것인가?”

“이대로 돌아갈 수는 없는 일입니다, 행수어른.”

“돌아갈 수 없다니?”

“타고난 팔자는 그럴 줄 모르나. 저는 평생 상인으로 살고자 합니다. 기필코 상인이 되고자 합니다, 행수어른….”

그것은 결코 진심이었다. 진심은 화려하지 않았으나 간절함이 묻어났다. 새벽녘의 간절함은 결국 행수의 싸늘함마저 무너뜨렸던 것일까.

“지금은 시간이 없네. 대행수大行首(행수의 우두머리)께 어서 가봐야 하니 이따가 다시 얘기하기로 하세.”

그리고 석유전 마당은 이내 어제 새벽과 똑같은 풍경으로 바뀌어갔다. 삼삼오오 모여든 석유전 식구들로 어느새 웅성거렸다. 각처로 행상을 떠나는 그런 등짐장수들이 석유전 마당을 모두 다 비운 뒤에야 승직은 행수의 부름을 다시 받았다.

“대행수어른과 상의한 결과, 자네를 사흘 근신시키기로 했네.”

사흘 동안에는 행상을 나갈 수 없었다. 석유전 거느림채를 모두 청소하라는 문책이 떨어졌다. 문책이라기보다는 명심하라며 주의를 주는 것 같았다.

“이쯤 했으면 그만 된 것 같네. 오후 동안에는 종로거리라도 나가 구경이나 하고 돌아오게나.”

오전 청소가 모두 끝나자 행수가 한결 부드러운 음성으로 그를 놓아주었다.

“그래도 괜찮겠습니까?”

“자네가 청소를 서둘러 끝내고 말았으니 난들 어쩔 수가 없잖은가.”

행수의 의견에 기꺼이 따르기로 했다. 주머니 속에 제법 돈도 있겠다, 이럴 때 아니면 언제 또 종로거리를 구경하랴 싶어 오반 밥상을 물리자마자 석유전 거느림채를 벗어났다.

종로거리는 지척이었다. 육의전 바닥을 벗어나자마자 거기서부터 곧바로 종로거리였다. 그리고 종로거리는 육의전 바닥과는 또 다른 풍경이었다.

무엇보다 뻥 뚫려 있는 큰길이 시원스레 눈맛이 좋았다. 흥인지문(동대문)에서부터 돈의문(서대문) 앞까지 일직선으로 곧게 뚫린, 폭 56척(약 17미터)의 너비에 길이 15리(약 6킬로미터) 길인 종로대로가 승직을 압도했다. 더욱이 잘 차려입은 양반들이 어찌나 많이도 오가는지. 그 위세에 눌려 도시 마음 놓고 길을 걸을 수조차 없었다.

결국 그런 위세에 밀려 어찌어찌 큰길 안쪽에 난 좁다란 골목길 안으로 접어들었다. 종로 큰길을 따라 동대문 앞까지 일직선으로 평행하게 이어지는 피마避馬골이었다. 종로 큰길을 지나가다 말을 탄 고관대작의 행차를 만나게 되면, 행차가 지나갈 때까지 말을 피하는 길이라 해서 붙여진 골목길이었다.

더구나 피마골 풍경은 종로 큰길과는 생판 달랐다. 아직 상오인데도 벌써부터 골목길 안은 흥숭생숭댔다. 팥죽집, 떡집, 해장국집, 백반집, 설렁탕집, 빈대떡집, 선술집, 앉은술집, 색주가 등지에서 풍겨 나오는 진한 냄새가 진동했다. 그보다 골목길 안을 가득 메운 사람들 소리가 정다웠다.

"거기 잘 생긴 총각, 뭘 드시고 싶으나?"

그래도 다른 건 그냥 지나칠 수 있었다. 오반을 먹은 지 불과 얼마나 되었다고 또 식탐이냐며 자신을 나무랄 수 있었다.

한데 빈대떡집 앞에서만은 달랐다. 돼지고기를 잘게 다져서 엽전 모양으로 도톰하게 달걀을 씌워 뜨거운 철판에 노릇노릇 지져낸, 먹음직한 돈저냐(돼지고기 전)가 소쿠리에 가득 담겨져 있는 걸 보자, 그만 자신도 모르게 군침이 꿀꺽 넘어갔다. 한 접시는 고사하고 딱 두세 점만 집어먹었으면 더 바랄 게 없을 것 같았다. 수중에 가진 돈도 있어서 이제 마음만 내키면 빈대떡집 안으로 선뜻 들어설 참이었다. 그런 그를 그냥 보아 넘길 리 없는 빈대떡집 안주인이 아, 어서 들어오라며 반갑게 손짓을 했다.

"…아니오."

다음 순간 그는 단호히 도리질했다. 고향 집에 남아 있을 식구들 생각에 괴춤의 엽전을 만지작거리다 말았다. 그런 생각이 떠오르자 어서 피마골을 벗어나야 한다고 걸음을 재촉했다.

그렇게 다시금 종로 큰길로 걸어 나왔다. 한사코 뒤따라오는 기름 냄새며 고기 냄새에서 벗어나려고 한동안 앞만을 보고 걸어야 했다.

그럴 때 저만큼 앞에서 왁자한 소리가 났다. 구경꾼들이 수많이 모여 있었다. 딱히 갈 곳도 없이 종로거리를 구경나온 승직은 흘러가듯 수많은 구경꾼 사이를 파고들었다.

"길을 내어주시오, 길을!"

스무 명 남짓이나 될까. 그곳에는 정말 뜻밖에도 일본군이 열 지어 도열해 있었다. 조선군의 복장이나 자세와는 너무도 다른, 이양식(서양식을 일컬음) 복장에 무장을 한 채 금방이라도 총칼을 뽑아들며 덤벼들 기세였다.

또한 그들 앞에는 그만한 숫자의 포졸들이 나와 애를 쓰고 있었다. 모여든 사람들을 해산시키려고 육모방망이를 무람없이 휘둘러댔다.

그러나 무슨 까닭인지 모여든 사람들은 좀처럼 물러날 분위기가 아니었다. 아니 열 지어 행군해 가려는 일본군의 앞길을 완강히 막아서고 있었다.

"대체 무슨 일이오? 저기 저 일본군은 여기에 어떻게 와 있는 거요?"

구경꾼들을 돌아보며 물어보았다. 하지만 대답을 듣기도 전에 문득 시선을 빼앗겼다. 바람이 풀잎을 쓸어가 듯 한순간 시선이 한 쪽으로 쏠렸다. 행색이 남루한 웬 사내가 불쑥 앞장서 나오며 목청을 한껏 돋웠던 것이다.

"여러분! 내가 이 두 눈구멍으로 똑똑히 보았습니다. 경운동에 자리한 일본 공사관의 이 왜놈들이 저쪽에서 똑바로 행군을 해왔고, 때마침 길거리에서 놀던 철부지 아이들이 호기심에 가까이 몰려갔다 뒤늦게 놀라 물러났지만 한 아이가 미처 물러나지 못한 채 그만 땅바닥에 넘어지고 말았습니다. 그런데 이 왜놈들이 행군을 멈추지 않고 그 철부지 아이를 그대로 짓밟고 지나가고 말았습니다. 이 왜놈들에게 짓밟힌 아이는 땅바닥에 쓰러져 처음에는 비명을 내질렀으나, 그 다음 놈에게 밟히고, 다시 또 그 다음 놈에게 연달아 밟히면서 결국 실신하고 말았습니다…."

온 나라 온 백성을 무참히 난도질하였던 임진왜란이 종식된 지 이제 2백여 년이 조금 지났을 뿐이었다. 그때의 그 잔인함에 일본놈이라면 아직 이가 갈리고 주먹이 부르르 떨리던 터였다. 한데 그 일본놈들이 놀랍게도 다시금 눈앞에 나타난 것이었다. 그것도 도성 안의 한복판을 버젓이 행군하는 꼴을 보고 있자니 절로 부아가 치밀어 올랐다.

더군다나 그 놈들이 짓밟아 아이의 팔과 다리가 부러졌다는 것이다. 어떤 이는 아이의 머리통에서 피가 흐르는 것을 보았다고도 했다. 그런가 하면 또 누군가는 아이가 이미 절명했을지도 모른다는 소리까지 들려주었다. 그때마다 구경꾼들은 흥분하여 분노와 탄식이 그칠 줄을 몰랐다.

"길을 내어주시오! 그러한 항변은 아이의 부모가 관아에 가서 할 일이니. 어서 길을 내어주시오, 길을!"

한데도 포도청에서 나온 포졸들은 그저 구경꾼들을 밀쳐내기에 급급했다. 어떻게든 길을 터주어 일본군이 지나갈 수 있도록 하기 위해 안간힘을 다했다. 그걸 보다 못한 사내가 이번에는 그런 포졸들과 구경꾼들을 향해 번갈아가며 목청을 돋웠다.

"그대들은 도대체 어느 나라 나졸들이란 말요? 이 왜놈들이 두 눈을 시퍼렇게 뜨고도 아이를 무자비하게 짓밟고서 행군하는 바람에, 지금 죽었는지 살았는지도 모르는 판국에 순순히 길부터 내어주라뇨? 여기 모이신 여러분! 제 말이 어디 틀렸습니까? 틀리지 않았다면 이 나졸들이 무어라 하더라도 절대로 길을 내어주어선 아니 됩니다!"

사내의 외침 소리에 곳곳에서 크고 작은 호응이 새어나왔다. 나졸들이 용을 쓰고 있었음에도 그들은 흩어질 줄을 몰랐다.

그러나 순간 찬물을 끼얹고야 만 듯 돌연 주위가 잠잠해지고 말았다. 마침내 일본군 장교가 허리춤에 찬 니뽄도日本刀를 치켜들었던 것이다.

그와 함께 사람들의 눈길은 일제히 일본군 장교가 치켜든 니뽄도의 궤적을 따라가고 있었다. 아니 이미 칼등으로 다리를 가격당해 사내는 한쪽 무릎이 땅바닥에 맥없이 꿇린 다음이었다. 숨 돌릴 사이도 없이 연이어 머리마저 칼등으로 가격당해 얼굴에는 붉은 선혈이 낭자했다. 그런 뒤에도 섬광이 번득이는 니뽄도의 칼끝과 일본군 장교의 차가운 눈매는 여전히 사내를 겨누고 있었다. 조금이라도 허투루 움직였다가는 단숨에 쓰윽 하고, 허공에서 그어 내릴 심산이었다.

한데도 구경꾼들은 차마 입을 열지 못했다. 날카롭게 번뜩이는 일본군 장교의 니뽄도와 사내의 얼굴에 낭자한 붉은 피, 무엇보다 찬물을 끼얹듯 일시에 조용해지고 만 무거운 분위기에 짓눌려 누구 한 사람 움쩍도 하지 못했다. 사내를 포기해야 할지도 모른다고 저마다 체념 속에 빠져든 순간이었다.

그때 승직이 앞으로 나아갔다. 자신도 모르는 사이 사람들을 헤치며 부리나케 사내 앞으로 뛰어 나갔다. 어떻게든 붙잡아주기라도 하지 않는다면 사내가 죽을지도 모른다는 끔찍한 생각만을 했던 것 같다.

한데 비단 그만이 아니었다. 그와 거의 동시에 또 다른 이가 사람들을 헤치며 뛰쳐나와 사내에게 가세했다.

그러나 다음 순간 승직은 자신의 눈을 의심해야 했다. 상대도 마찬가지인 듯 흠칫 놀란 동공에 힘이 들어가 있었다.

'…!'

그렇다. 그가 틀림없었다. 길고 덥수룩한 머리에 창백한 얼굴, 송파 장터에서 땅바닥에 '적심'이라고 써보였던 바로 그 김만봉이었다.

하지만 두 사람은 서로의 얼굴만을 확인했을 뿐 아무 말도 하지 못했다. 긴박한 상황 속에 일본군 장교의 차가운 눈매와 섬광이 번뜩이는 니뽄도만을 찾았을 따름이다.

바로 그때였다. 구경꾼들 사이에서 짧은 탄성이 쏟아져 나왔다. 두 사람 또한 탄성의 이유를 알 것 같았다. 일본군 장교가 이미 자세를 바꾼 뒤였으며, 니뽄도의 날카로운 칼끝이 자신들을 똑바로 겨누고 있는 것을 볼 수 있었던 것이다.

"비켜라! 비켜나거라!"

다음 순간 제법 위엄 있는 소리와 함께 또 다른 포졸들이 구경꾼 사이로 득달같이 쇄도해 들어왔다. 말을 탄 군장軍將이 이끄는 삼사십 명에 달하는 병력이었다.

"당장 길을 내거라! 그리고 저자들을 모조리 포박하도록 하라!"

무얼 생각하고 저항해볼 겨를이라곤 없었다. 뒤늦게 나타난 군장으로부터 영이 떨어지기 무섭게 포졸들이 우르르 달려들었다. 크게 불어난 포졸들의 숫자도 숫자이지만 그들의 능숙한 몸놀림에 제압당해, 사내와 두 사람을 꼼짝없이 포박해

버렸다. 그와 함께 좀처럼 물러날 줄을 몰랐던 구경꾼들의 기세 또한 급속히 와해되고 말았다.

“이 젊은이들은 풀어주시오! 아무 죄도 없으니 당장 풀어주시오!”

붉은 선혈이 얼굴에 낭자한 사내는 포승줄에 기꺼이 몸을 묶였다. 그러면서도 말을 탄 군장에게 간청하길 잊지 않았다. 두 사람을 풀어달라고 거듭해서 간청했다. 구경꾼들 사이에서도 마찬가지 소리였다.

“그건 너희들이 알 바 아니다. 포도청으로 가 심문을 한 연후에 추후 결정할 일이니. 더는 왈가왈부하지 마라.”

사내의 간청에도 군장은 매몰차게 외면했다. 구경꾼들도 더 이상은 요청하질 못했다.

그러는 사이 일본군이 그 자리를 슬며시 빠져나갔다. 구경꾼들 사이를 시나브로 빠져나간 다음 일제히 뛰어서 시야에서 멀어져 갔다.

“…자, 저 자들을 끌고 가자!”

일본군이 그렇게 시야에서 멀어지자 군장은 포졸들을 추슬렀다. 오로지 사내만이 그때까지도 단념을 하지 않았다. 자신을 잡아가 심문하되 무고한 두 젊은이는 풀어달라는 간청을 그치지 않았다. 구경꾼들 사이에서도 다시금 요청이 빗발쳤다.

"닥치거라! 더 이상 딴 소릴 하는 자가 있거든 가만 두지 않을 것이다."

군장이 말을 몰아 구경꾼들을 향해 위협적으로 한 바퀴 돌았다. 그들을 추포해 가는데 시비하는 자는 누구라도 용서치 않겠다는 태도였다.

"아니오. 그건 저 자들의 말이 옳은 것 같습니다."

한데 그런 군장을 누군가 유연하게 가로막고 나섰다. 윤기 나는 검은 갓에 앳되어 보이는 얼굴, 연분홍 도포 차림이 유난히 돋보이는 젊은이였다. 한 눈에 봐도 여느 구경꾼들하고는 행색이 크게 다른, 어느 반가 댁의 자제가 틀림없어 보였다.

"물러나거라. 감히 어느 안전이라고 나서는 것이냐?"

포졸들은 거칠기만 했다. 불같이 달려들어 앳되어 보이는 젊은이를 일거에 제지하려 들었다.

하지만 그 자는 입가에 미소를 잊지 않았다. 오히려 자신을 제지하려 드는 포졸의 귓속에 대고 무어라고 나직이 속삭였다. 포졸은 다시 말을 탄 군장에게 그러한 귓속말을 전하고 나면서부터 분위기가 일순 돌변해갔다. 흐르는 피를 지혈시키려고 머리에 흰 두건을 두른 사내를 제외하곤 다른 두 젊은이는 순순히 풀어준 것이다. 구경꾼들은 영문을 몰라 하면서도 앳되어 보이는 자를 향해 저마다 수군거렸다.

“여러분, 일본 공사관으로 몰려갑시다! 관훈동에 자리하고 있는 박영효 대감의 사저가 곧 저 왜놈들의 공사관이니, 거기로 몰려가 죽은 아이를 살려 내라고 왜놈들에게 반드시 따져 물읍시다!”

군장과 포졸들은 서둘러 자리를 떴다. 사내는 포승줄에 묶여 끌려가면서도 흩어지고 있는 구경꾼들을 뒤돌아보았다. 뒤돌아보며 몇 번이나 목청을 돋우어 외쳐댔다.

“아까는 고마웠어. 난 김만봉이라고 해. 평안도 박천에서 온 시골뜨기.”

만봉은 자기 또래라고 확신했다. 때문에 앳되어 보이는 그 자에게 스스럼없이 다가서며 친밀하게 먼저 말을 건넸다.

“난 박승직이라고 해. 육의전 석유전에서 일하고 있어.”

승직도 엉겁결에 이름을 건넸다. 당연히 앳되어 보이는 그 자도 통성명을 해올 것이라 믿었다.

그러나 앳되어 보이는 자는 눈길도 주지 않았다. 만봉도 승직도 수많은 구경꾼들조차 도시 안중에 없다는 듯이, 군장과 포졸들이 자리를 뜨자 그만 아무 대답도 없이 돌아서버렸다.

“…얌마, 우리가 언제 또 어떻게 만날지 누가 알아? 그깟 놈의 이름이 뭐가 그리 대단하다고.”

만봉이 그에게 얌마, 라고 불러서였을까. 앳되어 보이는 자가 가던 길을 멈추어서며 홱 뒤돌아보았다. 그리곤 정색을 하며 물었다.

"네놈들이 내 이름을 알아서 뭘 하게?"

이번에는 만봉이 아무 대답도 하지 못했다. 기가 찬 듯 그 자의 얼굴만을 물끄러미 바라보고 있었다.

"…으응, 나 장대경張大卿."

앳되어 보이는 자는 입가에 냉소를 띄며 돌아서갔다. 아니 돌아서기 직전 자신의 이름을 그렇게 들려주었다. 그러나 만봉도 승직도 그 자의 이름을 듣지는 못했다. 너희들을 언제 또 다시 만날 일이 있기나 하겠느냐는 듯이 혼잣말처럼 중얼거리다 말았기 때문이다. 그런 뒤 다시는 보지 않을 것처럼 뒤도 돌아보지 아니하고 휑하니 가버렸다.

"…석유전에서 일하고 있다고?"

끝내 두 사람만이 남게 되자 만봉은 그럴 줄 알았다고 했다. 송파 장터에서 '단심'이라고 화답했을 때 이미 가출을 점쳤다며 웃어 제쳤다.

"이젠 승직이 네가 어디에 있는 줄 아니까. 아마 자주 만나게 될 거야. 나도 여기서 그렇게 멀리 떨어져 있지는 않아."

하지만 오늘은 바빠서 이만 가봐야 한다며 그마저 꽁무니를 뺐다. 금명간에 석유전으로 찾아온다는 약조만을 남긴 채 서둘러 인파 속으로 총총히 사라져갔다.

사람이란 참으로 이상하다. 몇 번을 만나도 그냥 덤덤한 이가 있는가 하면, 불과 서너 차례 만났을 뿐인데도 금방 낯이 익는 이가 있다. 그 날 오후 종로거리에서 우연히 만나게 된 만봉과 대경이 그랬다. 다시 만날 일이 또 있기나 하겠느냐며 앞날조차 믿지 않았으나, 그러나 그 앞날은 누구도 알 수 없는 미지의 영역이었다. 더욱이 그 미지의 영역 속 어딘가에서 영락없이 서로의 시간들이 맞닿아 다시금 만나게 될 줄은, 더군다나 그러한 만남이 운명처럼 이어져 그들 세 사람이 역사의 한복판에 나란히 서게 될 줄을 그때는 아직 누구도 알지 못했다.

아무렇든 만봉마저 돌아서 가자 종로거리에 머물러 있을 이유가 없었다. 거리 구경이고 뭐고 당장 옷가지에 묻어 있는 붉은 핏자국 때문에라도 더는 종로거리를 돌아다니기가 어려웠다. 그렇다고 석유전으로 그냥 돌아가기에는 너무 이른 시각 같았다.

결국 개천으로 향했다. 잘 차려입은 양반들 대신 개천 가득 들려오는 빨래소리가 정겨웠다. 가만 보니 개천 물이 흘러가는 바닥에, 군데군데 샘물이 나오고 있었다. 개천 바닥인데도 맑은 샘물이 솟아올랐다. 거기에 반듯반듯한 모양의 커다란 돌멩이를 가져다놓아 빨래터를 만들었다. 아낙들이 옹기종기

빨래터 위에 앉아 있었다.

보일 듯 말 듯 한 잔챙이들 사이로 이따금 제법 큼지막한 붕어도 눈에 띄었다. 무거운 몸을 주체하지 못해 얕은 물살을 유영하다 말고는 돌멩이 사이에서 게으름을 피웠다.

개천가 버드나무 그늘에 앉아 그처럼 하릴없이 시간을 죽였다. 그러다 날이 어둑어둑해질 즈음에야 석유전의 거느림채로 돌아왔다.

그렇게 돌아오는 길에, 비로소 거느림채 안으로 들어서면서 불현듯 생각을 떠올렸다. 행수가 구경하라고 이른 건 어쩌면 종로거리가 아닐 수 있다. 종로거리가 아니라 그곳에서 흘러가는 세상 풍경을 바라보라고 일부러 그곳으로 보냈는지 모른다. 정작 거느림채를 청소해야 하는 문책이 아니라, 비정한 세상을 똑바로 직시하라고 일부러 하루 동안을 주저앉혔을지도 모른다는 생각이 순간 들었다. 어서 행수를 만나봐야 했다.

한데 대문 안으로 들어서다 말고 승직은 흠칫 놀라 멈추어 섰다. 마당에서 행수가 자신을 기다리고 서 있었던 것이다. 왠지 표정마저 어두워보였다.

"…누가 찾아왔네."

"저를요?"

알 수 없었다. 암만 생각해도 찾아올 사람이라고는 없었다.

자신이 이곳 석유전에 머물고 있다는 것을 아는 이는 오직 만봉뿐이었다. 그마저 오늘은 바빠서 이만 가봐야 한다며 서둘러 총총히 사라졌잖은가. 한데 누가 자신을 찾아왔다니.

'…?'

승직은 어두운 표정을 하고 서 있는 행수의 어깨 너머로 흘깃 눈길을 빼앗겼다. 행수의 어깨 너머 어둠 속에서 무언가 인기척을 느낀 것이다.

한데 저만큼 어둠 속에서 조용히 다가오고 있는 이는 놀랍게도 아버지였다. 그가 이곳에 있다는 것을 어떻게 알고서 찾아왔는지 아버지는 아들을 보자 울먹울먹하는 목소리로 다가섰다. 그런 다음 아들의 소맷자락을 와락 잡아끌었다.

"이놈아! 이놈아, 승직아!"

달빛이 낭낭했다. 음력 열 나흗날의 푸른 달빛은 아버지의 검은 얼굴을 환히 비추고, 날아가는 기러기의 흔적까지 땅바닥에 고스란히 그려놓았다.

하지만 승직의 얼굴은 돌덩이처럼 무거웠다. 아버지를 따라 종로 육의전을 벗어나 왕십리에서 살곶이 다리를 건너 뚝섬으로 들어설 때까지, 그는 내내 입도 뻥긋하지 않았다. 아버지는 그런 아들을 돌아보며 간간이 저녁은 먹었냐, 어디 아픈

구석은 없냐, 달빛이 좋구나 하고 이따금 말을 걸어보기도 하였으나, 굳게 다문 아들의 입술은 도무지 옴쭉할 줄을 몰랐다.

아버지와 아들은 화양 마을 언덕을 저 멀리 바라보면서 곧바로 너른 들길로 들어섰다. 아름드리 버드나무가 푸른 달빛 아래 길 양쪽으로 늘어서 있어 부자는 그 나무 그림자를 밟으며 걸어 나갔다.

세상은 숨죽은 듯 고요하기만 했다. 인적은커녕 인가다운 것마저 보이지 않았다. 단지 밤하늘 높이 일렬로 무리지어 날아가는 기러기 떼와 멀리서 희미하게 들여오는 개 짖는 소리만이 차가운 밤의 정적을 깨고 있을 따름이었다.

"밤길이라 그런지 오늘따라 더 멀어 보이는구나."

먼 길을 걸어 이윽고 송파 나루에 당도하자 아버지는 안도의 한숨을 내쉬었다. 이제야 비로소 한성에서 벗어났음을 실감하는 듯 한층 차분해진 음성이었다.

그러나 송파 나루는 한산하기 그지없었다. 아직도 갈 길이 멀기만 한데 강가의 나룻배들은 얼기설기 엮인 채 한가로이 졸고만 있었다.

아버지는 강변의 뱃사공 집으로 걸어 들어갔다. 늙은 사공이 혼자 산다는 초막이었다.

"어떻게 건너갈 수 없겠소이까?"

초막에 호롱불이 켜진 것을 보고 아버지는 마당 안까지 넌떡 들어섰다.

"오늘은 배가 떨어졌소이다. 어디 주막집에서 웅크려 자다가 새벽녘에나 다시 와보구려."

늙은 사공은 호롱불 앞에 앉아 방문도 열어보지 않았다.

"이거 야단났네. 오늘 밤중으로 강을 건너 꼭 집으로 돌아가야 하는데 말요."

아버지는 뱃삯을 조금 더 낼 수 있다고 늙은 사공에게 사정해보았다.

"정히 그렇다면 나루터로 내려가서 기다려보구려. 가끔은 이런 야밤에도 강 저쪽에서 배가 건너오기도 하니깐 말요."

아버지는 그 소리를 듣고 나서야 초막 마당을 돌아서 나왔다. 그리곤 강가가 훤히 내려다보이는 주막집으로 발걸음을 돌렸다.

"주모! 너무 늦은 줄 아오만, 우리 아들 녀석이 아직 저녁을 먹지 못해서 그러니, 여기 국밥 한 그릇만 내오구려!"

국밥 한 그릇이라는 소리에 승직은 아버지의 얼굴을 대뜸 꼬나보았다.

"아버지, 아버지도 아직 저녁 드시지 못했잖아요?"

아버지는 별 생각이 없다며 돌아앉았다. 그러나 푸른 달빛 아래 파리한 얼굴마저 감출 수는 없었다.

"아버지, 내 수중에 돈이 좀…."

승직이 허리춤에서 얼마 되지 않은 엽전 꾸러미를 주섬주섬 꺼내었다.

"일 없다. 너만 먹으면 돼. 먹는 데 귀한 돈 쓰는 거 아니다."

아버지는 엽전 꾸러미를 보고도 단호했다. 하지만 아들은 큰소리로 주모를 외쳐 불렀다.

"아니에요, 주모! 여기 국밥 두 그릇 내주세요. 돈저냐 한 접시에다 막걸리도 한 병 내어오구려!"

"이놈아. 이놈아, 애비 말이 말 같지 않냐?"

아버지는 말을 듣지 않는 아들을 향해 습관처럼 손바닥을 번쩍 들어 올렸다 그만 슬그머니 거두어들였다.

"아버지…."

주모가 가져온 국밥을 게걸스럽게 먹다 말고 승직이 문득 술병을 들어올렸다. 술병을 들어올려 아버지 앞에 놓여 있는 사발 가득 막걸리를 따랐다. 그러면서 나직이 아버지를 불렀다.

"왜, 이놈아?"

아버지는 퉁명스럽게 말을 되받았으나, 그래도 아들이 부르는 소리가 싫지만은 않은 표정이었다.

"아버지, 나…."

하지만 입 밖에 차마 꺼내기 어려운 듯 승직은 말을 잇지 못했다. 그러자 기다리지 못한 아버지가 보채고 나섰다.

"말해봐, 이놈아. 늙은 애비 숨넘어가겠다."

"아버지 나…, 한 달포만 더 있다가 그 때 돌아가면 안 될까요?"

"그 육의전인가 하는 데서 말이냐?"

"나 장사를 시작해서, 막 돈을 벌고 있었단 말예요. 그러니…."

"시끄럽다, 이놈아!"

개다리소반 위에 수저를 탁 하고 내려놓으며, 아버지는 음성을 버럭 높였다. 아들이 무어라고 다시 설명해보려 들었으나 아버지의 음성은 높았다. 송충이는 솔잎을 먹고살아야 한다는 얘길 반복해서 꺼냈다.

"아, 알았어요. 시장하실 텐데 어서 들기나 하세요."

승직은 그만 개다리소반 위에 내려놓은 수저를 집어 들어 아버지 앞에 다소곳이 내밀었다. 아버지는 그 수저를 빼앗듯 냉큼 받아 쥐며 아들을 여전히 노려보았다. 좀처럼 분이 가라앉지 않는지 국밥을 뜨다 말고는 결국 한 소리를 더했다.

"너, 한번 또 그 딴 소릴 내 앞에서 지껄여봐라. 그땐 네놈의 눈구멍을 이 두 손가락으로 확 찔러버릴 테니까."

그럴 때 주막집 주모가 부자 곁으로 뽀르르 다가왔다. 나룻배가 건너오고 있다는 것이었다.

그 통에 아버지는 남아 있는 막걸리를 마저 마시려고 거푸 두 사발이나 입안에 쏟아 부었다. 미처 젓가락질조차 해보지 못한 돈저냐도 소매 속에다 마구 쑤셔 넣었다.

그런 뒤 강변으로 서둘러 내려가자 정말 나룻배가 은밀하게 다가오고 있었다. 마치 어둠을 어루만져 달래듯 어두운 강물 위를 소리도 없이 미끄러져 왔다.

한데 나룻배가 도착하자 고요하던 강가가 돌연 소란스러워졌다. 나룻배 도착에 때맞추어 다른 주막집에서 젊은 사내들이 우르르 쏟아져 나왔던 것이다.

더구나 그들은 마치 자신들이 나룻배를 전세 낸 것인 양 저마다 거드름을 뺐다. 나룻배 사공을 제 마음대로 부려먹으려 들었다.

"여보슈, 거기! 거지발싸개 같은 상판대기를 한 당신 말요!"

모두 다섯 놈이었다. 녀석들은 한눈에 보아도 한성의 종로 저자거리에서 노는 무뢰배 같아 보였다. 단숨에 상대를 압도하려드는 다부지고 암팡진 눈매하며, 손목에 호피 혁대를 두른 것이 누가 보아도 영락없었다.

그러한 자들이 나룻배가 강가에서 미끄러져 나가자, 허술한 차림을 하고 있는 승직의 아버지를 업수이 여겨 아무렇게

나 손가락질해 가리켰다. 고분고분해 하는 나룻배 사공을 닦달하다 말고는, 사공 곁에 자리 잡고 앉은 부자를 지목하고 나선 것이었다.

"거기 두 사람, 순전히 우리 덕택에 나루를 건너가는 줄 아슈."

그러나 부자는 애써 녀석들의 시선을 피하고 말았다. 녀석들이 그러다 말기를 고대하며 애꿎은 강물만을 내려다보았다.

한데 그게 화근이었다. 애써 녀석들의 시선을 피한다는 것이 도리어 그들의 화를 부르고 만 꼴이었다.

"이봐! 그러니 우리 말이 말 같지 않다?"

한 녀석이 눈에 불을 켠 채 음성을 빽 높였다. 그 바람에 잠들어 있던 물새들이 놀라 저만큼 어둠 속으로 푸드득, 날아가 숨죽였다.

"좋아. 그렇다면 어디 우리 말이 말 같지 않은지 두고 보자구."

녀석이 자신의 목젖을 끄르륵 한껏 쥐어짜는가 싶더니, 묽은 가래침 덩어리를 두 사람 앞으로 후욱 내뱉었다. 그런 뒤 그 가래침 덩어리를 두 사람에게 혓바닥으로 핥아오라고 으름장을 놓았다.

"그게 싫거든… 여기서 강물로 뛰어내리던가!"

승직은 아버지와 자신이 이미 뱃삯을 냈노라 말하고 싶었다. 그것 때문에 녀석들이 심통을 부리는 거라고 믿었다.

한데 낌새를 눈치챈 아버지가 아들의 미투리를 툭툭 건드렸다. 괜히 긁어 부스럼 만들지 말라며 아버지가 웃으며 먼저 나섰다.

"…부디 너그러운 마음으로 저희 부자를 한번 보아주시구려."

"보아 달라? 헛, 개구리 보지에 털이 나는 소리하고 있네."

녀석들이 일제히 히죽거렸다.

"이 못난 사람이 원체 늙은 삭신이라 몸이 온전치 않은데다, 또 나룻배까지 흔들거려 선달님이 내뱉은 침을 도저히 핥을 수가 없을 것 같아서 그렇습니다요."

아버지는 그들에게 벌써 몇 번째 머리를 숙으려보였다.

"야아, 야! 우리 같은 천하 건달보고 선달님이란다. 선달님!"

깜냥에 그래도 선달님이라는 소리가 듣기 싫지는 않았던 모양이다. 금방이라도 사단이 벌어지고 말 것 같던 날선 눈빛이 풀어져 내리며 다섯 놈 모두가 깔깔깔, 웃음을 터뜨렸다.

"좋아. 사내가 참지 못하는 것은 첫째가 술이요, 둘째가 계집이요, 셋째가 소리라고 하던데. 어때? 당신 곁에 앉아 있는 이는 당신 아들놈이라도 되는 것 같은데. 그렇다면 늙은 삭신이어서 못하겠다는 당신 말고, 그 아들놈 보고 소리나 한 바탕 해보라고 이르지 그래. 이거 모처럼 한밤에 강을 건너자니 옆구리가 시려 견딜 수가 있어야지?"

그 순간 속에서 울컥하고 뜨거운 것이 후끈 치밀어 올랐다. 자신의 힘으로 그들을 당해내지 못한다면 차라리 강물에 뛰어들어 나루를 건너가고 싶은 충동에 휩싸였다.

한데 아버지는 그런 아들의 속내를 단번에 알아차렸다. 잽싸게 소맷자락을 잡아끌어 도로 자리에 앉혔다. 그리고 나선 매우 가련한 음성으로 입을 열었다.

"맞소. 이놈이 내 아들 녀석이 맞기는 하오만, 그런데 겉보기와 달리 이녀석이 본시 태어날 때부터 벙어리라 듣지도 말하지도 못하는 놈이외다. 그러니 부디 선달님들께서 저희 부자를…."

"아니 늙어빠진 삭신에 듣지도 말하지도 못하는 등신들이라? 에라, 개 씹으로 낳아도 네놈 부자보다는 낫겠다."

녀석들은 농아 흉내를 내어가며 안쓰럽다는 듯이 자못 손사래까지 쳤다. 까불작까불작 슬픔에 찬 표정마저 지어보였다. 이제는 그만 산통이 다 깨어진 일이라며 아쉬움조차 감추질 못했다.

'이 자식들이…!'

열일곱의 승직은 온몸이 부르르 떨려왔다. 더는 참지 못해 삿대라도 집어 들어 휘둘러버리고 싶은 생각이 굴뚝같았다.

그러나 이번에는 아버지가 곁에서 붙잡지 않았다 하더라도 그대로 꾹꾹 눌러 가만히 앉아 있을 수밖엔 달리 도리가 없었다. 혼자 몸으로 모두 다섯이나 되는 무뢰배들을 상대하기에 역부족인데다, 행여 벌집을 잘못 건드렸다 아버지마저 무슨 봉변을 당할지 모른다는 생각에 이르자 그만 벙어리 냉가슴 앓듯 두 주먹이 으스러져라 참아낼 수밖엔 없는 노릇이었다.

그런 속에서도 나룻배는 어두운 강을 끄덕끄덕 나아갔다. 철썩철썩, 뱃전에 부딪치는 강물을 사공 홀로 노를 저어 헤쳐가고 있었다.

'…어쩌면 아버지가 옳은지도 모른다. 아버지의 말처럼 나는 정말 벙어리일는지도 모른다. 아버지가 저러한 수모를 당하고 있는데도 정녕 말 한마디 하지 못하는, 지금처럼 항시 남의 이목 속에 파르르 떨고 살아야만 하는, 그저 보고도 못 본 채 눈길부터 피해야 하고, 듣고도 강물에 그냥 흘려보내야 하는, 나는 정말 그런 벙어리 귀머거리 멍청이일는지도 모른다.'

아마도 그때가 처음이었을 것이다. 승직이 태어나 열일곱 해를 살아오면서 자신을 못났다고 여겼던 건 아마도 그때가 처음이었을 것으로 생각된다.

아버지도 그런 아들의 아픔을 아는지 가늘게 떨고 있는 손을 가만히 잡아 끌었다. 그리곤 돌덩이처럼 거친 두 손바닥으로 아들의 손을 감싸 쥐었다.

승직은 그런 아버지를 싸늘히 외면했다. 죄 없이 젖어드는 속눈썹을 닦아내지도 못한 채 무심히 흐르는 강물만을, 강물 위에 내려앉은 푸른 달빛만을 뚫어져라 바라보았을 따름이다.

'…아침에 눈을 뜨면 곁에 누워 있는 자식들보다 논바닥에 심어놓은 벼를 먼저 생각하는 아버지. 그런 농사꾼으로 평생을 살아왔으면서도 자기 땅이라고는 한 뼘도 없는, 맨날 그 지경에 그 팔자밖에는 되지 않은 옹색한 궁핍. 그저 남의 집 토지를 굽신거려 빌어다 일 년 삼백육십 일 온 식구가 나서 등골 빠지게 소작을 지어봤자 겨우겨우 입에 풀칠이나 할 뿐. 아, 나도 이런 아버지를 뒤따라갈 수밖에 없는 운명이란 말인가. 정말이지 이 광대무변한 세상에서 또다시 아버지를 따라 이 길을 따라갈 수밖에는 없단 말인가.'

승직은 아버지가 먹으라며 슬그머니 내민 돈저냐 조각을 내버리고 말았다. 강물을 따라 흘러가는 달빛 속으로 그만 힘껏 내던져 버렸다.

그러면서 자신에게 대답했다. 아니다. 어금니에 금이 가도록 다짐하고 또 다짐을 했다.

'나는 아버지처럼 살아가지 않으리라. 주어진 운명에 결코 그대로만 순응하진 않으리라. 은쟁반 위에 물그릇을 떠받들 듯이 항상 기를 펴지 못한 채 파르르 떨리는 가슴으로 살아가야 하는, 나는 그런 아버지처럼은 살아가지 않으리라. 아버지로부터 대물림 받은 이 지긋지긋한 궁핍과 굴욕스러움을 내 자식들에게만은 결코 물려주지 않으리라….'

자신을 향해 무람없이 손가락질하는 녀석들 또한 예외가 아니었다. 까투리웃음으로 경망스럽게 깔깔거리고 있는 그들을 향해 얼마나 다짐하고 또 다짐을 했던지.

'오냐. 오늘의 이 굴욕도 기억해주마. 내 기어이 가져가 주마. 그리하여 이 굴욕도 키워 너희가 그토록 조롱하며 즐기는 이 지긋지긋한 가난을 모조리 뜯어내어 버린 뒤, 그때 다시 돌아와 주마. 오냐 기필코 돌아와 주마….'

그때 나룻배가 덜커덩, 멈추어 섰다. 어느새 강 건너 송파 나루에 닿자 무뢰배들이 나룻배 위에서 우르르 뛰어내렸다. 어둠 속으로 빨려 들어가듯이 한순간에 총총히 사라져 버렸다.

승직과 아버지 또한 나룻배에서 내려 어둠 속으로 향했다. 빼곡히 들어선 솔숲 사이로 난 좁다란 길을 찾아 걸어 나갔다. 집이 있는 숯가마골(경기도 광주군 탄벌리)까지는 앞으로도 족히 삼십 리는 더 걸어야만 했다.

다행히 달빛은 쨍쨍 더 빛났다. 고즈넉이 잠들어 있는 네 둘레 풍경 또한 눈에 익숙해져 갔다.

그러나 부자는 줄곧 말이 없었다. 미처 못 다한 무슨 얘긴가가 꼭이 남아 있을 것만 같은데도, 나룻배에서의 앙금이 쉬 가시지 않는지 두 사람의 입은 한사코 무거웠다.

결국 이번에도 아버지가 먼저 나섰다. 된통 헛기침부터 허구프게 해대고 나서는 말문을 열었다.

"애, 승직아. 그래 넌 농사일이 그리도 싫더냐?"

아들은 아주 짤막히 대꾸했다. 하지만 너무도 명백했다. 다시금 가출할 수도 있음을 애써 숨기려들지 않았다.

한데 아버지의 반응이 조금은 뜬금없는 것이었다. 으레 그쯤 되고 보면 불뚝성이 일만도 하였으나, 아버지의 음성은 뜻밖에도 차분했다. 더군다나 아버지는 그런 대꾸를 미리 알고 있기라도 한 것처럼 태연한 얼굴이었다.

"…나으리께서 너를 보러 오실 게다."

나으리라는 소리에 승직은 이내 아버지를 돌아보았다. 예상치 못한 소리에 깜짝 놀라 물었다.

"나으리께서요? 저를요?"

"그래. 너를 보러 오신다 하였다."

"아버지가 그러셨군요. 저보고 어디 토지 많은 집 세경 머슴으로라도 들어 갈 수 있게 해달라고. 그렇게 해달라고 아버지가 나으리께 간청을 올린 것이로군요?"

"이놈아, 애비가 무슨 소릴 했다고 그래. 네놈이 나으리를 직접 만나보면 알 수 있을 게 아니냐."

끝내 아버지가 음성을 다시 높이고 말았다. 음성을 높여 퉁바리를 주고 마는 바람에 승직은 잠시 머쓱해질 수밖에 없었다.

하지만 곧바로 정색을 하며 다시금 여쭈었다. 아버지가 애써 부정을 하지 않는 것으로 미루어 어쩌면 자신의 생각이 허튼 것일 수도 있다고 믿은 것이다.

"나으리께서 언제 오시기로 하였는데요?"

"열닷새. 보름날 오시마고 하셨다."

"열닷새, 보름날이면? 아버지, 바로 내일이잖아요?"

"그래, 이놈아. 그래서 이 애비가 똥줄이 다 탔던 것야. 그래서 송파 장터 바닥이고, 한양까지 올라가서 육의전 거리를 며칠째 찾아 헤맨 거야, 이놈아."

땅끝 가는 길

해남 가는 길은 가도 가도 기약 없이 멀기만 했다. 한성에서 땅끝 고을 해남까지는 꼬박 천백 리 길이었다.

종4품 신관 사또를 맞이하기 위하여 해남 관아에서 올라온 아전을 따라 한성의 육조六曹거리를 나선 지가 그 언제였는지. 하루에 꼬박 80리를 부지런히 걸어, 열흘하고도 나흘을 더 걸어서야 비로소 바다 냄새가 날똥 말똥 한 해남 땅에 당도할 수 있었다.

예로부터 해남은 호남의 48개 고을에서는 물론이고, 조선 팔도의 360개 군郡과 현縣 가운데서도 가장 크다고 알려져 있는 고을이었다. 이 고을에서 나는 쌀이 강원도 전체에서 나는 양과 같다고 일컬어졌다. 때문에 한성의 사대부 부인들은 아들을 낳아 호남 고을, 아니 그 가운데서도 해남 고을의 수령 한번 시켜보는 것이 소원이라고 하는 노래까지 전해 내려올 정도였다.

그런 고을인 만큼 해남 땅은 끝없이 너른 데다 엄장 컸다. 더구나 그 너른 들판을 품고 서 있는 산 또한 하늘을 찌를 듯이 우람찼으며, 깊은 계곡마다 시내가 우렁찼다.

해남 읍성은 그러한 산과 들을 지나 금강산을 할딱할딱 넘어서자 비로소 그 모습을 여릿여릿 드러냈다. 성문 바깥에 둥그렇게 잇대어 쌓은 옹성을 돌아 읍성 안으로 들어서자, 성 안팎에 모두 1천여 호에 달한다는 해남읍이 야트막한 산자락을 따라 옹개종개 펼쳐져 보였다.

관아는 읍성의 맨 꼭대기쯤에 자리 잡고 있었다. 성문 안으로 난 도로 양편을 따라 꼬약꼬약 들어찬 민가 사이를 한참이나 거슬러 오르다보면, 조금 더 높다란 산기슭 위에 위엄 있게 우뚝 서 있었다.

물론 관아 안에는 꽤 여러 채나 되는 기와집들이 즐비했다. 또 그런 기와집들은 저마다 그 집에서 근무하는 이의 신분과 지위에 따라 그 규모랄지 높이, 칸수, 좌향, 지붕과 처마의 꾸밈, 기둥이나 주추 따위를 각기 달리하고 있었다.

더구나 그러한 관아 안으로 들어가기 위해서는 반드시 세

개의 문을 통과해야 했다. 우선 성문을 거쳐 성 안의 민가를 지나게 되면 맨 먼저 홍살문 앞에 이르는데, 이 문에는 따로 문지기가 없어 그저 관아의 경계를 알리는 구실만을 했다.

홍살문을 지나게 되면 이내 중층 다락으로 만들어진 외삼문을 지나야 했다. 두 번째 문인 이 중층의 다락문은 드나드는 문이 다시 세 칸으로 나뉘어져 있는데, 좌우 쪽문이 아닌 가운데 문은 사또인 수령만이 드나들 수 있었다.

그러나 이 외삼문 앞에서부터는 좌우에 창검을 든 사나운 문지기들이 항시 지키고 서 있었다. 때문에 관아 출입을 사전에 허락받지 못한 자는 물론이거니와 장사꾼이며, 중, 무당은 그런 문지기들에 의해 관아 안으로 단 한 발짝도 발을 들여놓지 못했다.

육방 관속의 집무 영역은 바로 이러한 중층 다락문인 외삼문을 지나야만이 마침내 나타났다. 범죄자를 치죄하는 감옥소며, 기생과 노비들의 관노청, 군사와 무기에 관한 사무를 관장하고 보관하는 군기청, 일반 백성들과 직접 대면하는 서리·소리·이서·하리·하전 등의 아전들과 함께 이방·호방·예방·병방·형방·공방 등 육방의 집무처인 질청, 또한 고을 양반들의 대표자 격인 좌수와 함께 호위 무사인 별감別監이 있는 향청 등이 제각기 낮은 담장을 경계 삼아 무리를 이루었다.

마지막 문 역시 드나드는 문이 세 칸으로 나뉘어져 있는 내삼문이었다. 이 문은 공경심을 갖고서 우러러 볼 수 있도록 문의 가운데 부분이 다소 높아 흔히 솟을삼문이라고도 불렀다.

바로 이 세 번째 문까지 모두 거치게 되면 거기서부터는 관아 안에서도 가장 깊숙한 영역이었다. 왕의 위패를 모시고, 나랏일로 원행 중인 관원을 맞이하는 객사와 함께, 사또가 집무하는 정청인 동헌이 그 한쪽에 한층 위용 있게 자리했다. 그리고 그보다 더 깊숙한 뒤쪽에 사또의 식솔이 거주하는 내아가 들어앉아 있었다.

신관 사또 민영완(명성황후의 일족)을 따라나선 열일곱 살의 승직은, 하루 중 대부분을 그곳에서 보내야 했다. 신관 사또를 그림자와도 같이 바짝 붙어 따라다녀야 하는 '책실冊室'의 신분이었기 때문이다.

한데도 해남 관아의 육방과 그 아전들은 승직을 신관 사또의 책실이라고 부르는 이는 거의 없었다. 여유가 있으면 있는 대로, 화급하면 화급한 대로, 그들은 하루에도 몇 번씩이고 춘향전에나 등장하는 방자房子야, 하고 부르기를 더 즐겨했다. 물론 그때마다 승직은 자신이 방자가 아니라 책실이라며 거듭 고쳐 불러주기를 바랐으나, 한번 입에 붙은 그들에겐 부질없는 일이었다.

그러나 해남 관아의 육방과 그 아전들이 하루에도 몇 번씩이나 뻔질나도록 그를 찾고 있는 것에 비하면, 정작 자신이 해야 할 일은 그리 많지도 않은 편이었다. 더욱이 신관 사또 말고는 어느 누구라 할지라도 그에게 어떤 지시를 하거나 명할 수 없도록 이미 단단히 일러둔 터였다. 그것은 모두가 승직을 위한 사또의 각별한 배려에 의한 것이기도 했다.

따라서 승직의 하루는 사또의 일상과 철저히 맞추어져 있었다. 사또의 아침 기침 시각에 따라 일어났다가, 저녁 취침 시각에 따라 하루를 마감하는 일과였다.

"소세를 할 터이니 양칫물을 떠오너라."

때문에 아침에 잠자리에서 일어나게 되면 승직이 가장 먼저 해야 할 일은 내아로 올라가 사또에게 문안부터 올리는 것이었다. 그러면 사또는 으레 조용한 음성으로 세숫물부터 준비하라고 이르기 일쑤였다.

"오늘은 쌀분도 준비하거라."

하지만 간혹 평상시와 다르게 지시하는 날도 없지 않았다. 그리고 그런 날 아침이면 발에 불이 나도록 여기저기 분주하게 움직이지 않으면 안 되었다. 평상시와 같이 세수 대야에 샘물을 떠다 방안으로 가져가는 것 말고도, 한방에서 덩어리 약재를 부수어 가루로 만드는 악연을 이용하여 흰 쌀알을 미세하게 빻은 쌀가루까지 별도로 들여가야만 했기 때문이다.

"그럼 이제 분세수粉洗手를 하마."

세숫물로 얼굴을 씻어낸 사또는 천장을 바라보며 자리에 반드시 드러누웠다. 그러면 승직은 눈코와 입술 부분을 제외한 사또의 얼굴 위에다 녹차 물로 갠 흰 쌀가루 분을 수저로 조심스레 떠 얇게 얹어 덮어씌웠다.

그렇대도 지체 높은 사또의 얼굴에 손을 댄다는 것이 결코 쉬운 일만은 아니었다. 평생토록 사또 집안의 토지만을 소작해온 아버지조차 그의 곁에 가까이 다가서기를 어려워하는 터에, 그의 얼굴 구석구석 손을 대야 한다는 게 여간 진땀나는 일이 아닐 수 없었다.

"이젠 다 된 것 같지 않느냐?"

이윽고 물기가 거의 말라 쌀가루 분이 얼굴 위에서 부석부석 일어날 즈음이 되면, 매번 사또가 먼저 재촉을 하고 나섰다. 그쯤 되면 얼굴 위에 덮어씌웠던 쌀가루 분을 모두 걷어낸 뒤, 물에 젖은 수건으로 꼼꼼히 닦아내곤 했다.

물론 이러한 아침 분세수는 매번 당황스러운 데다 번거롭기 짝이 없었다. 그나마 다행스러웠던 것은 아침 분세수가 그리 빈번하지 않았다는 점이다. 어쩌다 고을의 양반들을 사또가 직접 접견해야 하는 날에나 그처럼 세안을 하고자 했다.

하기는 그저 상것은 애오라지 햇볕에 그을려 구릿빛 얼굴이어야 하고, 양반은 백지장처럼 새하얀 얼굴이어야만 했던 시대였다. 사또가 이따금 해야 하는 그런 아침 세안은 당시 양반 관리들에게는 전연 새삼스러울 것도 없는 일상이었다.

그 다음으로는 좌기坐起였다. 사또가 내야에서 조반을 든 뒤, 관복인 융복戎服으로 갈아입고서 동헌의 대청마루에 들어앉아 공무를 시작하는 것을 그렇게 일컬었다.

그러나 고을의 수령이 공무를 시작하기 위하여 동헌의 대청마루에 들어앉을 때까지는 매일같이 엄숙한 의식이 뒤따랐다. 사또가 내아에서 불과 지척인 동헌의 대청마루에 오를 때까지 북을 치고 피리를 부르는가 하면, 아침마다 육방과 아전이 한 사람씩 돌아가며 동헌의 대문 밖까지 미리 나가 사또를 영접하고는 했다.

"사또, 듭시오!"

육방과 아전들의 영접을 받으며 사또가 동헌의 마당 안으로 들어서면 나머지 육방들은 동헌의 댓돌 위에 서서, 그리고 관아 뜰에 서 있는 관속들 또한 두 손을 가지런히 모은 채 허리를 활처럼 깊숙이 구부리는 국궁의 자세로 공경과 두려움을 나타냈다.

이렇듯 매일 아침 북을 치고 피리가 울려 퍼지는 가운데 육방 관속의 깍듯한 영접을 받으며 동헌에 오르는 사또는, 멀찍이서 바라보기에도 여간 위풍당당한 게 아니었다. 더구나 관아의 육방 관속이 모두 소매가 넓은 중치막 차림인데 반해, 오직 사또만이 동달이(붉은 빛의 안을 받치고 붉은 소매를 단 검은 두루마기) 위에 전복戰服을 껴입었다. 왼편에는 큰 칼을 비켜 찬 채 병부가 든 주머니를 가슴 밑으로 길게 내려뜨렸으며, 머리에는 빨갛고 노란 산수털 벙거지를 쓰고 발에는 검은 수혜자까지 갖추어 신었으니, 언제 보아도 화려하기 그지없어 보였다.

"어험!"

사또는 동헌마루 위로 거침없이 오르면서 꼭이 한두 차례 정도는 헛기침을 해대고는 했다. 그것은 마치 이젠 그만 북과 피리 소리를 그쳐도 좋다는 승낙처럼 들렸다. 실제로 그때 즈음이면 그가 내야에서 모습을 드러낼 때부터 울려 퍼지기 시작하던 북과 피리 소리도 따라 멈추고는 했다. 하지만 사또가 동헌의 대청마루 한복판에 마련된 교의까지 마저 걸어가, 빨강과 파랑 색깔의 끈이 매달려 있는 채찍 지휘봉인 등채藤菜를 오른손에 쥐고서 자리에 앉을 때까지는 모두가 미동조차 할 수 없었다.

"단배례!"

이어 예방 서리가 음성을 높여 소리쳤다. 그와 함께 댓돌 위에 줄지어 서 있는 육방은 물론이거니와 관아의 뜰에 서 있는 관속들 모두가 허리를 구부려, 동헌의 대청마루 위에 좌기한 사또를 향하여 일제히 반절을 올렸다. 사또에 대한 아침 공대는 거기까지였다.

동시에 사또의 중요 일과라고 볼 수 있는 이른바 사송詞訟으로 이어졌다. 백성들의 억울한 사연을 들어 해결해 주는 자리였다.

그러나 사또가 좌기한 대청마루 뒤쪽에 서 있는 승직을 고통스럽게 만든 건 끝없이 이어지는 백성들이었다. 저마다 억울한 사연을 들고 사또를 찾은 백성들로 아침이면 관아 앞마당이 북새통을 이루고는 했다.

뿐만 아니라 사송의 내용이라는 것 또한 대개가 거기서 거기였다. 사람에 따라 다소 차이가 있긴 하여도 크게 보아 별반 다를 것이 없었다. 목구멍이 포도청이라서 당장 굶고 있을 수만은 없어, 봄철에 식량을 꾸어다 먹고 가을 추수기에 이자를 붙여 갚는 관아의 환자還子 곡식에 기댈 수밖에 없었단다. 하지만 관아에서 빌려 먹은 환자 곡식의 부채는 미처 갚기도 전에 해마다 눈덩이처럼 불어만 갔고, 그 때문에 이제는 꼼짝없이 관아로 불려가 곤장 맞을 일만 남게 되었다는 딱한 호소였다.

더구나 사또 앞에 무릎을 꿇어앉은 이들의 호소는 으레 더 다급한 사연이기 마련이었다. 관아로 불려가 비록 곤장을 맞는 일이 있더라도 환곡 갚는 일을 몇 달동안 미룰 수 있는 이들은 그래도 나은 편이었다. 이미 몇 차례나 곤장을 맞았음에도 도저히 환곡을 갚을 길이 없어 결국 파산에 처하고 말았거나, 그보다도 사정이 더 다급한 이는 당장 끼니가 온데간데없어 어린 자식들을 벌써 며칠째 굶기고 있다는 눈물어린 하소연도 들리기 일쑤였다. 사송이라기보다는 주린 배를 어쩌지 못해 절규하는 백성들의 행렬이 그칠 줄 몰랐던 것이다.

하지만 백성들의 이런 절규에도 불구하고 사또는 그들의 눈물을 닦아주지 못했다. 이미 파산하고 만 농가들이 적지 않은 데다, 그로 말미암아 생겨난 나라의 재정 적자를 메우기 위해서라도 환곡만은 피도 눈물도 없었다. 지엄한 국법에 따라 악착같이 거둬들여야 하는 마당에, 사또에게서 어떤 속 시원한 해결책을 얻어듣기란 애당초 기대키 어려운 일이었다.

물론 이따금은 사또가 온정을 베풀고 싶어 갈등하는 순간도 있다는 것을 승직은 그의 뒤에서 지켜볼 수 있었다. 하지만 그럴 때마다 곁에 서 있는 이방과 호방이 사또의 입을 잽싸게 가로막고 나섰다.

"사또, 우리 관아에서 환곡이 잘 거둬들여지지 않아 전라감영으로부터 재촉이 불같사온데, 어찌 그 뒷일을 감당하시려

합니까?"

하기는 그렇잖아도 환곡 수매 실적이 저조하다하여 전관 사또가 전라 감영으로 불려가 곤장까지 맞은 일이 있었다. 또 그런 이유만으로 거말居末(수령의 업무) 평가가 좋지 않아 파직까지 된 터였다. 그런 마당에 신관 사또라고 해서 무슨 묘약이 있을 리 만무했다. 오로지 눈물로 호소하는 가엾은 백성들을 어서 끌어내라는 이방과 형방의 불호령만이 뜰 아래로 빗발쳤을 따름이다.

"사령들은 도대체 무얼 꾸물대고 있는 게냐? 저 자를 당장 끌어내지 아니 하고!"

때문에 사또가 직접 개입하고 나서는 경우는 극히 드물었다. 기껏해야 지주와의 소작료 분쟁 같이 조율이 가능한 사송에나 겨우 몇 마디 입을 열었다. 하지만 그 역시 대부분 지주인 고을 양반들의 눈치를 전연 살피지 않을 수 없어 노상 같은 말만을 반복하고는 했다.

"그대는 사연이 지극히 억울하다 하나 한쪽 말만 듣고서 결정키 어려우니, 상대를 관아로 불러들여 사연을 충분히 듣고 난 연후에 그때 가서 판결을 내리도록 하겠노라."

그나마 이같이 딱하디 딱한 사연을 신관 사또에게 하소연해볼 수 있는 사송이라는 것도 기실 오전 나절이면 끝이 나기 십상이었다. 밀려드는 민원을 하루 이틀 안에 모두 다 처리하기도 어려웠지만, 그보다는 굶주리고 있는 백성들에게 당장 환곡을 유예시켜줄 수 있을 만큼 관아의 형편 또한 넉넉지 못하다는 숨은 속사정 때문이기도 했다.

그리하여 신관 사또가 부임한 지 채 한 달도 되지 않아 그만 유월 농번기라는 허울 좋은 구실을 찾아내기에 이르렀다. 농촌이 한창 바쁜 시기라 당분간 사송을 오전 나절만 받는다는 영을 내려 밀려드는 백성들의 발걸음을 돌려세우게 만들었다.

말하자면 5백년 왕조의 국운도 이미 땅에 떨어지고 만 시점이었다. 국운이 다하고야 만 왕조로 말미암아 패거리 세도정치와 관리들의 부정부패만이 활개치는 세상에서 죽어나는 것은 오직 기층민인 농민들 뿐이었다. 그 가운데서도 평생 냉혹한 가난 속에 살아가야 했던 소작농들의 참담함이란 땅끝 마을이라고 해서 조금도 다를 것이 없었다.

그리하여 이 시대 기층민인 소작농들은 자신들의 이런 참담한 처지를 흔히 '욕사무지慾死無地'라는 말로 하소연하고는 했다. 이제 곧 죽고자 하여도 묻힐 땅 한 뼘이 없다는 자조였다.

부언하자면 이런 얘기다. 한평생 소작농으로 살아가던 농부가 마침내 나이가 들어 죽기에 이르렀다. 이럴 때면 마지막으로 반드시 찾아가는 데가 있다고 한다. 생을 마감하는 비장한 순간을 목전에 둔, 병이 깊어 뼈만 앙상히 남은 육신을 막대기 지팡이에 겨우겨우 의지하여 찾아가는 곳이란 다름 아닌 지주의 집이었다. 지주를 찾아가 이승에서의 마지막 하직인사와 함께 꼭이 다음 세 가지 간청을 한다는 것이다.

"나으리, 나으리께서 저에게 땅을 내주어 평생 소작을 붙여먹을 수 있게 해주신 데 대해 머리 숙여 감사드립니다. 그러나 보시다시피 저는 이미 병이 들어 이제 며칠 있으면 곧 죽게 될 것입니다. 청하옵건대, 제가 평생 나으리의 땅을 소작으로 붙여먹고 살아오면서 흉년 때 나으리께 진 빚이 다소 있더라도, 제 자식 놈에게까지 묻지 마시고 그만 탕감해주신다면 원이 없겠습니다."

이럴 때 지주의 반응은 아주 명료하기만 하다. 평생 동안 소작농이 이뤄온 성적에 따라 엇갈리게 된다. 그리하여 지주가 입을 열어 무슨 할 말이 따로 있게 되면 소작농의 간청을 받아주지 않겠다는 것이고, 반면에 그저 아무 말 없이 헛기침만을 하고 있으면 소작농의 간청을 받아주겠다는 뜻이었다. 그리고 이 첫 번째 간청이 받아들여졌을 때만이 비로소 다음 두 번째 간청을 할 수 있었다.

"나으리, 이제 곧 제가 죽더라도, 그래서 청하옵건대, 제가 이렇게 평생 살아올 수 있었던 것처럼 제 자식 놈도 다시 나으리의 땅에서 평생 소작을 붙여 먹을 수 있게 해주신다면 더는 원이 없겠습니다."

마지막 세 번째 간청이 이른바 '욕사무지'였다. 이제 곧 죽고자死 하여도慾 육신이 묻힐 땅地 한 뼘이 없다無는 가슴 찢어지는 호소였다.

"나으리, 산 너머에 있는 도린결 재배기 옆 자드락이라도 좋습니다. 이 썩어질 육신이 누울 만한 묏자리 한 평이면 족하옵니다. 이 한 많은 세상을 떠나가면서 나으리께 마지막으로 청하오니 부디…."

빨강, 노랑, 파란 장식이 바람에 나부끼는 꽃상여에, 만가 소리 구성진 상례까지는 언감생심 바라지도 않았다. 오동나무 상장을 짚고 패철을 들고서 묏자리를 보아준다는 지관까지는 따로 부를 수 없다 할지라도, 조상 대대로 전래되어 내려오는 풍수에 따라 적어도 물과 바람은 피할 수 있는 곳에 묏자리를 써야 한다는 것쯤은 누구나 생애 끝자락에 서게 되면 차마 버릴 수 없는 비원이었다. 제아무리 미천한 목숨이라 하더라도 자신이 죽어 묻힐 묏자리는 마지막 순간까지도 결코 지나칠 수 없었던 것이다. 그래야만이 죽은 혼백이 북망산을 넘어 비로소 저승으로 갈 수 있다고 굳게 믿어온 까닭에서였다.

"이보게…. 자네 사정이 하도 딱해 보여 자네가 진 빚은 내가 자네 아들녀석에게까지 다시 묻지 아니하고 죄다 탕감해주도록 하겠네. 또한 자네의 청대로 자네의 아들 녀석이 내 땅에서 계속하여 소작을 붙여먹을 수 있도록 해준다는 점도 아울러 들어주겠네. 허나 자네의 묏자리 땅까지 내놓으라는 건 아무래도 팔자에 없는 소리 같으니, 그리 알고 이제 그만 돌아가 보게나."

대개는 그랬다. 제아무리 가슴 찢어지는 하소연을 해본들 지주가 소작농의 묏자리까지 선뜻 내어주는 경우는 드물었다. 이 또한 소작농의 평생 성적에 따라 간혹 딱한 사정이 받아들여지기도 하였으나, 하지만 그렇지 않은 경우가 더 비일비재했다.

그리하여 끝내 묏자리 땅조차 얻지 못한 이들은 길가의 아무 공터나 묻히게 되고 말거나, 그마저도 여의치가 않은 이들은 하는 수 없이 화장하여 강물이나 깊은 산속 어딘가에 유골을 흩뿌리고 마는 경우가 허다한 시대였다.

아무렇든 낯선 생활을 시작한 지도 서너 달이 지났을까. 파랗던 들녘이 그 사이 노랗게 물들어가면서 어언 가을 추수기로 접어들고 있었다. 모든 것이 생소하기만 한 땅끝 해남이라는 객지에서, 그것도 낯선 관아 안에서의 생활도 점차 낯이 익어갈 즈음이었다.

한데도 관아로 밀려드는 백성들의 민원은 좀처럼 수그러들 줄을 몰랐다. 너른 들은 온통 황금빛으로 출렁였으나, 실제로 그것은 백성들의 것이 아니었다. 양반 지주와 나라의 세금이나 환곡으로 사라지고 말 신기루 같은 것일 따름이었다.

때문에 추수기로 한창 일손이 분주할 때인데도 관아의 뜰에는 여느 날과 다름이 없었다. 이른 아침부터 몰려든 사람들로 야단법석이었다. 오전 나절이면 끝나고 말 소송에 행여 자신이 끼어들지 못할까 봐 서로 밀치고 조바심치는 바람에 사령들이 진땀을 빼곤 했다.

한데 그런 가운데서도 단연 눈길을 끄는 모녀가 있었다. 얼마나 다급한 사정이 있어 그런진 몰라도 사람들이 나서 자기 앞줄에 서라고 양보를 해주었다. 그리하여 마침내 사또 앞에 모녀가 나서게 되었다.

"…제 아비를 찾아주십시오, 사또."

열다섯이나 되었을까. 어미를 대신하여 소녀는 애써 용기를 내어보긴 하였으나 수줍음이 역력한 얼굴이었다.

"밑도 끝도 없이 네 아비를 찾아주라니? 무슨 말인지 자초지종을 상세히 아뢰도록 하거라."

이방이 대뜸 소녀를 다그쳤다. 소녀는 차근차근히 말해보라는 예방의 부드러운 음성을 듣고 나서야 다시금 용기를 내었다.

"며칠 전날 밤입니다. 사람들이 불러 제 아비가 집을 나간 뒤 아직 돌아오지 않고 있습니다."

"네 아비를 불러냈다는 그 자들이 누구더냐?"

예방이 물었으나 소녀는 모른다며 고갤 가로 저었다. 하지만 아비가 어디로 끌려가 있는지는 알고 있다고 했다.

"거기가 어디더냐?"

예방이 다시 묻자 소녀는 조금도 망설이지 않았다. 웃다리동에 자리한 한양에서 온 장두환 상단商團(오늘날의 기업을 일컬음)이라고 또렷이 대답했다.

"하면 네 아비가 상단으로 끌려간 것을 누가 목격한 자라도 있더냐?"

소녀는 고갤 다시 가로 저었다. 하지만 틀림이 없을 것이라며 울먹거렸다.

"네 이름이 무엇이냐?"

비로소 사또가 입을 열고 나섰다. 소녀는 쌀녀女라고 자신의 이름을 댔다. 다음 순간 곳곳에서 웃음이 삐져나왔다.

"쌀녀라 했느냐?"

사또는 난생 처음 듣는다는 표정으로 예방을 넌지시 바라보았다. 그러나 예방은 대수롭지 않다는 얼굴이었다.

"이 고장에선 종종 있는 일입니다. 어여쁜 아이를 보면 아이의 속살이 마치 쌀빛 같이 희다 하여 주위 사람들이 흔히 그렇게 부르곤 한답니다."

"오, 그런가. 그러고 보니 네 이름처럼 얼굴이 곱기도 하구나."

사또는 그제야 정색을 하며 물었다. 아비가 끌려간 곳이 상단이라고 어떻게 알 수 있느냐는 거였다.

쌀녀는 이렇다 할 물증을 대지 못했다. 한데도 아비가 상단으로 끌려갔다는 것만은 한사코 확신하는 얼굴이었다.

"듣거라! 그대 모녀는 아비가 상단에 끌려갔을 것이라고 말을 하나 한쪽 말만 듣고서 결정키 어려우니, 상단 사람을 관아로 불러들여 사연을 충분히 듣고 난 연후에 그때 가서 결정을 내리도록 하겠노라."

그렇듯 모녀 또한 거기까지였다. 사또의 말이 떨어지기 무섭게 모녀는 내삼문 바깥으로 내몰렸다. 사또 앞에는 벌써 또 다른 사람들로 채워지고 있었다. 환곡을 다 갚지 못해 곤장을 맞게 되었다며 다음 해 가을 추수 때까지 한 번 더 유예시켜 줄 것을 간청하는 또 다른 민원이었다.

한데 알 수 없는 일이었다. 모녀가 속절없이 내몰려간 뒤에야 비로소 얼굴이 화끈거려 왔다. 왠지 마음이 조바심쳤다. 가슴이 두근거리고 손에는 진땀이 묻어났다.

대청마루 뒤쪽에 서 있는 승직은 모녀가 내몰려간 내삼문 안팎에서 눈길을 떼지 못했다. 행여 다시 나타날까 눈길을 거두지 못하고 있었다,

하지만 다시는 쌀녀를 보지 못했다. 사송이 모두 끝날 때까지 내삼문 안팎에는 낯선 사람들만이 오고갔을 따름이다.

다음날 아침 풍경도 별반 다를 것이 없었다. 사또는 예의 풍악 속에 동헌의 대청마루 위에 좌기했다. 이어 육방 관속의 단배례를 받은 다음 사송을 시작했다.

다만 달라진 점이 있다면 사또 뒤에 마땅히 서 있어야 할 책실이 보이지 않았다. 사송이 한창 시작되었을 때 승직은 이미 동헌을 빠져나온 뒤였다. 외삼문 바깥에 몰려든 사람들 사이에서 누군가를 열심히 찾아 헤매고 있었다.

'…!'

그러다 우뚝 멈추어 섰다. 사람들 사이에서 누군가를 찾아낸 듯 그의 눈길이 한순간 저만큼 고정되었다.

그녀였다. 승직의 눈길을 단박 사로잡고 만 것은 상단으로 끌려간 아비를 찾아달라고 전날 사송에서 울먹이던 바로 그 쌀녀였다.

그러자 다음 순간 승직은 전날과 다름없이 얼굴이 화끈거

렸다. 왠지 마음이 조바심쳤다. 가슴이 두근거리고 손에는 진땀이 묻어났다.

그녀 또한 승직을 처연히 바라보았다. 그와 눈길이 정면으로 마주쳤으나 조금도 외면하지 않는 몸짓이었다. 마치 오래 전부터 익숙한 얼굴처럼 낯선 생각이라고는 조금도 들지 않았다.

승직은 비로소 사람들 사이에서 손을 가만히 들어보였다. 그녀 또한 사람들에게 이리저리 떠밀리면서도 승직의 눈길에서 벗어나지 않으려고 한사코 애를 쓰고 있었다.

한양 상단의 땅광

쌀녀라는 남다른 이름 탓이었을까. 아니면 상단이라는 소리에 그만 눈길이 혹하고 말았던 것일까. 그도 아니라면 마치 오래 전부터 익숙한 얼굴처럼 낯선 생각이라고는 조금도 들지 않았기 때문일까.

아무렇든 쌀녀를 다시 만난 이후 전날 관아에서 미처 다 듣지 못했던 자초지종을 알게 되었다. 그러면서 승직 또한 그녀의 아버지가 상단에 끌려가 있음을 확신케 되었다.

"우리 아버진 열 손가락이 없어. 누가 일일이 떠먹여 주지 않고선 숟가락조차 들지 못해. 눈앞에 밥을 두고도 드실 수가 없어."

그녀의 집은 원래 해남이 아닌 강진에 있었다. 강진에서 그녀의 아버지는 조상 대대로 이름난 청자 도공이었다. 한성의 장두환 상단으로부터 주문받은 청자 자기를 빚어 나룻배로 실어내던 꽤나 큰 가마집이었다.

그러나 역사가 가만 내버려 두지를 않았다. 일본의 강압에 의해 부산, 원산, 제물포가 개항되면서 상황이 꼬이고 말았다. 값싸고 날렵한 일본의 사기그릇이 산더미처럼 쏟아져 들어오면서 청자 자기의 수요가 날로 급감해 갔던 것이다.

하지만 무슨 연유에서인지 상단은 그러한 사실을 일절 입도 뻥긋하지 않았다. 아무런 언질조차 주지 않아 그저 쌀녀의 아버지는 자신이 빚은 청자 자기가 맘에 들지 않는 정도로만 알았다. 그래서 애써 빚은 청자 자기를 모조리 깨어 폐기시켜 버렸다. 그런 뒤 상단으로부터 어렵사리 선수금을 받아내어 청자 자기를 다시 빚어내고는 했다.

한데도 상단에선 뚜렷한 이유도 없이 청자가 좋지 않다는 얘기만을 늘어놨고, 쌀녀의 아버지는 그때마다 폐기와 빚기를 다시금 반복해야 했다. 그러길 몇 차례 반복하면서 상단으로부터 선수금으로 받아 청자를 빚었던 게 그만 고스란히 빚더미로 남고 말았다.

상단은 그때에 이르러서야 전후의 사정을 낱낱이 들려주었다. 더구나 절망스러웠던 건 앞으로 더 이상 청자 자기를 빚을 수 없다는 현실이었다. 그 때는 이미 헤어나기 어려운 큰 빚을 진 뒤였던 것이다.

결국 마지막 수단을 강구할 수밖에 없었다. 가솔을 이끌고 야반도주를 감행해야 했다. 상단으로부터 진 큰 빚을 도저히 감당하지 못해 처가가 있는 해남으로 숨어든 것이었다.

그렇게 몇 해 동안은 조용히 살 수 있었다. 그녀의 아버지는 옹기도 만들어 팔고, 남의 집 농사일도 거들어가며 근근이 살아갈 수 있었다고 한다.

한데 강진에서의 악몽도 그처럼 점차 잊혀져 갈 즈음이었다. 이번에는 아버지의 내면으로부터 악몽이 움터 올라왔다. 술만 마셨다 하면 자기 안의 고통을 이기지 못해 발광했다. 반은 미치광이가 되어 닥치는 대로 부수거나 깨트리기를 서슴지 않았다.

그러던 어느 천둥 벼락치던 날이었는지. 그녀의 아버지는 시퍼런 작두 날 위에 열 손가락을 얹어 놓고 두 눈을 질끈 감은 채 힘껏 눌러버렸다. 조상 대대로 빚어오던 청자를 더 이상 빚을 수 없다는 처지를 비관하여 스스로 잘라버린 것이었다.

그러나 운명은 참으로 모질고도 질긴 것이었다. 열 손가락을 모두 잘라버린 뒤에야 비로소 자신의 내면으로부터 비켜날 수 있었던 그녀의 아버지 앞에, 어느 날 뜬금없이 장두환 상단의 사람들이 불쑥 나타났다.

"아니 도공의 집이 해남에도 이렇게 있었구려. 우린 까맣게 몰랐소이다."

강진에서 청자 자기를 접은 그들은 대신 제주도에서 올라오는 말총(말꼬리 털)을 찾아 해남으로 눈길을 돌렸다. 해남에 아예 널찍한 거처를 마련하고 집단으로 거주를 하면서, 갓의 재료인 말총을 매집하는 한편 등잔용 석유며 사기그릇, 서양 부싯돌이라는 성냥, 빨래를 간편하게 해주는 양잿물, 지긋지긋한 질환을 금세 낫게 해준다는 양약과 같은 진기한 개화 상품들을 매매했다. 그러다 결국 쌀녀의 아버지가 해남에 숨어 산다는 소문을 엿듣게 된 모양이었다.

암튼 다음 날 오후가 되자 한가한 시간을 내어 승직은 성 밖에 있다는 냇골로 쌀녀를 찾아 나섰다. 냇골에서 키 큰 오동나무가 서 있는 집을 찾으라는 그녀의 얘기만을 듣고서 찾아 나선 길이었다.

성 밖으로 나와 길을 걸으면서 만나게 되는 땅끝 해남의 가을은 가슴 벅찬 풍경이었다. 넉넉한 들판은 눈길 닿는 데마다 풍성한 가을이 흐드러지게 영글어 가고 있었다.

하지만 발걸음이 가볍지만은 않았다. 전날 쌀녀를 만난 이후 어떻게든 사포에게 청해보려 하였으나 좀처럼 기회를 마련치 못하다가, 오늘 아침에야 비로소 넌지시 얘기를 꺼낼 수 있었다.

"그렇잖아도 내 어젯밤에 이방을 상단으로 보내었느니라. 한데 그 쪽 애기가 금명간에 한양에서 대행수가 내려온다는구나. 내 그 자를 만나본 다음에 적절히 조치를 취할 것이니 승직이 너는 암말 말거라."

사또는 퉁명스럽게 승직의 입을 가로 막았다. 상단과는 복잡하게 얽혀져 있는지 무엇 하나 자기 마음대로 처리하지를 못했다.

냇골은 생각보다 가까웠다. 읍성을 벗어나자 저만큼 들 너머 산자락 끄트머리에 빤히 건너다보였다.

"어이!"

한데 들 너머 마을 동구 앞에 다다랐을 즈음이었다. 누군가 자신을 부르는 것 같았다. 아름드리 홰나무 그늘 아래쪽에 마을에 사는 녀석들로 보이는 너더댓 명이었다. 그의 앞길을 떡하니 가로막고 선 채 시비부터 걸어왔다.

"어쩔까? 길 가는 사람 멜갑시(공연스레) 붙잡은께 쪼깐 껄쩍지근 하제?"

황소 입처럼 입술이 두꺼운 녀석이 금방이라도 승직의 두 눈을 확 찌르고야 말 것처럼 손가락 두 개를 번쩍 치켜세웠다.

그러다 무슨 생각을 했는지 그러면 안 된다고 스스로 뉘우쳐 가며 시시부지 제 손가락을 거둬들였다.

그렇다고 그냥 보내줄 것 같지도 않았다. 황소 입처럼 두꺼운 입술을 다시금 실룩거리며 거친 육담부터 쏟아냈다.

"오메, 쏘아보긴. 나가 니 두 눈알을 입술로 쪽 홀타부러(훑어버려)? 그라면 넌 어떻게 되는지 알아? 그라면 넌 심청이 애비 심봉사가 되어불제."

녀석들은 까르르 웃어젖혔다. 실로 오랜만에 재미난 대상을 만났다는 듯이 그다지 튼실해 보이지도 않는 어깻죽지를 절로 으쓱거렸다.

"그나저나 그짝(쪽)은 어디에 살어?"

승직은 성안에 산다고만 대답했다.

"아니, 읍내가 어디 한두 집 모여 사는 동네여?"

녀석들은 말끝마다 찜부럭을 놨다. 괜스레 트집을 잡아 윽박지르는가 하면, 겁을 주려고 등 뒤에서 옷자락이며 머리카락을 은근 슬쩍 잡아당기고는 했다.

"그란디 우리 냇골엔 왜 왔는디?"

"누굴 찾아왔어."

"누구?"

"그건 너희들한테 말할 수 없어."

"시방 보자보자 하니께 귀뚜라미 울 듯 잘도 시부렁거리고 자빠지는구만이?"

그래보았자였다. 승직은 굽힐 생각이 없었다. 뱉어내는 말들이 조금은 거칠긴 하였어도 왠지 위험한 녀석들 같아 보이지는 않았다. 그저 어느 동네에 가나 흔히 볼 수 있는, 괜히 한 번 텃세나 부려보는 촌뜨기로 보았을 따름이다.

"우리 냇골엔 처음이어?"

"으음."

"그라먼 너는 아직 모르것구만이."

'…?'

"머시냐, 우리 냇골에 처음 오면 누구나 우리 수수께끼를 맞혀야만 통과할 수가 있어. 알 것제?"

녀석은 자신들이 낸 수수께끼 셋 가운데 둘은 맞혀야만 동네 안으로 들어갈 수 있다고 했다. 맞히지 못할 땐 웃통을 모두 벗고 짚신까지 벗어들고서 들어가야 한다며 으름장을 놓았다.

"잘 듣고 대답해라잉. 그란께 모내기 철이었어. 밤에 도둑놈이 들어부렀는디. 그 놈을 잡아야 쓰것제? 도둑놈을 잡을라고 쫓아갔는디. 머시냐, 중도에 두 갈래 길이 나와부렀다 말이어. 자, 여그서 과연 어느 쪽으로 가야만 그 도둑놈을 쫓아갈 수 있것냐? 이것이 첫 번째 수수께끼여."

한 녀석이 잘 생각해보라며 땅바닥에 그려 놓은 그림 앞에서 한 걸음 물러나주었다. 그러나 뭘 생각하고 말 것이 없었다.

"개구리가 안 우는 쪽 길."

"왜 그랄까?"

"논에서 울던 개구리가 사람이 지나가면 두려워서 한동안 울음을 그치게 되니까."

"오매 제법이네잉."

겉으로는 내색하지 않았으나 녀석들의 표정은 벌레 씹은 얼굴이었다. 맞히지 못할 거라고 낸 수수께끼를 쩨꺽 대답해버리자 단박 풀이 죽었다.

"좋다잉. 요번엔 쪼깨 어려울 것이구만. 니가 언제 한양엘 가봤을 턱이 없것지만서도, 그라지만 요번 수수께끼는 바로 그 한양에 있다는 숭례문에 관한 것이다잉."

이번에야말로 녀석들은 승직을 본때 있게 궁지로 몰아넣을 수 있을 거라고 확신하는 것 같았다. 자신들의 경험으로 미뤄 이 대목에서 번번이 막히고 말았음을 기억해낸 것이다.

"들어봐라잉? 한양에 있는 숭례문 앞을 한 사람이 지나가면 꼭 일각(15분 정도의 시간)씩 짖어대는 쪼깨 멍충한 똥개가 있어부러. 그 똥개를 숭례문앞에서 하루 온종일 짖어대게 할라믄

대체 몇 사람이 있어야 하것냐?"

"그야 한 사람이면 충분하지."

승직은 조금도 어렵지 않게 대답했다. 반대로 녀석들은 너무 쉽게 맞혀버리고 만 정답에 할 말을 잃은 표정이었다.

"…그라먼 왜 그란지 설명도 좀 해봐야 쓰것제?"

"말하자면 이래. 숭례문 앞을 지나가는 사람이 같은 사람이라도 좋고, 설령 다른 사람이더라도 그 똥개에게는 아무 상관없는 일이야. 그렇기 때문에 어떤 한 사람이 일각의 간격을 두고 숭례문 앞을 계속 반복해서 지나간다 하더라도 그 똥개는 하루 종일 짖게 될 테니까."

"우아, 이 자석 참으로 대단하네잉?"

녀석들은 기가 막힌 듯 저마다 얼굴을 돌아보며 헛웃음을 쳤다. 그러나 이젠 가보아도 되느냐는 승직을 꼬질꼬질하게 가로 막아섰다. 당초 약속과 달리 나머지 한 문제를 마저 맞혀야 갈 수 있다고 별렀다.

"세 번째다잉? 닭이 먼저 생겼냐, 아니면 달걀이 먼저 생겼냐?"

언뜻 듣기엔 지극히 간단한 문제인 것 같았다. 하지만 승직은 신중하게 입을 열었다. 너무나 간단한 것 같아서 자칫 녀석들의 꼼수에 말려들지도 모른다는 우려에서였다.

"으음… 닭."

"어째서 그란디?"

"흔히 닭과 달걀의 관계를 이야기할 때 '닭의 알'이라는 말은 있어도 '알의 닭'이라는 말이 없는 것으로 미루어 그래."

"오메, 야가 참말로 보통이 아니네잉? 너 시방 우리 뱃속에 들어갔다 나온 거여, 어쩐 것이어?"

녀석들은 그때서야 슬몃슬몃 길을 내어주었다. 낯선 얼굴을 한번 보기 좋게 골탕 먹이려던 계획이 수포로 돌아갈 수밖에 없었다.

"참, 여기 쌀녀네 집이 어디쯤 되지?"

승직이 녀석들 앞을 지나다 말고 문득 발걸음을 멈추어 섰다.

"쌀녀? 그건, 야, 맹추야. 니가 야를 데리고 가야 쓰것는디."

녀석의 시선들이 일제히 한 녀석의 얼굴을 바라보았다. 작달막한 체구에 땅땅한 몸집, 작고 가늘게 뜬 날카로운 눈매가 인상적이었다. 하지만 세수를 언제 하고 말았는지 시커멓고 꾀죄죄한 얼굴이었다.

"따라와라이."

별 달갑지 않은 듯 맹추라는 녀석은 마지못해 앞장을 섰다. 나머지 녀석들은 동구 앞에 그대로 머물렀다.

"…저기 보이제? 저 집이어."

마을 안으로 자꾸만 걸어 들어가던 맹추라는 녀석이 이윽고 발걸음을 멈추어 섰다. 그리곤 마을 한쪽 언덕 위에 아슬아슬하게 얹혀 있는 작고 초라한 지붕을 손짓으로 가리켰다. 그녀가 말한 대로 키 큰 오동나무가 서 있는 초가였다.

"그란디 말이어…."

맹추가 말끝을 흐렸다. 작고 가늘게 뜬 눈은 무언가를 경계하는 눈빛이었다.

"쌀녀 집은 머땀시 가는디?"

"나쁜 일은 아냐."

둘은 그쯤에서 그만 헤어졌다. 녀석은 오던 길로 되돌아가고, 승직은 초가를 향해 마저 걸어갔다.

초가는 멀찍이서 바라볼 때보다도 한층 초라해 보였다. 마을이 한눈에 내려다보이는 야트막한 돌담장 너머에는 탐스럽게 피어 있는 붉은 목단만이 눈에 띄었을 뿐이다.

승직은 사립문 앞에 서서 집안의 사람을 불러보았다. 그러자 대나무 껍질을 얼기설기 엮어 문창살을 한 방문이 빼죽이 밀려나왔다. 이어 누군지 희미한 얼굴의 윤곽이 보일 듯 말 듯 문 바깥으로 내비쳤다.

그녀였다. 사립문 앞에 서 있는 승직을 보자 수줍음도 잊은 듯, 화들짝 놀란 얼굴로 섬돌 위에 벗어놓은 짚신을 찾아 신으며 서둘러 마당으로 내려섰다.

"어머닌 또 사정을 해봐야겠다며 오늘도 상단에 가셨어."

둘은 툇마루에 앉았다. 승직은 이쪽 끝에 그녀는 저쪽 끝에, 마당을 향해 나란히 걸터앉았다.

황토 마당에는 가을 햇살만이 눈부셨다. 간간이 흰 새들이 푸른 하늘을 무리 지어 날아갔으나 둘은 한동안 말을 찾지 못했다. 무슨 말부터 해야 할지 침묵만 깊어갔다. 사랑받고 싶어 안달이 난 강아지만이 둘 사이를 오가며 재롱을 떨고 있을 뿐이었다.

그때였다. 강아지가 깜짝 놀라 외마디 비명을 내질렀다. 잔뜩 겁에 질려 마루 밑으로 잽싸게 기어들었다. 아니 놀란 건 강아지만이 아니었다. 야트막한 돌담장 바깥에서 들려오는 난데없는 늑대의 울음소리에 승직 또한 적잖이 놀랐었다.

한데 알 수 없었다. 툇마루 반대쪽에 걸터앉아 있는 그녀는 조금도 놀란 기색이 아니었다. 놀라기는커녕 금세 편안한 얼굴로 돌담장 바깥에서 누군가를 불러냈다.

"맹추도 이리 와. 바깥에서만 어정거리지 말고."

다음 순간 야트막한 돌담장 너머에서 누군가 마당 안으로 느릿느릿 걸어 들어섰다. 맹추였다. 방금 전에 그녀의 집을 가리켜준 뒤 분명 되돌아섰던 녀석이 틀림없었다.

"난 정말 늑대가 민가까지 내려왔나 했다."

마루 밑으로 잽싸게 숨어들었던 강아지도 어느새 기어 나와 녀석을 반겼다. 녀석은 차마 믿지 못하겠다는 승직을 위해 다시 한 번 늑대 울음소리를 흉내 내어보였다.

"그냥 심심해서. 아무나 보고 짖어대는 동네 개들을 혼내주려고 나가 장난을 쳐본 것이어. 나 허맹추許孟秋라고 해."

맹추는 쌀녀와 오누이 같은 사이였다. 쌀녀의 아버지가 강진에서 살고 있을 때 누군가 어린 핏덩이를 강보에 싸 가마 곁에 두고 간 것을 거두어 한 집에서 자라게 되었다.

"이렇게 좋은 날엔 삼춘이랑 한창 옹기를 빚고 있어야 할 텐디…."

맹추는 그녀의 아버지를 삼촌이라고 호칭했다. 자신의 삼촌이 벌써 며칠째 상단에 끌려가 있는 데도 무기력하게 손을 놓고만 있는 자신을 원망하고 있었다.

"그렇잖아도 그 문제 때문에 왔어."

조심스레 입을 열었다. 아침에 사또에게서 들었던 얘기도 빠짐없이 들려주었다. 상단과 사또 사이의 복잡 미묘한 관계 또한 알아듣기 쉽게 설명해 주었다.

"그라믄 삼촌이 죽건 말건 간에 관아에선 나 몰라라 한단 말이어?"

"이대로 가만 있다간 자칫 그럴 수도."

맹추가 발끈했다. 만일 삼촌에게 무슨 몹쓸 일이라도 생긴다면 결코 가만두지 않을 거라며 벽면에 걸려 있는 낫을 치켜들었다.

"그렇게 무모하게 나선다고 해결될 일이 아니야. 지금은 어떻게든 구해낼 방법을 찾아내야지."

"끌려간 삼촌을, 우리가?"

손에 낫을 쥔 채 맹추가 승직의 곁으로 바짝 다가섰다. 그녀 또한 정색을 하며 몸을 일으켜 세웠다.

"여기 냇골로 오는 길에 성 밖 웃다리동에 자리하고 있다는 상단의 거처를 면밀히 살펴보았어."

승직은 자신이 목격한 상단의 거처를 땅바닥에다 그림으로 그리기 시작했다. 그런 뒤 상단의 거처 안에 마련되어 있을 땅광의 위치부터 먼저 찾아야 한다고 주문했다.

"땅광이 머시어?"

"물건을 보관해두거나 쟁여둘 때 쓰기 위해 만든 지하 창고. 말하자면 지하 곳간 같은 곳이야. 상단마다 이러한 땅광을 반드시 갖고 있기 마련인데. 그래서 땅광은 상단 안에서 가장 은밀한 곳이기도 해."

그녀의 아버지가 상단에 끌려가 있다면 틀림없이 땅광 어딘가에 꼼짝없이 갇혀 있을 것이라고 점쳤다.

"거기선 아무리 소리를 쳐보아도 바깥에선 들리지 않을 거야. 그렇기 때문에 말 잘 듣지 않은 일꾼들을 잡아다 흔히 그 안에서 고문도 하고 했다는 얘길 들은 적이 있어."

"근데, 승직이 넌 상단에 대해서 어떻게 그리도 잘 안다냐?"

맹추는 어안을 벙벙해 했다.

"아주 잠깐 동안이긴 하지만, 한양에 있을 때 어느 상단에 속한 적이 있었어. 그때 상단의 거처를 조금은 알게 된 거야. 여길 봐…."

한양 석유전에서의 짧은 경험을 되살려 승직은 마당에 그려놓은 상단 거처의 그림을 하나하나 설명해 나갔다.

"내가 볼 때 대문 쪽은 아닐 거야. 출입이 잦은 쪽에 땅광을 만들어 놓을 리 없어. 이쪽도 그래. 바라지 창문이 연이어 나 있는 것으로 보아 이쪽은 일꾼들의 숙소가 확실해 보여. 그렇담 이 반대편일 경우가 십중팔구야. 더구나 이 반대편엔 이쪽의 바라지 창문이 나 있는 것과 다르게 환기 창구 같은 것이 연이어 나 있더라구."

그러면서 환기 창구가 나 있는 반대편의 꼭이 한복판을 골라냈다. 그 지점에 땅광으로 들어가는 출입구가 나 있을 거라고 확신했다.

"문제는 상단의 거처를 지키고 있을 진돗개들이야."

"몇 마리나 되겠냐?'

"마릿수는 그리 중요치 않아. 우리가 어떻게 움직이느냐가 중요한 거지."

셋은 곧 머리를 맞대고 앉았다. 맹추에겐 믿을 수 있는 친구 셋만 동원시키라고 단단히 일렀다. 그런 뒤 각자가 맡아야 할 역할을 일일이 확인시켜 주었다.

"쇠뿔도 단김에 빼라고 했어. 오늘밤에 당장 쌀녀 아버지를 구하러 가자."

음력 초사흘 달빛이면 한번 해볼 만하다는 생각이 들었다. 칠흑 같은 밤은 아니더라도 몸을 은폐할 수는 있다고 믿었다. 딴은 그 점이 무엇보다 중요하기도 했다.

"이러다 혹… 일이라도 잘못 되는 날엔 어떡하냐?"

맹추의 얼굴에 걱정이 가득했다. 작고 가늘게 뜬 눈매에 힘이 잔뜩 들어가 있었다.

"걱정하지 마. 만일 그렇게 되더라도 그땐 너흰 모든 것을 내게 미뤄. 아무것도 모른다고만 해. 그저 내가 시켜서 했을 뿐이라고 발뺌을 하면 돼."

사또를 믿어서일까. 아니면 슬픔에 빠져 있는 쌀녀 때문에서일까. 승직은 확신에 찬 음성이었다. 비록 스치듯 지나가는 짧은 순간들이었지만, 그녀의 눈빛이 겹쳐들 때마다 온몸에 번져드는 그 알 수 없는 미묘한 감정의 간극과 보이지 않는 가는 떨림 속에 서로의 눈빛을 이어주는 어떤 연결점 같은 것이 서로 맞닿아 있음을 이미 알고 있었다.

"그나저나 아까 동네 아이들이 낸 수수께끼를 맞힐 때부터 알아봤다만, 대체 이런 생각은 어떻게 다 했냐?"

맹추는 그게 궁금했던가 보다. 땅바닥에 그려놓은 그림을 지우다 말고는 승직을 다시금 돌아보았다.

"맹추 네가 늑대 울음소리를 흉내 내어 날 놀라게 했을 때부터."

"내 늑대 울음 숭내?"

"응. 그렇잖아도 진돗개들을 어떻게 하면 좋을지 난감해 하던 차에, 네 늑대 울음소리를 듣는 순간 벼락처럼 모든 것이 한순간에 떠올랐어."

"정말로?"

맹추의 입이 금방 함박만 해졌다. 걱정으로 가득한 얼굴보다는 그래도 철없이 웃는 얼굴이 더 나아보였다. 하지만 시간이 넉넉지 않았다. 준비할 것이 많아 세 사람은 일단 서둘러 헤어지기로 했다.

같은 시각, 상단의 거처에는 여느 날과 달리 사람들의 움직임이 분주했다. 한양에서 내려온 대행수 일행이 막 당도하고 있었던 것이다. 사또가 말한 그대로였다.

대행수는 이번에도 진기하다고 소문난 개화 물건을 당나귀에 잔뜩 싣고서 내려왔다. 그의 일행이 끌고 온 당나귀 수만도 열여섯 마리나 헤아렸다. 상단의 너른 마당에는 열여섯 마리나 되는 당나귀들이 풀어놓은 개화 물건들로 금세 넘쳐났다.

이윽고 대행수는 여독을 풀 겨를도 없이 상단 거처의 형편부터 살피고 나섰다. 상단 거처에 머물고 있는 행수들과 마주 앉았다.

"자네들도 이미 한두 번씩은 인사를 나눴을 줄 아네. 여긴 우리 장두환 대방大房(상단의 주인) 어른의 첫째 아드님이시네."

대행수는 자신의 옆자리에 앉아 있는 젊은이를 행수들에게 먼저 소개했다. 행수들은 앉은 자리에서 일제히 목례를 올렸다. 행수들의 목례를 받은 젊은이는 자신의 이름을 대는 것으로 인사를 대신했다.

"장대경이라 하오."

장대경이라면? 그랬다. 윤기 나는 검은 갓에 앳되어 보이는 얼굴, 연분홍 도포 차림이 유난히도 돋보였던, 승직과 만봉이 한양의 종로거리에서 우연히 만났던 바로 그 친구였다. 한데 그 친구가 상단 대방의 첫째 아들이라니. 더구나 무슨 연유에서인지는 몰라도 해남의 상단 거처까지 내려왔던 것이다.

"이렇게 다시 모여 앉은 지도 어언 두 달 만인가? 그래 이곳엔 그간 별 일이 없었는가?"

인사가 오가자 다시 대행수가 입을 열었다. 초행길인 대방의 첫째 아들과 함께 오느라 예정보다 사나흘 정도 늦어졌다며, 해남 거처의 사정부터 듣고자 했다.

"한양에서 내려온 개화 물건은 그동안 제주도로 순조롭게 빠지고 있습니다. 그렇잖아도 땅광이 거의 바닥을 드러내고 있던 참이었는데, 때맞춰 대행수께서 당도해주셨습니다. 한데…."

행수가 문득 말을 잇지 못했다. 곤란한 듯 고개만 떨구었다.

"무슨 일인데 그러는가?"

관아하고 혹 사이가 틀어지기라도 한 것이냐며 대행수가 다그쳤다.

"신관 사또가 새로이 부임해 오긴 하였으나 관아하고는 여전히 돈독한 관계를 유지하고 있습니다."

"그러면 된 게 아닌가? 또 무슨 일이 있단 말인가?"

대행수의 거듭되는 추궁에 행수는 마지못해 말을 이었다. 강진 도공을 마침내 찾아냈다고 말했다.

"강진 도공이라면…?"

"상단에 청자 자기를 대던 그 장씨 말입니다."

"그 자라면… 우리 상단에 천삼백 냥이나 빚을 진 채 야반 도주하고 만 자가 아닌가?"

"바로 그 자가 여기 해남에 살고 있었습니다, 대행수."

"그래서 어찌하였는가?"

"두말할 것도 없이 붙잡아다 놨습니다."

"붙잡아오는 데 남들 이목은 없었는가?"

"물론입죠, 대행수."

한데 문제가 있음을 고백했다. 붙잡아 온 지 열흘을 넘기면서 관아에 사송이 들어갔음을 밝혔다.

"왜 열흘토록이나 붙잡아 두었는가? 그런 자는 이미 정해져 있는 우리 방식대로 곧바로 처리하면 되었잖은가?"

그렇잖아도 붙잡아 온 날 저녁에 바로 그 자의 손목을 자르려 했다고 한다. 한데 이미 손가락 열 개를 스스로 자른 뒤였다. 더구나 금명간에 해남 거처로 대행수가 내려온다는 기별이 당도하여, 그만 하루 이틀 미루다 시나브로 열흘이 되고 말았다고 했다.

"어리석은 짓을 했구나. 간단하게 처리하고 말 일을 가지고 너무 오랫동안 붙잡아뒀어. 관아에서 아는 날엔 뒷일을 어찌 감당하려고 그리하였는가?"

한데도 대행수는 별일 아니라는 듯이 태평스러웠다. 오늘 밤 당장 사또를 만날 터이니 관아에 사람을 보내어 기별을 넣으라고 일렀다.

"하면 사또를 만나 어떡하실 작정입니까, 대행수?"

"어떡하긴. 우리 상단과는 아무 관련도 없다고 사또와 입을 맞추어보는 수밖엔."

"그럼 사또로부터 언질을 받아내는 그 날 곧바로 저 잘 감쪽같이 없애버리도록 하겠습니다."

'….'

대행수는 아무런 말도 하지 않았다. 행수들은 그런 침묵의 의미를 이미 알고 있는 듯했다. 이제는 시름을 덜었다는 듯이 대행수를 향해 일제히 머리를 조아렸다.

"그 자리에 나도 가보고 싶소이다, 대행수."

그럴 때 누군가 불쑥 입을 열고 나섰다. 아무 말 없이 대행수의 옆자리에 앉아 있던 상단 대방의 첫째 아들 대경이었다. 대행수는 잠시 마뜩지 않은 표정을 지었으나 이내 옅은 미소를 지어보였다.

"그리합죠, 도련님."

이 날 따라 낮이 빨리 저물었다. 놀빛을 좇아 굴러 떨어지듯이 붉은 해가 서산 너머로 기울고 말았다.

그러나 밤은 왜 그다지도 지루하기만 한 건지. 더구나 날이 어두워지기 시작하면서 으슬으슬 추위까지 몰려들어 승직을 비롯하여 쌀녀와 맹추, 그리고 맹추의 친구 셋 모두 남의 집 처마 밑에 쌓아둔 짚뭇 속에서 오들오들 떨어야 했다.

"…야, 승직아. 아즉도 꺼지지 않았냐?"

마침내 끝까지 남아 있던 불빛마저 상단 거처의 창가에서 사그라졌다. 그러자 안달이 난 맹추가 몸을 부스럭거렸다. 술시戌時(저녁 7시부터 9시까지)경부터 줄창 짚뭇 속에 숨어 몸을 웅크리고 있자니 도무지 좀이 쑤셔 견딜 수가 없었다.

"안 돼. 자시子時(저녁 11시부터 새벽 1시까지)가 될 때까지는 좀 더 기다리고 있어야 해."

승직은 신중했다. 뒤늦게 합류한 맹추의 친구 셋도 그의 신중에 따르는 얼굴이었다.

"니미, 그 시각이면 늑대가 아니라 늑대 할애비도 진작 잠에 곯아떨어지고 말았것다."

맹추는 갑갑해했다. 더욱이 양쪽 발끝은 물론 얼굴까지도 얼어가고 있다면서 좀 더 기다리자는 그를 원망했다.

그러나 승직은 꼼짝도 하지 않았다. 다들 곤히 잠이 들 때까지는 참고 기다려야 한다고 오금을 박았다.

"맹추 너도 잘 알고 있겠지만, 늑대란 놈은 원래 야행성 동물이라 자시가 넘어야 비로소 활동을 해. 그때까진 우리도 움직일 수 없어."

"오메, 낮에도 수수께끼로 내 속을 시꺼멓게 태워불더니만, 인자 밤에도 나를 옴짝달싹 못하게 하는구만이."

그러던 맹추였다. 그런 맹추가 잠시 잠잠 하는가 싶더니, 돌아보니 어느새 꾸벅꾸벅 졸고 있었다. 그새를 참지 못해 추위 속에서 잠을 청하고 있었던 것이다.

"인나, 인나, 어서. 쌀녀 아부지를 구하기도 전에 여기서 얼어 죽고 말래?"

친구들이 맹추를 흔들어 깨웠다. 행여 일이 어긋나 붙잡히기라도 하는 날엔 흠씬 두들겨 맞는 것은 고사하고, 자칫 옥에 갇힐 수도 있는 살 떨리는 순간이었다. 한데 그 새를 참지 못해 또 졸고 있느냐고 핀잔을 주었다.

그러나 맹추는 엉뚱한 소리만 했다. 자신은 결코 잠든 적이 없다는 것이다.

아무렇든 그럭저럭 시간도 흘러 상단의 거처는 물론 웃다리동 마을 쪽에서 간간이 들려오던 개 짖는 소리마저 잠잠해질 즈음, 승직이 마침내 몸을 일으켰다. 드디어 자시가 되었다고 판단한 것이다.

"…지금인 것 같다."

쌀녀를 한 번 돌아본 뒤 맹추의 등을 다독였다. 맹추 또한 친구들의 등을 다독여 주었다. 그들 또한 잘해보자며 어둠 속에서 흰 이를 씨익 드러냈다.

"자, 가자."

음력 초사흘 날의 초승달은 사립문 앞 감나무도 채 넘어오지 못하고 있었다. 마을 바깥쪽의 저 멀리서 어슴푸레 산등성이만을 희미하게 비추었을 따름이다. 모두가 짚뭇 속에서 일제히 튀어나왔으나 사방은 고래 뱃속처럼 어둡기만 했다.

그들은 곧 상단이 저만큼 바라다 보이는 우물가에서 두 편으로 갈라졌다. 상단의 정문인 솟을대문을 중심으로 놓고 보았을 때 쌀녀와 승직 그리고 맹추는 환기 창구가 나 있는 오른편 행랑채 쪽으로, 맹추의 친구 셋은 바라지 창문이 나 있는 그 반대편 행랑채 쪽을 향하여 고래 뱃속 같은 어둠 속으로 총총히 사라져갔다.

"여기야…."

길게 내뻗은 행랑채 처마 밑을 조심스레 걸어가던 승직이 뒤따라오던 쌀녀와 맹추를 돌아보며 낮게 속삭였다. 낮에 눈여겨보아 두었던, 곳간의 벽면 높다랗게 나 있는 환기 창구가 세 사람의 머리 위로 희미하게 내비쳤다.

승직과 맹추는 이미 눈도장을 찍어둔, 주변에 무더기로 쌓아져 있는 짚단을 허물어 내렸다. 그리곤 환기 창구 아래쪽으로 옮겨 수북하게 쌓아올리기 시작했다. 어느 정도 높이가 올라가자 맹추의 부추김을 받아가며 승직이 먼저 환기 창구로 올라갔다.

이윽고 벽면 높다랗게 나 있는 환기 창구에 다다르는 데 성공한 승직은, 그러나 반대편 행랑채 쪽에서 신호가 올 때까지는 창살에 매달린 채 꼼짝없이 기다려야 했다. 그런 승직을 바라보고 있는 쌀녀나 맹추 또한 속절없이 신호를 기다리기는 마찬가지였다. 반대편 행랑채 쪽에서 들려올 소란스런 틈을 타 안으로 침입해 들어갈지, 아니면 다음 기회로 미룰지를 결정해야만 했다.

밤은 여전히 숨죽여 고요했다. 간간이 불어오던 밤바람조자 점차 잠들어가면서 이따금 떨어지는 감나무 잎사귀에도 밤의 정적은 소스라치곤 했다.

'…!'

그처럼 숨막힌 일, 이각(15분에서 30분)이 흘러갔을까. 약속대로 상단의 반대편 행랑채 쪽에서 신호가 왔다. 숨죽여 고요하기만 하던 밤하늘에 난데없이 늑대의 울음소리가 길게 울려퍼졌다. 맹추에게서 배운 친구 셋이 동시에 나선 것이었다.

"우우…!"

처음 한동안에는 순전히 상단의 마당을 지키고 있을 진돗개들을 자극하기 위함이었다. 녀석들이 미끼에 걸려들도록 친구 셋이 동시에 울부짖었다.

아니나 다를까. 물속처럼 고요하기만 하던 상단의 마당이 발칵 뒤집혔다. 날카롭게 짖어대는 소리로 온통 소란스러웠다. 그것은 곧 늑대의 울음소리에 진돗개들이 걸려들고 말았음을 알리는 신호이기도 했다.

그때를 놓칠 새라 환기 창구의 창살에 매달려 있던 승직이 발길질을 세차게 해댔다. 창살 대여섯 개가 이내 우두둑. 비명을 내지르며 분질러져 나갔다. 하지만 염려할 건 없었다. 상단의 마당에서 개들이 미친 듯이 짖어대는 통에 창살 분질러지는 소리쯤은 간단히 묻히고 말았다.

다음 순간 승직은 분질러진 창살 사이로 몸을 넘겼다. 쌀녀가 지켜보는 가운데 맹추 또한 승직을 뒤따라 환기 창구 안으로 사라졌다.

"…어딨어?"

환기 창구 안은 바깥에서 본 것처럼 곳간이었다. 그러나 너무 어두웠다. 환기 창구 안으로 뒤따라 뛰어내린 맹추가 앞서 뛰어내린 승직을 찾았다.

"여기."

어둠 속에서 손을 내밀었다. 맹추는 그 손을 힘껏 잡아 쥐었다. 마주잡은 두 손은 어느새 가늘게 떨리고 있었다.

그때서야 상단의 여기저기에 불빛들이 밝아졌다. 사람들 소리가 하나, 둘, 점점 더 늘어만 갔다.

"땅광인지 뭔지 어딨어?"

불안감을 이기지 못한 맹추가 자꾸만 입을 열었다. 승직 또한 땅광으로 통하는 출입구를 연신 찾아 헤맸다. 하지만 너무 어두운 데다 낯설기만 한 곳간 안에서 어떤 단서를 찾아내기란 쉽지 않은 일이었다.

한데 상단의 여기저기에 불빛들이 밝아지면서 상황이 나아졌다. 문틈 사이로 가늘게 새어 들어온 불빛이 곳간의 속살을 희미하게 드러냈다.

그러면서 두 사람은 거의 동시에 어느 한 지점을 뚫어져라 살폈다. 곳간 안의 삼면에 물건들이 키 넘게 쟁여져 있는데 반해, 유독 한쪽 벽면만은 덩그러니 비어 있는 채였다. 땅광으로 통하는 출입구가 있을 만한 곳은 거기 뿐이었다.

두 사람은 그 쪽으로 좀 더 가까이 다가서 보기로 했다. 맹추는 몸을 낮추어 손바닥으로 자기 앞의 바닥부터 조심스레 더듬어 나갔다.

그럴 때 무언가 손끝에 닿는 촉감에 놀라 두 사람은 동작을 멈추었다. 맹추보다 한 뼘 정도 앞서 승직의 눈매가 먼저 반짝였다.

'혹시 이거…?'

쇠고리였다. 그 중요성만큼이나 굵고 또렷했다. 아무렇게나 내버려져 있는 것 같은 쇠고리를 어두운 땅바닥에서 재빨리 주워들었다.

맹추도 곧바로 가세하고 나섰다. 땅광으로 통하는 출입구를 여는 쇠고리라고 확신한 두 사람은 좌우종횡으로 마구 움직여보았다.

다음 순간 쇠고리를 따라 널찍한 문짝이 땅바닥에서 슬그머니 입을 벌리기 시작했다. 땅광으로 통하는 문이 기어이 그 입안을 드러낸 것이었다.

승직이 앞장서 그 아래쪽으로 내려갔다. 조심스럽게 발밑을 내딛어가며 땅광으로 내려가는 계단을 밟았다. 마당의 동향을 살피고 있던 맹추도 지체 없이 그 뒤를 따랐다. 바깥의 상황까지 일일이 다 확인해볼 순 없었으나, 둘은 자신들이 의도한 대로 전개되어 간다고 믿었다. 지금쯤은 세 친구가 각자 정해져 있는 방향으로 줄행랑을 치고 있을 것이고, 또 서로 번갈아가며 늑대 울음소리를 내어 뒤쫓아 오는 진돗개들을 이리

저리 따돌리고 있을 것이라고 확신했다.

한데 땅광 안은 곳간보다도 더 어두웠다. 세상의 맨 밑바닥인 막장 안으로 내려가는 것만 같았다.

그때 갑자기 어디에선가 한 줄기 불빛이 땅광 안으로 새어들다 사라졌다. 마당을 밝히고 있는 불빛이 곳간의 문틈을 지나 흐릿하게나마 땅광 속까지 흘러들다 만 것 같았다.

하지만 그나마 여간 반가운 게 아니었다. 땅광의 계단을 마저 내려갈 수 있었을 뿐 아니라, 세상의 맨 밑바닥 같은 칠흑의 막장 안을 향해 용기 있게 걸어 들어갈 수가 있었다.

"삼춘, 맹추여라우."

두 사람은 한치 앞도 내다보이지 않는 칠흑 속을 더듬거려 안으로, 또 안으로 걸어들어 갔다. 그녀의 아버지가 어디에 있는지 나지막이 소리쳐 불러보기도 했다.

그러나 땅광 안은 짙은 어둠만이 깊었을 뿐, 그 어떠한 인기척도 느낄 수 없었다. 금방이라도 누군가 땅광으로 내려오는 계단을 밟으며 뒤따라 올 것 같은 불안감만이 등 뒤에 서늘할 따름이었다.

"삼춘, 삼춘!"

속절없이 엄습해오는 불안감을 떨쳐버리기 위해서인지 맹추는 자꾸만 쌀녀의 아버지를 불러댔다. 제발 어서 어둠 속에서 일어나 무슨 기척이라도 보여주길 간절히 바랐다.

한데 다음 순간, 승직은 그만 훅 하고 호흡을 멈추었다. 수풀 속에서 멋모르고 기다란 연체동물을 밟았을 때와 같은 아찔한 느낌이랄까. 아무렇든 무언가가 발끝에 물컹하고 밟히는 게 있었다.

'…!'

이어 승직의 발목이 무엇인가에 왈칵 붙잡혔다. 거기에 그만 소스라치게 놀라 온 몸이 얼어붙고 말았다. 처음엔 너무나도 놀라 숨이 다 막힐 지경이었으나, 점차 온기가 느껴지는 사람의 손바닥 같다는 생각을 떠올리기에 이르렀다.

더구나 염려할 것도 없었다. 어둠 속에서 자신의 발목을 붙잡았던 손바닥은 힘이 턱없이 모자랐다. 자신의 발목을 붙잡았다기보다는 가까스로 손바닥을 얹었을 정도에 지나지 않았다. 그리하여 그가 툭 하고 걷어내고 말면 영락없이 나동그라질 것만 같았다.

'그럼 혹시…?'

승직은 다시 한 번 숨을 멈추었다. 그런 다음 아래쪽으로 눈길을 재빨리 가져갔다. 자신의 발목을 붙잡고 있는 손바닥 주위를 뚫어져라 살폈다.

하지만 이번에는 맹추가 앞섰다. 맹추가 먼저 알아보며 감격스러워했다.

"삼촌, 삼촌!"

그러나 맹추는 곧 입을 다물고 말았다. 맹추를 보고도 입도 벙긋하지 못할 만큼 기진해 있는 삼촌에게, 무슨 말을 더 해보았자 아무 소용이 없다고 생각한 것이다.

대신 무턱대고 삼촌을 들쳐 업었다. 그런 뒤 계단을 바라보며 어둠 속을 휘청휘청 걸어 나갔다.

그렇게 땅광 속을 걸어 나와 곳간으로 나섰을 땐 이미 상단의 마당이 왁자지껄했다. 불빛도 훨씬 더 밝아져 있었다. 개 짖는 소리까지 잦아진 걸 보면 늑대를 뒤쫓던 사람들이 어느새 돌아오고 있음이 분명해 보였다.

승직과 맹추는 다급해졌다. 환기 창구 쪽으로 닥치는 대로 물건을 옮겨 쌓았다. 기진해 있는 쌀녀의 아버지를 부축해서 환기 창구를 빠져나가기 위해서는 그 길밖엔 달리 도리가 없었다.

그때 곳간 안이 돌연 환하게 밝아졌다. 승직과 맹추는 어둠 속에 훤히 드러난 서로의 얼굴을 바라보다 말곤 별안간 놀랐다. 누군가 횃불을 든 채 곳간 쪽으로 다가오고 있는 것이 분명했다.

"서둘러!"

그러나 이미 엎질러지고 만 물이었다. 횃불과 발자국 소리가 똑바로 다가오더니 이윽고 곳간 바깥에 우뚝 멈추어 섰다.

"안 되겠어. 내가 여기에 남을게. 어서 멀리 달아나. 되도록 멀리!"

승직은 문 앞으로 몸을 날렸다. 문을 열고 들어올 수 없도록 온몸으로 문을 막아섰다.

그걸 알 리 없는 문 바깥에서도 용을 썼다. 어떻게든 문을 밀치고 들어오기 위해 온 힘을 다했다. 그래도 끝내 열지 못하자 갑작스레 힘을 뺐다. 그런 뒤 곳간 안을 주위 깊게 살피다 말곤 이내 고함을 지르기 시작했다.

"침입자다! 곳간에 침입자가 있다!"

그럴 즈음에야 맹추는 물건 옮겨쌓기를 멈춘 뒤 다시금 쌀녀 아버지를 들쳐 업었다. 환기 창구 가깝게 쌓아올린 물건 위로 곡예를 하듯 한발 한발 내딛어나갔다.

하지만 간절한 바람에도 불구하고 누군가 고함을 내지른 뒤부터는 문 바깥의 상황이 숨가쁘게 돌변해갔다. 횃불과 사람들이 무더기로 몰려들더니, 이내 파도가 바위를 덮치듯 곳간 문을 거세게 쿵쾅거렸다. 문을 밀쳐내고자 하는 쪽이나 막아내고자 하는 쪽 모두 결사적이었다.

맹추는 그제야 환기 창구 밑에 겨우 다다랐다. 그리곤 들쳐 업은 쌀녀의 아버지를 창구 바깥으로 밀쳐내는 데 안간힘을 다했다.

'어서, 빨리!'

승직은 작정했다. 차라리 부러질망정 결코 밀리지 않겠다고 버텼다. 하지만 언제까지나 그럴 순 없는 일이었다. 문 바깥에서 가해지는 힘은 점점 더 거세어져 갔고, 그만큼 한계점은 빠르게 도달했다. 어느 사이엔가 바들바들 두 다리가 떨리고 있었다.

'제발 좀…!'

힘의 균형은 이미 무너진 뒤였다. 밀쳐내려는 쪽과 막아보려는 쪽 사이엔 오직 마지막 의지만을 남겨두고 있을 뿐이었다. 아니 그 마지막 의지조차 어느 순간 붕괴하고 말지 위태롭기 짝이 없었다. 승직의 얼굴은 이제 마지막 순간에 다다른 듯 시시각각 일그러져갔다.

그럴 때 환기 창구 바깥으로 쌀녀 아버지가 어렵사리 넘겨졌다. 이어 지금까지는 볼 수 없었던 매우 기민한 몸짓으로 맹추마저 그 뒤를 따랐다.

그와 동시에 곳간의 두 문짝이 떨어져나갈 것처럼 한꺼번에 와락 열어젖혀졌다. 승직은 결국 참았던 날숨을 땅이 꺼져라 내쉬어가며 스스로 문짝에서 밀려나고 말았다.

다음 순간 이글거리는 횃불과 거친 사람들이 곳간 안으로 일시에 쏟아져 들어왔다. 그러면서 다짜고짜 승직을 마당으로 끌어냈다.

"웬 도적이냐?"

누군가 횃불 사이를 뚫고 날카롭게 캐물었다.

"난 도적이 아니오."

"하면 어떻게 곳간 안에 들어가 있었던 것이냐?"

"말할 수 없소."

"이런 맹랑한 녀석을 보았나?"

"이곳 상단의 대행수를 불러주시오."

"감히 네깟 놈이…!"

늑대를 뒤쫓다 돌아온 그들은 하나같이 격앙된 모습이었다. 언제 어느 때 몽둥이를 휘두를지 모를 만큼 위협적이었다.

하지만 그런 건 두렵지 않았다. 이미 육중하게 닫히고 만 솟을대문만이 오직 절망스러웠을 따름이다.

한데 그때 불이야, 하고 누군가가 커다랗게 외쳐댔다. 시뻘건 불길이 밤하늘을 환히 밝히며 곧장 치솟아 올랐다. 곳간의 행랑채 너머 바깥 쪽에서였다. 서둘러 불길을 잡지 않았다간 곳간의 행랑채에 그대로 옮겨 붙을 기세였다. 약속대로 맹추와 쌀녀가 그곳을 빠져가면서 짚단에 지른 불길이었다.

순간 놀란 사람들이 후닥닥 마당을 떴다. 육중하게 닫힌 솟을대문을 열고서 불길을 잡으러 우르르 집 바깥으로 뛰쳐나갔다. 승직을 에워싸고 있던 이들이 절반 넘게 몰려나갔던 것이다.

이젠 정말 마지막 남은 기회였다. 자신에게 주어진 시각 또한 꼭이 일각(15분) 안쪽이었다. 그 시각 안에 상단의 마당을 무사히 빠져나가지 못하면 산통이 깨지고 마는 일이었다. 자신은 물론이고 이번 일에 가담한 맹추와 쌀녀 또한 온전하기는 어려웠다.

그러나 최선을 다한 만큼 회한이란 있을 수 없었다. 회한이 없는 만큼 가슴 뛰는 조바심 속에서도 한편으론 담담히 기다릴 수 있었다. 승직은 자신의 운명을 직시한 것이다. 자신의 운명이 결코 이대로는 끝나지 않으리라는 것을 확신하고 있었던 것이다.

승직은 오직 그러한 기다림으로 솟을대문만큼 열려 있는 어둠 속을 주시했다. 칠흑의 어둠 속에서 알 수 없는 그 무엇인가를 뚫어져라 찾고 있었다.

그렇듯 짧은 일각의 시각이 거의 다 지나갈 즈음이었다. 어둠 속을 뚫어져라 돌아보고 있던 그의 동공에 한순간 힘이 들어갔다. 솟을대문 너머 어둠 속을 흔드는 미세한 움직임에 동공이 따라 출렁이기 시작했다.

'아, 온다!'

하지만 어둠 속의 움직임은 너무도 재빨랐다. 솟을대문 너머 어둠 속에서 단숨에 빠져나와 소리도 없이 마당 안으로 쏜살처럼 뛰어들었다.

"히이잉!"

어둠을 찢는 말 울음소리였다. 검고 우람한 말이었다. 검고 우람한 말 위에는 밤 도깨비처럼 검은 복면을 한 이가 검은 도포자락을 휘날리고 있었다. 어둠 속을 폭풍처럼 내달려 들어와 어느 누구도 막아서질 못했다.

사또의 신변을 호위하는 안 별감이었다. 사또가 임지마다 데리고 다닌다는 충복으로, 관아 안에선 사또 다음으로 승직이 믿고 의지할 수 있는 속 깊은 무사였다. 낮에 그의 앞에 무릎을 꿇고 앉아 그토록 사정을 하였을 때만 하여도 끝내 묵묵부답이던 그였었다. 법에 따라 처리하면 될 일이니 공연한 일에 끼어들지 말라던 그가, 지금 자신을 구하러 말을 몰고서 달려와 준 것이었다.

"비켜라!"

폭풍처럼 말을 몰아 단숨에 마당 안으로 뛰어든 검은 복면은 사람들을 향해 거침없이 달려들었다. 거침없이 내달리는 속도로 사람들을 물살처럼 밀쳐낸 뒤 승직이 내민 손을 정확히 거머쥐었다. 마치 허공으로 날아든 수리가 먹잇감을 낚아 채듯 잽싸게 거머쥐며 자신의 등 뒤로 냅다 내던졌다. 그 완강한 힘에 몸을 실어 승직은 안장 위로 도약할 수 있었다.

“이랴! 이랴!”

그런 다음 힘차게 말을 내몰아 솟을대문을 감쪽같이 빠져나갔다. 솟을대문 너머 어둠 속으로 바람처럼 사라지고 말았다. 그 모든 것이 실로 눈 깜짝할 사이에 벌어진 일이었다. 마당에 남겨진 사람들은 그만 어안이 벙벙하여 검은 말이 사라진 어둠 속을 그저 멍하니 바라보고만 있을 뿐이었다.

다음 날 아침은 여느 날과 조금도 다름이 없어보였다. 사또는 예의 육방 관속들로부터 단배례를 받으며 사송을 시작했고, 전날 밤에 아무런 일도 없었다는 듯이 승직은 대청마루 뒤쪽 자리를 변함없이 지켰다.

그렇대도 냇골 소식이 궁금하지 않은 건 아니었다. 자신은 때맞추어 나타나준 안 별감의 말에 올라타 읍성에서 가장 으슥한 곳을 넘어 들어올 수 있었으나, 냇골 친구들의 행방에 대해선 아직 아는 게 없었다. 자신의 눈으로 확인한 맹추와 쌀녀의 아버지는 그렇다손 치더라도, 늑대의 울음소리로 진돗개들을 따돌려야 했던 맹추의 친구들은 과연 어떻게 되었는지 궁금해 죽을 지경이었다.

하지만 사또의 사송이 모두 다 끝난 그날 오후 나절에 접어들어서도 승직은 냇골로 향하지 못했다. 안 별감과 책실에게 관아 바깥으로 나가지 말라는 사또의 엄명이 내린 까닭이었다.

그리고 그날 저녁, 이방이 상단엘 찾았다. 대행수와 장대경, 상단의 행수들과 마주 앉았다.

"대행수께선 어젯밤에 대체 어디에 계셨습니까?"

안면이 많은 듯 이방은 격의 없는 음성이었다. 그러나 대행수는 불편한 심기를 감추지 못했다.

"사또와의 주연이 좀 길어졌소이다."

"그래서 상단으로 돌아오지 못하고 기방에서 깜박 잠이 드셨던 모양입니다, 대행수?"

그건 대행수 곁에 앉아 있는 대경도 마찬가지였다. 두 사람은 간밤에 벌어진 소동을 아침에 상단으로 돌아와서야 비로소 알게 되었다. 승직과 대경이 땅끝 해남에서 다시 한 번 조우하게 될 순간이 그만 간발의 차이로 비켜가고 만 이유였다.

"이방, 우린 이미 알고 있소이다. 그 검은 복면을 한 자가 누구인 줄을."

대행수는 오만한 눈길로 이방을 노려보았다. 관아 안에도 상당수 자기 사람들이 심어져 있음을 은근히 암시했다.

"그렇소이까? 우린 아직 그 자가 누구인지 단서조차 찾지 못하고 있소이다."

"모르는 게 아니라 찾고 있지 않는 것이겠지요?"

"허, 무슨 그리 섭섭한 말씀을."

어이가 없다는 듯 이방은 잠시 너털웃음을 지었다. 하지만 대행수는 전에 없이 단호했다. 당장 그 자를 잡아들이라고 다그쳤다.

"대행수도 참 딱하시구려. 단서조차 찾지 못하고 있는 터에 당장 잡아들이라뇨?"

"그렇다면 그 자가 누구라는 걸 우리가 발고라도 하오리까?"

대행수도 물러서지 않았다. 그 자가 관아의 별감이 아니냐고 되물었다.

"별감이라뇨?"

"해남 관아에 별감이 어디 너더댓 명이라도 된답디까?"

대행수는 꼭이 누구라고 점찍진 않았다. 그러나 관아의 별감 가운데 누구인 줄 내심 알고 있다는 눈치였다.

한데도 이방은 끝까지 오리발이었다. 안색 한번 변하지 않은 채 자신의 주장을 굽히지 않았다.

"이보시오, 이방. 관아의 별감이란 자가 말을 타고 복면을 한 채 우리 상단의 마당까지 뛰어들었단 말요. 그리하여 사또의 책실인지 방자인지 하는 자를 빼내갔는데도 그리 말씀한단 말이오?"

대행수의 음성이 신경질적으로 높아졌다. 정히 그렇다면 그 별감이 과연 누구인지 당장 가려낼 수도 있다고 장담했다.

"대행수, 다시 말씀드리나 우린 아직 그 어떠한 단서조차 찾지 못하고 있소이다. 더욱이 이번 일은 우리 관아나 상단 모두에게 결코 간단치 않은 문제가 걸려 있는 만큼 소리 나지 않게 보다 신중히 처리해야 할 줄로 압니다."

따라서 이번 일을 낱낱이 밝혀보았자 관아나 상단 모두에게 이득 될 게 없다는 얘기였다. 관아로선 사또의 책실과 별감이 사저에 무단으로 침입하여 개입한 정황이, 상단으로 보았을 땐 강진 도공을 강제 납치하여 가둔 사실이 그다지 이로울 게 없다는 지적이었다. 다시 말해 굳이 긁어서 부스럼을 만들 필요가 있느냐는 거였다.

"사또께선 금번 일에 조금이라도 관여할 생각이 없다 하였소이다. 상단과 금이 가는 불상사를 원치 않기 때문이 아니겠습니까?"

이쯤 하면 사또의 의중이 충분히 전달되었다고 생각한 이방이 자리를 털고 일어났다. 대행수도 더는 입을 열 생각이 없는 것처럼 보였다. 문 밖으로 걸어 나가는 이방을 그대로 내버려두었다.

"이대로 묵과하고 말 작정입니까, 대행수?"

이방이 문밖으로 사라지자 대경이 대행수를 보고 물었다.

"하기는 사또와 각을 세워 우리 상단에 또 무슨 득 될 게 있겠습니까?"

"그렇다고 해서 도공 문제가 이대로 조용히 끝날 것 같다고 보시는 것입니까?"

"사또 또한 결코 유리한 입장만이 아닌 만큼 더는 문제 삼지 않을 것입니다."

대행수는 대수롭지 않게 대꾸했다. 행수들 또한 그런 대행수의 생각에 대체적으로 공감하는 분위기였다. 그러나 대경은 여전히 불만스러운 얼굴이었다.

"하면 대행수께선 그 도공이란 자를 이제 어찌 하시렵니까?"

"우리 방식대로 하자면 마땅히 그 자의 손목을 잘라야 하나, 이미 열 손가락을 스스로…."

"그리 할 순 없는 일입니다."

대경이 대행수의 말을 가로챘다. 상단에 진 빚은 반드시 돌려받아야 한다고 했다. 여의치 않으면 그 자의 발목이라도 자르라고 섬뜩한 요청마저 서슴지 않았다.

"내 귀경하는 대로 이곳에서 있었던 일을 아버님께 소상히 말씀드릴 참입니다. 뿐만 아니라 우리 상단에 적극 협력치 않고 있는 해남 사또에게 주의를 주도록 권 대감께 말씀드리도록 할 것입니다. 아시겠습니까?"

세 가지 말늦

그날 이후 승직은 냇골을 자주 찾게 되었다. 조금은 긴장된 아침나절의 사송이 끝나고 나면 딱히 할 일이 없는 승직은 곧잘 관아를 빠져나와 쌀녀와 맹추랑 함께 어울렸다. 그 둘 또한 오후 나절이 되면 승직이 오는 길목에 나와 있곤 했다.

셋은 그처럼 서로를 끊임없이 기다렸다. 하루도 만나지 않으면 산모퉁이 길을 속절없이 돌아보고 또 돌아다보았다.

그러다 만나면 몹시도 정다웠다. 봄비에도, 여름 바람에도, 가을 들국화에도, 겨울의 눈꽃 속에서도 그들은 서로를 갈망했다. 한시라도 보지 않으면 허기진 그리움이었다. 사무치도록 이끌리고 그리워 서로가 조바심쳤다.

그러나 승직과 쌀녀의 사이가 그렇듯 가까워지면질수록 이

별도 그만큼 가까워지고 있었다. 함께 있을 적에나 떨어져 있을 때에도 언제나 허공을 가로질러 둘 사이를 묶어주었던 끈이 그만 한순간에 끊어지고 말았다. 누구도 미처 깨닫지 못하고 예기치 못한 가운데 어느덧 그녀와의 이별이 다가오고 있었던 것이다.

그러니까 신관 사또를 따라 땅끝 해남으로 내려온 지도 어느덧 3년여가 지난, 꽃샘추위가 유난히 기승을 부리던 어느 이른 봄날이었다. 겨우내 앙상하기만 하던 세상을 온통 샛노랗게 물들이기 시작한 산수유가 곳곳에서 피어나던 어느 날 오후였다. 오반(점심)을 마친 사또가 찾는다는 전갈을 받고 황급히 내아로 올라갔을 땐 왠지 방안의 분위기가 여느 날보다 무거웠다.

"…승직아, 올해 네가 몇이 되느냐?"

사또는 뜬금없이 승직의 나이를 물었다.

"올해로 꼭 스물이 되었습니다."

"스물이라? 그 놈의 세월은 참으로 빠르기도 하구나."

사또는 잠시 어이없어 웃더니만 긴 장죽을 그의 앞으로 내밀었다. 승직은 서둘러 장죽의 곰방대 속에 담뱃잎을 채워 넣은 뒤 부싯돌을 당기어 불을 붙였다.

"그러고 보니 네가 나를 따라 이곳에 온 지도 어언 3년이 흘렀구나."

사또는 그간 관아에서 받은 녹祿(급료)이 모두 얼마나 되는지도 물어왔다.

"자세히는 알 수 없으나, 숯가마골 집으로 올려 보낸 돈이 얼추 삼백 냥쯤은 되지 않을까 싶습니다."

승직은 영문을 몰라 엉겁결에 냉큼 대답했다. 냉큼 대답을 해놓고 나서야 삼백 냥이라는 적지 않은 돈에 내심 흠칫 놀랐다. 해남으로 내려올 때 사또에게 말했던 자신의 다짐, 곧 삼백 냥을 모을 수만 있다면 그 걸 밑천 삼아 장삿길에 나서고 싶다고 한 얘기가 어느새 현실이 되었다는 사실에 차마 믿기지가 않았던 것이다.

"어느새 그렇게 되었구나. 이젠 네가 마침내 내 곁에서 떠날 때가 된 것 같구나."

떠날 때라는 소리에 가슴이 철렁 내려앉았다. 어쩐지 이날따라 사또의 표정이 아침부터 무겁다고 느끼던 터였다.

그러나 사또는 이내 온화한 음성으로 바뀌었다. 장죽을 여유 있게 빽금대며 얘기를 마저 이었다.

"얼마 전 한양에서 난리(갑신정변을 일컬음)가 벌어졌었다. 김옥균, 김홍집, 박영효, 김윤식과 같은 개화파 대신들이 우리 민씨 일족을 해하려 했다는구나."

승직은 숨소리를 낮추었다. 사또의 얘기를 하나라도 놓치지 않으려고 주의를 기울였다.

"허나 다행스럽게도 삼일 만에 그들 무리가 모두 다 진압됐다고 한다. 하지만 일련의 그런 과정으로 말미암아 변화도 없지 않았다는구나. 우선 그동안에 보부상들을 보호하기 위해 조정에서 설치한 '혜상공국'이라는 관아가 아무래도 존폐에 처해질 것이라는 얘기다. 그런 만큼 아직도 종로 육의전까지는 진입할 수 없다 할지라도, 이제부터는 누구나 마음만 먹는다면 상업에 종사할 수 있는 날도 그리 멀지만 않은 것 같구나. 내 그리하여 너를 떠나보내고자 하는 것이니 다른 생각일랑은 일체 하지 말거라."

잠시 사또는 마른기침 속으로 휩싸여 들었다. 장죽마저 내려놓고서 한참이나 몸을 뒤척인 뒤에야 겨우 마른기침 속에서 헤어났다.

"세상은 참으로 덧없는 것이니라. 내가 너와 인연이 있어 수많은 사람들 가운데 이렇게 만날 수 있었다만, 허나 세상에 영원한 것이란 없다. 언젠가는 반드시 헤어져야만 하는 회자정리會者定離 또한 거스를 수 없는 운명이 아니겠느냐. 그러니 서운타 말고 이젠 내 곁을 떠나도록 하거라. 가서 젊은 네 꿈을 마음껏 펼치도록 하거라."

순간 승직은 뜨거운 기운이 몸 깊은 곳에서 울컥하고 솟구쳐 올랐다. 그와 함께 알 수 없는 서러움이 복받쳐 뜨거운 기운이 눈앞에 핑 돌았다. 바보같이 자꾸만 목이 메어 떠나지 않겠노라 그 말 한마디를 끝내 꺼내지 못하고 말았다.

"이제 보니 순진한 녀석이로구나. 사내 녀석이 그리 정에 약해서 장차 이 험난한 세상을 어떻게 헤쳐 나간단 말이냐? 어서 눈물을 거두거라."

서운하기는 사또 또한 다르지 않았다. 한동안 긴 장죽만을 우울하게 빼금댈 뿐이었다.

승직은 그처럼 갑자기 해남 땅을 떠나게 되었다. 언제나 부푼 가슴으로 아침을 열어나갈 줄 알았건만, 그 같이 미처 깨닫지 못하고 예기치 못한 가운데 어느덧 이별을 하지 않으면 안 되었다. 하지만 따지고 보면 이미 예정되어 있었던, 자신의 의지만으로는 돌이킬 수 없는 선택이기도 했다.

"하오면 저는 이만…."

내아를 나온 승직은 그 길로 냇골로 달려갔다. 아니 쌀녀를 찾아간 것이었다.

그러나 이 날 산모퉁이 길은 정녕 가고 싶지 않은 길이었다. 돌이킬 수만 있다면, 정말이지 그렇게만 할 수 있다면 산모퉁이 너머 동구 밖에서, 아니 거기까지 갈 것도 없이 산모퉁이 어디쯤에서 그만 발길을 돌아서고 말았으리라.

"그래…."

갑자기 밀어닥친 이별 앞에 쌀녀는 할 말을 잃은 듯했다. 반드시 돌아오마고 약속했건만 그녀도 승직도 그것이 얼마나 부질없는 것임을 모를 리 없었다. 둘은 갑작스런 이별 앞에 헛헛한 미소만을 말없이 주고받았을 따름이다.

어차피 돌아가야 할 길이라면 더는 붙잡지 말아야 한다고 다짐이라도 한 것처럼 그녀는 승직을 애써 붙잡지 않았다. 그저 가슴 저린 순간을 운명처럼 담담히 받아들이면서 아랫입술만을 지그시 깨물었다.

고통스러운 침묵이었다. 어쩌다 마주치는 눈길 속엔 헤일 수 없는 아쉬움과 회한만이 교차할 뿐이었다.

'이럴 땐 맹추라도 우리 곁에 있었으면….'

승직이 도착한 지 꽤 되었음에도 맹추는 집에 나타나지 않았다. 아니 아직 돌아오지 않았다. 쌀녀의 아버지를 따라 영암 쪽으로 옹기를 팔러 갔다는 그는 끝내 돌아올 줄 몰랐다.

"…언제인가 이 말을 꼭 하고 싶었어."

그녀가 침묵을 깼다. 꼭이 들려주고픈 말이 있다고 했다. 예전에 아버지를 상단의 땅광에서 구해준 얘기였다.

"그땐 정말 용기 있었어."

"아냐. 처음부터 용기 있는 이가 세상에 또 어디 있겠어. 마땅히 해야 할 일이라 그런 용기가 생겼던 거지."

승직은 계면쩍어했다. 그냥 넘어가주길 바랐다. 그러나 쌀녀의 진지함은 흔들림이 없었다.

"그래서 그동안 참 많이 생각해 보았어. 그런데 어떻게 보답할 게 아무 것도 없는 거야. 오빠도 알잖아. 우리 집이 얼마나 가난한가를…."

그녀는 자신의 두 팔에 얼굴을 묻고 말았다. 오열에 복받치는지 잠시 어깨를 가늘게 떨었다.

"나 혼자서 한 것도 아니었어. 우리 모두가 나선 일이잖아. 더구나 고맙다며 네 아버진 벽장 깊은 데서 찻잔까지 꺼내 내게 주셨어. 도공 집안 대대로 내려오면서 소중히 아끼던 찻잔이었던 것 같은데."

승직은 대수롭지 않아 했다. 찻잔을 두고두고 곁에 두겠다는 얘기로 에둘러 그만 덮으려들었다.

"아냐. 오빠가 아니었으면 우리 아버진 아마 상단의 땅광에서 아무도 모르게 돌아가셨을지 몰라."

그녀는 한사코 예전의 일을 지우지 못했다. 글썽이는 눈물로 자신의 안타까움을 드러내어 보였다.

"그래서 많이도 생각해본 건데. 옛날부터 그런 얘기가 있잖

아. '말이 곧 씨가 된다'고 하는."

그러한 '말의 씨' 세 가지를 주고 싶다고 했다. 그래야 섭섭하지 않을 것 같다며 쌀녀는 승직에게 두 손을 수줍게 내밀었다.

"말의 씨라면 그 '말늦'을 얘기하는 거 아니야? 재미있을 것 같은데?"

"모르겠어. 한양에선 또 어떻게 말하는지는. 자, 어서."

그녀는 다시 한 번 두 손을 내밀었다. 어서 냉큼 붙잡으라며 강요했다.

"그래. 그 세 가지 말늦을 내가 받을게."

승직은 그녀가 내민 두 손을 감싸 쥐었다. 순간 그녀의 작은 손이 가늘게 떨렸다. 가는 떨림은 어느새 승직의 가슴 속을 파고들었다. 가슴 속을 파고들면서 온몸으로 번져나갔다. 알 수 없는 미지의 느낌이었다. 누구에게도 설명할 수 없는 신비로운 순간이었다.

"오빠는 그래도 글줄깨나 읽었으니까. 지금의 내 심정이 어떻다는 걸 알리라 믿어…."

어느 사이엔가 그녀의 눈가에 눈물이 그렁그렁 괴어들었다. 그런 슬픈 눈빛으로 승직의 얼굴을 뚫어져라 한참 쏘아보다 체념하듯 배시시 웃고 말았다.

"이젠 말 할게. 그 세 가지 말늦을."

궁금했다. 어떤 말의 씨가 될 것인지 그녀의 입으로 듣고 싶었다.

하지만 쌀녀는 아직 알 수 없다고 했다. 과연 어떤 말의 씨가 될 것인지는 오직 하늘만이 알고 있을 것이라고 했다. 다시는 돌아보지 않을 것처럼 저물어가는 놀빛만을 하염없이 바라보았다.

그러나 분명한 것은 승직이 어려움에 처하게 되었을 때 그러한 말늦이 세 차례 행운을 가져다 줄 것이라고 덧붙였다. 꼭 이 그렇게 될 것이라고 다홍빛 노을을 바라보며 다짐처럼 덧붙였다.

"…나를 잊지 마, 오빠."

쌀녀의 얼굴이 그의 어깨 위에 살며시 기대어왔다. 무게조차 느낄 수 없는 민들레 홀씨처럼 기대어 누웠다.

"살아가다, 또 살아가다가, 정말로 힘든 순간에 부딪히고 말았을 때, 그때 그 말의 씨를 생각해. 나를 생각하듯이 그…."

그녀는 끝내 말을 잇지 못했다. 알 듯 모를 듯 잔잔한 미소만 지어보였다.

그러다간 소리죽여 흐느꼈다. 그의 어깨 위에 얼굴을 기댄 채 다홍빛 놀빛 속에 또다시 흐느꼈다.

맹추는 아직도 돌아오지 않고 있었다. 그녀의 아버지를 따라 영암 쪽으로 옹기를 팔러갔다는 맹추는 영영 돌아올 줄 몰랐다.

그럴 때 겨울나기를 끝낸 가창오리 떼가 다홍으로 불타오르고 있는 서쪽 하늘 속에서 새까만 군무를 수놓다 이내 노을 속으로 스러져갔다.

승직이 냇골을 다녀온 나흘 뒤, 결국 고향인 경기도 광주로 돌아가기 위해 해남을 떠나게 되었다. 전날 오후 나절에도 냇골을 다시 한 번 다녀온 터라, 더구나 관아의 오전 공무가 시작되기 전에 떠나기 위해서 그는 이른 아침에 사또에게 작별 인사를 올렸다.

사또는 그런 승직에게 무언가 줄 게 있다고 했다. 장삿길에 오르자면 아무래도 필요할 것이라며 고삐를 건네주었다. 이제 막 어미로부터 젖을 뗀 어린 당나귀이었다.

어린 당나귀는 처음 한동안 천방지축으로 날뛰었다. 관아를 떠나지 않겠다며 내아 마당만을 맴돌면서 버텼다. 다행히 당근 두 개를 얻어 홍살문 바깥으로 나설 수 있었으나, 홍살문을 뒤로 하자니 마침내 관아를 떠난다는 생각에 발걸음이 무거웠다. 읍성을 감싸 안은 채 하늘 높이 치솟아 오른 금강산 고갯마루 위에 이르러 비로소 발걸음을 멈추고 뒤돌아보았을 땐, 이제 막 동터 오르기 시작한 눈부신 햇살 속에 읍성 마을과 지난 3년여 간 머물렀던 관아의 풍경이 손에 잡힐 듯 발밑으로 여릿여릿 내려다보였다.

그러면서 참아 왔던 날숨을 포옥 내쉬었다. 날숨을 내쉬면서 불현듯 알 수 있을 것 같았다. 이젠 떠날 때가 되었다고 사또가 말했을 때 왜 그처럼 주체할 수 없는 서러움에 북받쳐 뜨거운 눈물이 핑 돌았는지, 바보같이 자꾸만 목이 메어 떠나지 않겠노라 그 말 한마디를 하지 못했는지, 비로소 알 수 있을 것만 같았다. 뜬금없는 이별 앞에 쌀녀 또한 왜 텅 빈 낯선 미소뿐이었는지를. 그제야 비로소 때늦은 후회처럼 모든 것을 다 깨달을 수가 있을 것만 같았다.

승직은 어린 당나귀와 함께 고갯마루 위에 서서 움직일 줄을 몰랐다. 차마 발걸음을 옮기지 못한 채 발 아래 여릿여릿 펼쳐지는 풍경 속에 오랫동안 못 박혀 있었다.

그러나 이젠 모두가 다 지나가버린 풍경이었다. 그만 단념해야 하는 정겨움이었다. 예전과 같이 아무 때나 돌아갈 수 있는 그런 정다운 풍경이 더는 아니었던 것이다.

그리하여 마음속으로부터 도리질하지 않으면 안 되었다. 관아에서의 마지막 날 밤, 사또가 당부한 그 말만을 생각하자며 다짐하고 또 다짐하지 않으면 안 되었다.

"이젠 고향으로 돌아가거든, 고향으로 돌아가 새 세상을 살려거든 말이다. …기억을 하느냐? 여기 땅끝으로 내려오기 전에 내가 네게 일러주었던 말을. '참새가 높이 날지 않는 것은 다만 땅에 떨어진 낱알이나 살펴 배를 채울 뿐 멀리 굽어볼 일이 없기 때문이라고' 한 말을. 이제 기왕 네 손에 쥐어진 그런 운명으로는 결코 살지 않겠다고 다짐한 이상, 그러한 참새처럼 살아가지 말고 네 가슴 속에 수리 한 마리를 키우거라. 너의 가슴 속에 푸른 가을 하늘을 높이 나는 수리 한 마리를…."

그랬다. 그러하지 않고는 그 땅을 뒤로 하고서 끝내 돌아설 수 없을 것 같았다. 젊은 날의 파편들이 상흔처럼 눈앞에 밟히는 정든 그곳을, 정이 든 그 얼굴들을 그처럼 뒤에 남겨두고서 차마 혼자만이 돌아설 수는 없을 것만 같았다.

제 2부

껍질 바깥으로

종잣돈 삼백 냥

승직이 태어나던 해인 1864년은 흥선대원군 이하응의 둘째아들 이재황이 26대 고종으로 즉위한 원년이었다. 강화도 섬에서 농부로 살아가다 졸지에 왕위에 오른 '강화도령' 철종이 그만 젊은 나이에 병환으로 승하하고 말면서 그 뒤를 잇게 된 것이다.

그러나 승직이 성장하고 꿈을 키워나간 그 시대는 그야말로 한치 앞을 내다볼 수 없는 암담한 시절이었다. 그가 태어나기 두 해 전인 1862년에는 안동 김씨의 전횡이 극에 달해 삼정(田賦 軍籍 還穀)이 문란하기 이를 데 없어진데다, 탐관오리들의 가렴주구마저 극성에 달해 도탄에 빠진 백성들이 일으킨 민란이 도처에서 들불처럼 번져 나라의 기강이 뿌리째 흔들릴

대로 흔들린 상태였다.

더구나 그러한 틈새를 열강들이 그냥 보아 넘길 리 만무했다. 그렇지 않아도 굶주린 들개들처럼 호시탐탐 기회만을 엿보고 있던 열강들이 기어이 한반도까지 그 세력을 뻗쳐 굳게 닫혀 있던 왕조의 문을 두들겨 열어젖혔다. 그런 다음 가장 먼저 순교자들의 피를 뿌리며 그들의 종교가 들이닥쳤고, 뒤이어 그들의 문명이 통상과 침탈의 배에 실려 다투어 들어왔다.

그리하여 1866년에는 프랑스 함대 일곱 척이 병인양요를 일으켰다. 1871년에는 미국 함대 네 척이 왕조의 관문인 강화도를 초토화시키고 말면서, 이후 미국과 일본·러시아·영국·독일·청나라 등에 수호조약과 통상체결을 강요받기에 이르렀다. 급기야 승직이 열두 살이 되던 1876년에는 일본에게 사실상 침략의 빗장을 열어주고만 강화도조약을 조인하면서, 부산과 원산 제물포 등 3항을 개항시켜 주어 일본의 상인들이 물밀듯이 밀려들어오기 시작했다.

더욱이 그가 땅끝 해남에서 삼백 냥이라는 종잣돈을 모아 고향으로 돌아온 1884년에는, 마침내 왕조의 안방 문 앞이랄 수 있는 마포까지 개항장으로 열어주고야 말았다. 바야흐로 왕도 한성의 거리에는 외국의 상인들로 넘쳐나고 있었다.

이렇듯 하루가 다르게 바깥 세상으로부터 밀려든 변혁의

풍경들은 갓 스무 살이 되어 고향 집으로 돌아온 승직의 젊은 혈기를 자극하기에 충분했다. 이제야말로 둥지를 떠나 이소를 할 때가 되었다고 생각한 것이다.

하지만 고향 집으로 돌아온 첫날부터 아버지는 그를 붙잡았다. 세상에 믿을 것은 오직 땅밖에는 없다고, 촌놈은 그저 땅이 제일이니 두 눈 딱 감고서 농토를 사두자고 귀가 따가우리만치 듣고 또 들어야 했다.

그러나 승직은 아버지의 뜻에 더는 따르지 않았다. 아침에 눈을 뜨면 곁에 누워 있는 어린 자식들보다 논바닥에 심어놓은 벼를 먼저 생각하는, 그런 농사꾼으로 한평생을 살아왔으면서도 자기 전답이라고는 땅 한 뼘 없는 맨날 그 지경 그 꼬락서니밖에 되지 않은, 고작해야 남의 집 토지를 빌려 일 년 삼백육십 일 온 식구가 죽을 둥 살 둥 등골 빠지게 매달려봤자 겨우 끼니나 굶지 않을 옹색한 궁핍뿐인 농토에, 승직은 어떤 미련도 남아 있지 않았다.

더구나 고향 집에서 불과 이십여 리밖에 떨어져 있지 않은 송파 장터를 오가며 그 생기 넘치는 상거래 풍경을 어릴 적부터 보아오며 마음속 깊이 품었던, 그가 사또를 따라 땅끝 해남으로 내려가기 전에 이미 가출을 감행해 상인으로서 자신의 길을 열고자 한 적까지 있지 않았던가. 비록 무거운 석유를 통지게에 짊어지고서 망우재 고개를 할딱할딱 넘어가 이 마을 저 마을을 떠돌아다니는 힘든 장삿길이긴 하였어도, 그렇대도 생각보다 적잖은 이윤을 얻을 수 있었던 건 다시없는 용기였으며, 아직도 젊은 가슴을 뛰게 하는 뜨거운 불씨로 남아 있었다.

더군다나 그에게는 이제 적지 않은 돈까지 모아져 있는 터였다. 해남 관아에 머물 때 사또에게서 받은 녹을 한 푼도 허투루 쓰는 법이 없이 꼬박꼬박 맏형 승완에게 보낸, 삼백 냥이나 되는 종잣돈마저 쥔 채였다.

한데 왠지 맏형의 얼굴 보기가 어려웠다. 고향 집으로 돌아온 지 사흘이 지나도록 맏형은 끝내 보이지 않았다. 맏형이 쓰던 방마저 네 살 위인 작은형 승기가 차지하고 있었다.

"맏형은 어딜 갔어요?'

결국 나흘째 되던 날 아침 조반 밥상머리에서 승직이 입을 열었다.

"글쎄다. 무슨 바람이 또 단단히 들었는지 모르겠구나. 니 형도 한양으로 내뺀 지 이미 오래됐다."

아버진 묵은 김치를 집어 들었다간 도로 내려놓고 말았다. 그리곤 맨밥을 우물거리며 날숨만 포옥 내쉬었다. 두 아들이 빠져나간 농사일에 그새 주름이 더 패어진 얼굴이었다.

"한양으로 내빼다뇨?"

"밥이나 먹어."

작은형 승기가 볼멘소리로 끼어들었다. 맏형에 대한 불만이 큰지 퉁명스럽게 말을 잘랐다.

나중에 작은형에게서 들은 얘기지만, 맏형 승완이 집을 나간 지도 벌써 너더댓 달이 되었다고 한다. 지난해 가을걷이로 한창 바쁜 철이어서 한두 달만 더 있다 가라고 작은형이 그렇게 일렀건만 소용없었다는 것이다.

"소문 듣기론 무슨 전방을 차린 것 같더라. 한양의 종로 어딘가에서."

"전방을, 맏형이?"

"네가 땅끝에서 보낸 돈이 상당수 모아지자 좀이 쑤셔 안달이 난 거지."

작은형은 신신당부 했다. 아버지는 아직 까맣게 모르고 있다는 것이었다.

"아버진 정말 아무것도 모른다. 네가 땅끝에서 올려 보낸 돈이 맏형 손에 고스란히 보내진 줄을 말이다. 몽땅 네가 가지고 올라온 줄로만 알고 계셔."

작은형은 궁금해 죽겠다며 맏형을 한 번 찾아가보라고 일렀다. 승직은 그런 작은형의 등 떠밀기에 밀려 한성으로 올라가 맏형을 찾아 나섰다. 종로거리에서 새로이 문을 열었다는 전방마다 들러 경기도 광주에서 올라온 젊은 상인을 묻고 찾았다.

그러길 한나절 가량이나 되었을까. 누군가 일러준 대로 종로 한길을 벗어나 피마 골목길 안으로 접어들었을 때 문득 귀에 익은 음성이 들렸다. 맏형이 그를 먼저 발견한 것이다.

"승직아! 승직이 아니냐?"

맏형은 그를 반갑게 불러 세웠으나 한편 놀라움이 교차하는 얼굴이었다.

이렇게 빨리 땅끝에서 올라오게 될 줄은 미처 몰랐다며 맏형은 난처해했다.

"자자, 우선 안으로 들어가자꾸나."

맏형은 어느 전방 안으로 그를 데리고 들어갔다. 한길가에 들어서 있는 번듯한 전방은 고사하고, 피마골의 여느 전방들과 비교해보더라도 차마 전방이라고 말하기 어려울 만큼 협소하고 초라했다.

"난 네가 한두 해 더 있다 올라올 줄 알았다. 그렇게 짐작을 하고선 돈을 마냥 잠겨두고만 있느니. 마땅한 데가 있다면 굴려서 한 푼이라도 더 불리는 게 낫겠다고 생각했다. 그러던 차에 종로거리에 작은 전방이 나왔다는 얘길 우연히 듣게 됐지 뭐냐. 그래서 네 돈을 변통하여 이 전방을 인수하게 되었다."

자신의 전방이 자랑스러운 듯 맏형은 협소하고 초라한 전방 안을 새삼스레 둘러보았다. 그러나 전방 안은 텅 비어 썰렁한 채였다. 딱히 눈길이 머물 만한 것이라곤 보이지 않았다.

"여기선 뭘 취급해?"

무엇보다 그 점이 궁금했다.

"때마침 물건이 모두 다 나간 뒤라서 텅 빈 곳간처럼 보일 게다. 그렇지만 오늘 저녁쯤이면 다시 전방 안에 물건들로 꽉 들어차게 된다."

말하자면 환포상換布商이었다. 송파 장터에 나가 지방에서 올라온 포목을 매집하였다가, 이윤을 조금 붙여 종로거리의 포목상들에게 되판다고 했다.

"형, 참 대단한 것 같아. 그나저나 형은 언제 이렇게 종로거리에다 전방까지 차릴 생각을 다 하게 됐어?"

평생 아버지 곁에서 떠날 줄 모를 거라고 믿었던 맏형이다. 한데 그런 맏형이 집을 나와 종로거리의 환포상이 되어 있을 줄은 꿈도 꾸지 못한 일이었다. 승직은 그런 맏형이 신기하고 대견스러워보였다.

"난들 이런 장사를 어떻게 알 수가 있었겠니. 나 혼자 힘만으론 전방을 꾸려나갈 돈도 부족하거니와 장사 경험도 전혀 없었는데."

한데 송파 장터에서 고향 사람을 알게 되었단다. 그 사람이 함께 장사를 해보자고 하더란다. 물론 처음엔 겁이 나기도 했다. 그래서 한동안은 도망만 다녔다. 하지만 점차 얘길 듣고 보니 결코 돈을 떼이거나 망칠 장사도 아니라는 생각이 들어, 떠밀리다시피 동업을 하게 되었다고 저간의 사정을 들려주었다. 그러면서 맏형은 같은 말을 다시 한 번 반복했다. 해남에서 이토록 빨리 올라올 줄 알았다면 결코 동업을 하지 않았을 거라는 얘기다.

"아니야. 난 지금 형이 보기에 좋아. 형이 이렇게 앞서 나가야 나 같은 동생도 뒤따라갈 수 있지."

"그렇게 생각한다니 천만다행이로구나. 그나저나 이젠 해남으로 내려가지 않을 거냐?"

맏형은 그게 궁금한 모양이었다. 긴장된 눈빛으로 승직의 얼굴을 살폈다.

"사또께 작별인사를 올리고 왔는데 뭘."

"그렇구나…."

맏형은 힘없이 대꾸했다. 다시금 난처해진 표정이었다. 그러면서 앞으로는 무얼 할 건지 물었다.

"형도 알잖아. 내가 장삿길로 나서고 싶어 한다는 것을."

"그런데 이 일을 어떡하면 좋으냐? 전방을 이제서야 열게 된 탓에 네 돈이 몽땅 물건으로 잠겨 있으니. 당장 회수하기도 쉽지 않고 말이다."

미안한 마음에 맏형은 잠시 어찌할 줄을 몰라 했다. 텅 비어 있는 전방 안을 속절없이 둘러보았을 따름이다.

"서둘 것 없어. 작은형이 있긴 하지만 아버지가 농사일에 너무 힘들어하시는 것 같아. 그래서 집으로 돌아가 당분간 농사일을 거들고 있을게. 돈이 변통되는 대로 형이 나를 불러줘."

승직은 맏형을 안심시켰다. 기다려주기로 한 것이다.

"그래, 고맙다. 그리 오래 걸리진 않을 거다. 지금 같아선 너더댓 달, 아니 대여섯 달이면 충분할 것 같다."

자신 있어 하는 음성이었다. 돈이 마련되는 대로 곧장 연락을 하겠노라 약속했다.

"형, 너무 무리하진 마. 밥도 좀 잘 챙겨 먹고."

"알았다. 집으로 곧장 갈 거지?"

맏형은 부모님을 부탁했다. 골목길을 돌아설 때까지 바라보고 서 있는 그런 맏형을, 종로거리에 홀로 남겨두고 돌아서야 했다. 처음부터 돈을 돌려받을 수 있을 거라고 기대한 건 아니지만, 막상 맏형과 헤어지자 아쉬움이 짙게 남았다. 맏형이 말한 너더댓 달, 아니 대여섯 달을 기약하며 그냥 돌아설 수밖에는 없었다.

'이젠 어디로 가야지…?'

종로거리에서 잠시 하늘을 올려다보았다. 어디로 가야 할지 망설여졌다. 육의전의 석유전을 찾아가 행수께 인사라도 하고 갈까 생각하다 그만 두었다. 지금은 행수를 찾을 때가 아니라고 생각한 것이다.

'이 거리의 어디쯤엔 김만봉도 있을 텐데….'

만봉의 얼굴도 생생히 떠올랐다. 그 친구를 만나보면 허전한 마음이 채워질지도 모른다고 생각했다.

'이젠 승직이 네가 어디에 있는 줄 아니까. 자주 만나게 될 거야. 나도 여기서 그렇게 멀리 떨어져 있지는 않아….'

하지만 그렇게 멀지 않다는 데가 과연 어디인지 알 수 없었다. 너른 종로 바닥에서 그를 찾기 위해선 다시 한나절이 걸릴지도 모를 일이었다. 또 그렇게 되면 으슥한 밤길을 걸어야만 집으로 돌아갈 수 있을 터였다.

승직은 그만 광희문 쪽으로 방향을 잡았다. 자신을 찾고 있을 어린 당나귀를 생각하며 그냥 집으로 돌아가기로 한 것이다.

한데 종로거리를 벗어나면서 좀체 지워지지 않는 풍경 하나가 있었다. 땅끝 해남으로 내려가기 전보다 눈에 띄게 부쩍 늘어난 일본인들이었다. 저마다 자기네 나라 전통 의복을 입고서 버젓이 종로거리를 활보하는 모습이 암만해도 눈에 밟혔다. 승직은 놀란 눈길로 그들을 힐긋힐긋 바라보곤 하였으나, 사람들은 이골이 난 듯 아무렇지도 않다는 얼굴들이었다.

이처럼 한성의 거리에 일본인들이 처음으로 등장하기 시작한 것은 1880년 봄이었다. 승직의 나이 열여섯이 되던 해였다. 일본의 강압으로 어쩔 수 없이 체결하고만 강화도조약에 따라 일본 공사관이 설치되고, 하나부사 요시모토 공사가 부임케 된 것이다.

그러나 일본 공사관은 도성 안에 자리를 잡지 못해 돈의문 밖 청수관으로 밀려나야 했다. 그나마 2년 뒤에는 습격을 받고 말았다. 조선 정부가 일본의 후원을 받아 신식 군대를 선별하여 훈련하는 과정에서 구식 군대를 차별 대우하자, 이에 분노한 구식 군대와 민간인들이 합세하여 임오군란을 일으킨 것이다. 이때 일본 공사관은 성난 군중들에 의해 불타버리고, 하나부사 공사는 일본으로 줄행랑을 쳐야 했다.

하지만 같은 해 8월, 일본은 정예 병력을 이끌고 다시금 한성으로 진군해 들어왔다. 일본 해군의 니레 제독과 육군의 다카시마 소장이 1,200여 명의 병력을 이끌고 제물포로 상륙하여, 나흘 뒤에는 도성 안으로 들어와 지금의 충무로에 있는 금위대장 이종승의 사저를 임시 공사관으로 삼았다.

그러나 일본 공사관은 이내 조선의 정궁인 경복궁과 더 가까운 거리로 이전을 서둘렀다. 지금의 종로 2가 관훈동에 자리한 박영효의 사저로 옮겨왔다.

이 무렵 일본 공사관의 직원은 30여 명 정도였다. 그리고 그들을 호위하기 위한 병력 200여 명이 임진왜란 이후 도성 안에 들어온 첫 일본군이었다.

이같이 적지 않은 일본군이 도성 안에 주둔할 수 있었던 것은 임오군란을 트집잡아 강압적으로 체결한 제물포조약에 근거한 것이었다. 더구나 적지 않은 일본인들이 도성 안에 한꺼번에 상주하게 됨에 따라 그들을 위한 물품을 조달한다는 구실로 자국 상인들까지 하나 둘 불러들이게 되는데, 이즈음 한성에 들어온 일본 상인은 협동상회·대창조大倉組·경전조慶田組 등지에서 파견 나온 10여 명 수준이었다.

그러던 1884년, 승직이 땅끝 해남에서 올라오던 해에 일본 공사관은 또다시 소실되고 마는 운명에 처했다. 관훈동 박영효의 사저에서 지금의 종로 3가 경운동 소재 신축 건물로 옮기게 된 일본 공사관은, 김옥균·박영효·서광범 등의 개화파가 수구파인 민씨 일족을 척살한 뒤 새로운 정부를 세우려 한 갑신정변 때 다시 한 번 성난 군중들에 의해 불타고 말았다.

이렇게 되자 일본 공사관은 도심에서 벗어나지 않으면 안 되었다. 결국 남산 밑 녹천정(옛 안기부 자리) 터에 신축 건물을 지어 옮겨갔다. 그러면서 도성 안 여기저기에 흩어져 있던 일본 거류민들이 일본 공사관의 발치인 진고개(지금의 충무로와 을지로 일대) 일대로 모여들자, 그 지역을 일본인 거류 구역으로 정하고 나섰다. 갑신정변 때 일본 공사관이 소실되고만 것을 문제 삼아, 자국의 거류민들을 보호하겠다는 허울 좋은 구실을 내세운 일방적인 거류 구역 지정이었다.

조선 정부 역시 처음에는 대수롭지 않게 여겨 승낙해주었다. 당시 진고개라면 깡그리 가난한 샌님들이나 모여 살던 남촌의 변두리인 데다, 진고개라는 이름 그대로 진흙구덩이나 다름없는 곳이라서 그만 거주 환경을 과소평가한 나머지 그래어디 한번 실컷 살아보라고 했던 것 같다.

더구나 조선으로 건너와 상주하기 시작한 일본인 대다수가 그러하듯이, 이 시기 진고개 일대 일본인 거류 구역의 일본 상인들 역시 도무지 칠칠찮아 보였던 것도 사실이다. 자국에서 몰락하여 도망치다시피 허둥지둥 현해탄을 건너온 상인들이 아니면, 기껏 몇 푼 안 되는 영세한 자금만을 손에 쥔 채 발을 들여놓은 자들이 대부분이었다.

때문에 당시 진고개, 아니 그들이 훗날 일컫게 되는 이른바 '혼마치本町'에는 일본인 소유의 가옥이라고는 단 한 채도 없었다. 일본 상인들이 장사를 하려면 조선인 소유의 가옥을 임대하지 않으면 안 되었다.

그러나 제물포조약에 따라 애당초 조선 정부가 통상을 허락한 지역은 진고개 일대가 아니었다. 경강(한강)의 맨 끄트머리께 포구라 할 수 있는 양화나루 일대로 한정하고 있었다.

물론 뒤에 통상을 허락한 지역을 양화나루 일대에서 용산방坊 일대로 한 차례 옮겨주기도 하였으나, 일본 상인들은 허락된 지역을 외면한 채 다짜고짜 일본 공사관의 발치인 진고개 일대, 그들 말대로 혼마치에 집단으로 터를 잡았다. 그런 다음 영세한 자금으로 행상이나 노점, 중개, 매춘 등 돈이 되어 재물을 축적할 수 있는 거라면 무슨 일이든 닥치는 대로 했다.

여기에는 조선인 소유의 가옥 탈취도 예외가 아니었다. 그들은 근대적 땅 소유 개념이 서투른 깡그리 가난한 남산골 샌님들을 살살 꾀어내어 터무니없는 헐값에 땅을 사들이거나, 가옥을 저당 잡는 대신에 적은 돈을 빌려주고는 기일이 되면 일부러 다른 곳으로 피해 숨어 있다가 나중에야 나타나 기한이 지났다며 가옥을 가로채는 등 온갖 수단 방법을 가리지 않았다.

그리하여 오래지 않아 일본 상인들은 조선인 소유의 가옥을 적극적으로 소유하고 사들일 수 있게 되었다. 공터를 산 자는 그들 식의 일본 전통 가옥을 지어 바야흐로 일본인 촌락을 야금야금 꾸려나갔다.

좀 더 훗날의 얘기이긴 하지만, 일본은 티격태격 군사력을 과시해 오며 주도권을 다투던 청나라와의 전쟁에서 승리를 거두게 되었다. 전쟁에서 승패가 엇갈리자 청나라 상인들은 다투어 귀국을 서둘렀고, 일본 상인들은 청나라 상인들이 빠져나간 그 자리를 사분사분 소리 나지 않게 잽싸게 채워나가 도성 안의 상권을 간단히 선점하기에 이르렀다.

그렇게 오래지 않아 진고개 일대, 아니 혼마치에는 일본인들이 어느덧 수천 명이나 모여 살게 되었고, 일본 기생인 게이샤를 둔 일본 요릿집 화월루까지 등장하여 장안의 새로운 구경거리로 떠올랐다. 그런 왜각시를 구경한다며 눈깔사탕을 사러 가는 조선인들이 어찌나 많았던지, 일본인 과자점 주인은 불과 몇 년 만에 떼돈을 벌어 떵떵거리는 부자가 되었다는 소문까지 나도는 판국이었다.

이쯤 되자 철딱서니 없는 꼴불견도 등장했다. 농공상부 대신과 내부대신까지 지냈다는 송병준 대감이, 채신머리없게도 그러한 혼마치에 청화정이라는 일본 요릿집을 차릴 지경이었다.

상략商略을 말하다

아무런 소식도 없었다. 한성에선 좀처럼 연락이 오지 않았다. 너더댓 달, 아니 대여섯 달이면 충분하다던 맏형은 마냥 꿀먹은 벙어리였다.

그나마 다행인 것은 장사를 곧잘 하고 있더라는 소문이었다. 볼 일 때문에 한성에 올라갔다가 종로거리에서 맏형을 보았다는 마을 사람들의 얘기였다. 맏형에 대한 소식은 그게 고작이었다.

그러나 승직은 아무소리도 하지 않았다. 한사코 농사일만 도왔다. 한 해가 다 가고 이듬해 농사일이 다시 시작되었을 적에도 그저 묵묵히 아버지 곁을 지켰다.

보다 못한 작은형 승기가 이따금 찜부럭을 냈다. 자기라도 한성으로 올라가서 속 시원한 대답을 듣고 오겠다고 했다. 그때마다 승직은 맏형을 두둔하고 나섰다. 조금만 더 기다려보자고 작은형을 달랬다.

"옆에서 구경하는 내가 똥줄이 다 타는데. 넌 정말 괜찮은 거냐?"

"어쩌겠어. 형을 믿을 수밖에."

"글쎄, 믿는 건 좋다만. 믿는 도끼에 발등 찍힐까 봐 그런다."

하지만 승직은 끝까지 맏형을 신뢰했다. 지금 당장은 아니더라도 반드시 약속을 지킬 것이라는 믿음을 잃지 않았다.

또 그런 믿음은 결국 기대를 저버리지 않았다. 땅끝 해남에서 집으로 돌아와 김장 김치를 꼭이 두 번째 먹던 날, 바로 그날 오후 늦게 맏형으로부터 연락이 왔다. 돈이 마련되었으니 한양으로 올라오라는 반가운 전갈이 당도했다.

승직은 뛸 듯이 기뻤다. 자신의 종잣돈을 돌려받을 수 있게 된 것도 그러했지만, 맏형의 장사 또한 결코 질퍽거리고만 있지 않다는 생각에 가족 모두가 반겨했다.

이튿날 승직은 한성으로 올라갔다. 맏형은 정확히 3백 냥을 내놓았다.

"그동안 이 형을 많이 원망했을 줄 안다."

맏형은 아무 소리 않고 기다려준 동생이 그저 고맙고 대견하기만 했다.

"그래, 이 돈으로 이제 무슨 장사를 시작할 거냐?"

맏형은 자기 곁에 머물러 주었으면 했다. 마땅하게 생각해 둔 것이 없다면 그냥 전방에 눌러앉아 자신의 장사를 거들어 주길 바라는 눈치였다.

"생각 좀 해보고."

그 전에 먼저 만나볼 사람이 있다고 했다. 아무래도 그 사람을 만나 조언을 구하고 싶었다. 그런 뒤 대답을 들려주겠다며 맏형의 전방을 나섰다.

승직은 육의전의 석유전으로 발걸음을 향했다. 행수를 만나보기 위해서였다.

"허어, 이거 어쩐다? 그 행수어른이 석유전에 나오지 않게 된 것도 벌써 꽤 오래 전의 일이요."

석유전의 젊은 서기가 한 발 늦은 것 같다며 끌끌 혀끝을 찼다.

"행수어른에게 무슨 변고라도 있었던 거요?"

"그건 나도 모르오."

"그렇지만 행수어른이 석유전을 떠나게 된 데에는 필시 무슨 연유가 있었을 것이 아니오?"

"그걸 왜 내게 묻소? 상단의 대행수어른에게나 물을 일이지."

"궁금해서 그랬을 뿐이오."

"그렇게도 알고 싶소?"

젊은 서기의 얼굴에 한순간 장난기가 돋아났다. 음성을 바짝 낮추어 속삭이듯 들려주는 얘긴 놀라웠다. 알고 보니 행수가 몰락한 사대부의 명문가에, 일찍이 열아홉 살 때 진사進士(과거 초시 합격자)가 되고 과거 문과에도 급제했었다는 소문을 나중에야 듣게 되었다는 것이다.

'어쩐지…!'

처음 행수를 만나보았을 때부터 꼭이 그런 분위기였었다. 왠지 전방에 어울리지 않은 단정한 얼굴과 엄격한 몸가짐, 무엇보다 거역할 수 없는 맑은 눈빛이 퍽이나 인상적이다 싶었었다.

"그럼 이제 됐소. 이만 가보구려. 난 바쁜 사람이니 더는 붙잡지 말고."

팬둥거리듯 그만 돌아서려는 젊은 서기를 승직은 다시 한 번 불러 세웠다. 혹 행수의 가택이 어딘 줄 아는지 물었다.

"가보진 않았소만. 목멱산 아래 먹적골(지금의 동국대 일대)에 사신단 얘길 얼핏 들은 기억이 있소."

"먹적골이라면 어느 쪽 동네인지…?"

승직은 도성 안의 지리에 아직 익숙하지 못했다. 젊은 서기는 그런 승직에게 마지못해 일렀다. 개천을 건너 남촌에서 명철방坊부터 찾아가라고 했다. 그런 뒤 거기서 다시 먹적골을 물어 행수의 가택을 찾는 것이 옳을 것 같다고 덧붙였다.

이때까지만 하여도 촌락의 크기가 20여 호 정도이면 동洞으로, 그보다 좀 더 커서 40여 호쯤이면 계溪로, 그보다도 더 커서 60여 호 이상이면 방坊이라 불렀었다. 당시 한성의 도성 안에는 인구 20여 만 명에 모두 47방, 287계, 775동으로 나뉘어져 있었다. 한데 청계천을 건너 남촌의 명철방부터 찾아가라고 일러주었다.

"고맙소."

젊은 서기가 일러준 대로 승직은 종로 육의전의 거리에서 남쪽으로 빠져나갔다. 돌다리 모퉁이에 과일 가게가 즐비하다 하여 이름 붙여진 모전교 방향으로 향했다.

하지만 모전교를 건너가지는 않았다. 대신 아름드리 버드나무가 줄지어 서 있는, 도성 안에서도 걷기에 가장 편하다는 개천의 천변을 따라 곧장 걸어 나갔다.

그리하여 한성의 도성 안에 모두 82개의 다리 가운데 가장 크고 건장하다는 대광통교를 지나쳤다. 또한 장통방의 개천 위에 놓여 있다 하여 이름 붙여진 장통교를, 다리 아래 물의 깊이를 잴 수 있도록 표석이 세워져 있다는 수표교를, 옛날

근처에 하랭위라는 임금님의 사위가 살았다 하여 이름 붙여진 하랑교를, 일명 눈먼 소경 다리라고 더 알려져 있는 효경교마저 그대로 지나쳐, 말들을 사고판다는 마전교 못 미쳐 개천 위에 가느다랗게 걸쳐 있는 흙다리 앞에 멈추어 섰다. 석유전의 젊은 서기가 말한 이른바 배오개 다리였다.

승직은 잠시 위태롭게 놓여 있는 배오개 다리를 저만큼 건너보다 말고는 조심스레 흙다리 위로 올라섰다. 널따란 돌다리가 아닌 가느다랗게 난 흙다리 때문에서인지 통행하는 이도 없었다. 더구나 종로 육의전의 남쪽 다리인 모전교에서부터 효경교를 지나오는 동안에 그칠 줄 몰랐던, 다리 밑 깍쟁이(동냥아치)들의 가마니 움집에서 들려오는 각설이 타령 같은 소리도 더는 들리지 않았다. 대신 개천 한복판에서 맑은 샘물이 솟아 흐르는 물줄기의 양 편에, 십여 개쯤 되는 구들장 모양의 네모난 빨랫돌을 아낙네들이 하나씩 차지하고 앉아 빨래하는 빨랫방망이 소리가 쩌렁쩌렁했다.

배오개 다리를 넘어 개천을 건넌 뒤, 젊은 서기가 이른 대로 목멱산의 동쪽 자락을 바라보며 한참을 더 걸어 나갔다. 그러다 무릎에 힘이 들어가는 야트막한 언덕길을 오르기 시작하면서 그곳이 명철방임을 알 수 있었다.

"그렇다면 먹적골은 어디쯤인가요?"

승직은 그 즈음에 다시 길을 물었다. 지나는 사람들이 자꾸만 위로 올라가야 한다고 말한 것처럼, 먹적골은 목멱산의 맨 위뜸에 초라하게 자리하고 있었다. 도대체 도성 안에 이 같은 심산유곡이 또 있으리라곤 미처 몰랐을 만큼 먹적골은 목멱산의 깊숙한 골짜기에, 그러나 밤나무 숲 아래 물 맑고 시원한 계곡을 끼고 있어 얼마 되지 않은 초가지붕들이 유난히 다정해 보였다.

"김정우 진사댁 말이오?"

은행나무에 둘러싸여 있는 행수의 집 역시 초라한 초가였다. 금방이라도 또르르 하고 굴러 떨어질 것만 같은 커다란 호박이 넝쿨과 함께 지붕 한켠에 간신히 매달려 있을 뿐, 텅 빈 마당에는 그 흔한 암탉 한 마리도 보이지 않았다.

더구나 행수는 집을 비운 채였다. 가족이라고 하기보다는 이웃하고 사는 이 같은 아낙네가 승직을 뒤따라 마당 안으로 쪼르르 들어서며 행선지를 일러주었다.

"물을 따라 계곡으로 쭉 올라가 보세요. 마당바위라고 물가에 제법 널찍한 바위가 있는데, 틀림없이 거기에 계실 거예요."

아낙네가 말한 대로 마당바위에서 행수를 만날 수 있었다. 계곡의 물소리에 취한 건지, 산새소리에 흠뻑 젖어 있는 건지, 그도 아니면 바람소리에 생각을 맡기고 있는 것인지 제법 널따란 바위 위에 홀로 앉아 있었다.

"…아니, 이게 누군가? 어서 오게나."

달라진 거라곤 없어 보였다. 여전히 깊고 그윽한 눈빛에, 선비의 늠렬마저 묻어나는 그대로의 모습이었다.

"뜬금없이 제가 나타나서 방해라도 되지 않았는지 모르겠습니다."

"방해라니. 당치도 않네. 마땅히 찾아올 이가 이렇게 찾은 것이 아니겠는가."

행수는 잠시 처연한 눈길로 먼 하늘에 눈길을 주었다. 그러다 이내 반가운 얼굴로 승직을 다시금 바라보았다.

"그래, 자네가 금년에 몇인가?"

"예, 올해 스물셋이 되었습니다."

"스물셋이라…. 참, 그러고 보니 자넨 신관 사또를 따라 땅끝 해남으로 내려가질 않았나? 그래, 그동안 세상 물정은 두루 익혔는가?"

"해남 관아에 삼년 간 머물 수 있었습니다. 저로선 또 다른 세상을 볼 수 있었던 소중한 기회였습니다."

행수는 흡족해 웃었다. 막상 발을 들여놓고 보니 세상이 시시하더라고, 그렇게 말하지 않은 걸 보니 정말로 소중한 기회였던 모양이라고 했다.

"하면 이제 앞으로 무얼 할 작정인가?"

행수는 그가 자신을 찾은 까닭을 훤히 아는 듯이 보였다. 그래서 그가 먼저 말 꺼내기 어려워하는 부분까지도 스스럼없이 먼저 물어나가곤 했다.

"실은 그 때문에 행수어른을 뵙고서…."

"이제 보니 자네는 이미 상인의 길을 가고자 뜻을 굳힌 것으로 보이는구만."

"그렇습니다. 행수어르신."

승직은 자리에서 일어나 절을 올렸다. 그런 뒤 가르침을 내려달라고 무릎을 꿇었다.

"일어나 계곡을 좀 걷지 않겠는가?"

무릎을 꿇어앉은 승직을 외면하며 그가 자리에서 몸을 일으켰다. 바위에 너무 오래 앉아 있었던 것 같다며 계곡을 앞서 걸었다.

"자네는 내게 어떤 가르침을 구하고자 찾은 모양이나. 과연 상인의 길을 가고자 하는데 어떤 신통한 비책이 따로 있을 것이라고 생각하는가?"

"행수어르신, 사마천이 썼다는 한대漢代의 역사서 사기史記를 일부나마 읽은 적이 있었습니다."

'…!'

"한데 그 책에서 사마천이 이르기를, '가난하고 부유한 것은 결코 남의 것을 빼앗거나 얻지 못해서가 아니라, 오직 그 사람의 재능에 달려 있다. 따라서 재능이 있는 자는 부유할 것이고, 재능이 모자라는 자는 가난할 수밖에 없을 것이다'고 하였습니다. 그 글귀를 읽으면서 어린 생각에도 성공하고 실패하는 데에는 단지 시운에 따르는 것이 아니라, 곧 그 사람의 재능에 따라 결정되어지는 것임을 확신케 되었습니다."

"그 소리가 곧 소리 아니겠는가."

"어르신…."

승직은 조바심쳤다. 여전히 싸늘한 얼굴로 자신을 외면하자 재빨리 그의 앞으로 나아가 다시금 무릎을 꿇어앉았다.

"행수어르신, 세상만사가 사람의 뜻대로 되지 않는 일이 십중팔구다 들었습니다. 하다못해 몸을 한번 움직이려 하여도 온갖 얽히고 가로막힘이 마치 고슴도치의 가시처럼 일어나는 것이 세상사가 아니겠습니까? 허나 사리에 맞고 이치에 따라 잘만 운용한다면 비록 고슴도치의 가시처럼 온갖 얽히고 가로막힘이 일어난다 할지라도 자신의 화기和氣를 손상 받지 않은 채 자연스럽게 움직일 수가 있을 것입니다. 저는 오로지 그 사리에 맞고 이치에 따라 얽히고 가로막힌 것을 잘 운용할 수 있는 지혜를 구하고자 함일 따름입니다."

"하면 자네는 내가 그러한 지혜를 꿰뚫어 알고 있기라도 한단 말인가?"

"때문에 이렇듯 행수어르신을 찾아뵌 것이 아니겠습니까?"

승직은 순간 젊은 서기가 들려준 놀라운 얘기를 다시금 상기해 냈다. 사대부들은 본디 저자에 발걸음조차 하지 않는다는데, 어찌 육의전의 행수가 되고자 하였는지 꼭이 한번 물어보고 싶었다. 하지만 마음을 가까스로 억눌러 참아냈다.

"어서 일어나게. 계곡을 좀 걷자 하지 않았는가."

승직의 간절함에도 불구하고 행수는 그저 계곡을 앞서 걸었다. 승직은 그를 붙들어 세우려 하였고, 그는 한사코 승직을 일으켜 세우려 들었다. 그 보이지 않는 줄다리기가 숲속에까지 팽팽했던지, 산새 한 마리가 놀라 계곡을 가로질러 푸르릉 날아갔다. 산비둘기였다.

"그러나 명심하게."

행수는 사전에 단단히 일렀다. 승직이 기대하는 있는 것처럼 그 어떤 신통한 재능도, 지혜도, 비책도 갖고 있지 않다고 미리 오금을 박았다. 다만 지금부터 들려줄 얘기는 순전히 자신이 경험으로 얻은 것임을 전제했다.

"자네도 알고 있을 걸세."

'…?'

"저 산비둘기 같이 하찮은 미물도 제 어미가 앉아 있는 나뭇가지 세 가지 아래에 앉는다 하여 삼고지례三高之禮라 말하고, 국경 멀리 전장으로 끌려간 말들도 잠시 쉬어 갈 때면 고향 쪽에서 불어오는 바람을 향해 선다는 것을. 하물며 만물의 영장이라 일컫는 사람이 하는 일에 있어서, 또한 그것이 비록 상품을 사고파는 미천한 상업일지언정 어찌 정신이 없다 말할 수 있겠는가?"

행수는 첫 번째 이야기로 개성상인을 들었다. 자신의 그러한 기대에 가장 잘 부응하고 있는 상인이 다름 아닌 개성상인이더라는 것이다.

"그렇지만 개성상인이라 하여 종로 육의전의 상인들과 또한 무엇이 다르다 할 수 있겠습니까?"

결국 그들 또한 이끗을 좇는 상인이 아니냐는 승직의 반문에 행수는 고개를 가로저어 보였다.

"내가 굳이 개성상인을 애써 말하고자 함은, 그들은 상인으로서의 태동과 형성 과정에 있어 종로 육의전의 상인들과는 그 근본부터가 크게 다르기 때문이네."

행수가 언급한 개성상인의 태동과 형성 과정은 무려 5백여 년이 흐른 1392년 조선왕조의 창건 때까지 거슬러 올라갔다. 당시 고려왕조의 유신들은 개경의 두문동洞으로 들어가 그야말로 두문불출, 조선에 결코 출사치 않았다. 그러자 화가 치민 태조 이성계가 두문동의 72현인을 비롯하여 수많은 고려 유신들을 불에 태워 죽이기까지 하였다.

한데도 그 불길 속에 살아남은 개성의 고려 유신들은 새 왕조에 끝까지 항거하여 벼슬길에 나서는 이가 거의 없었다. 그 대신 생존의 수단으로써 사람대접조차 받지 못하는 상인의 길로 스스로 들어섰다.

그러나 그런 상인의 길 또한 결코 녹녹치 않았다. 전국 방방곡곡으로 행상을 나선 개성상인들은 이후 극심한 천대와 관속들의 가렴주구, 또한 무뢰배들의 약탈을 이겨내지 않으면 안 되었다. 그리하여 마침내 오늘날에 이르러서는 이른바 조선왕조의 '특권 상인 집단'이라는 종로 육의전의 시전에 당당히 맞설 수 있는 전국적인 상권을 확대시킬 수 있었다는 것이다.

"이런 개성상인들에게 어찌 남다른 이유가 없다 말할 수 있겠는가."

다시 말해 '절개를 지키기 위해 스스로 천대받는 상인으로 나름의 길을 열어나가되, 공맹孔孟의 유풍을 지켜온 마음가짐과 함께 대체 그 어떠한 공력이 더해졌기에' 그것이 곧 가능할 수 있었느냐는 것이다. 바로 그러한 연유로 행수는 개성상인들을 지금껏 부단히 주목해 왔으며, 또 그런 결과 그들로부터 대략 스무 가지 정도의 상술商術을 발견케 되었다고 한다.

“그들의 상술 스무 가지란, 실패를 두려워하지 않는다. 고집이 세고 배짱이 두둑하다. 끈질기게 매달린다. 부지런하고 짜다. 분수를 알며 검소하다. 무조건 절약하여 모은다. 정직과 친절로 승부한다. 목에 칼이 들어와도 약속은 지킨다. 신뢰와 믿음으로 차별화한다. 어려울 땐 서로 뭉친다. 어려운 이웃을 보면 모른 체하지 않는다. 돈을 추렴하여 선행에 쓴다. 외부의 힘을 빌리지 않는다. 불순한 자본과 결합하는 매판자본이 없다. 앞일을 내다볼 줄 안다. 기회는 결코 놓치는 법이 없다. 경쟁자와 절대로 타협하지 않는다. 시대의 흐름과 상황 판단에 유의한다. 권력에 밀착하거나 결탁하지 않는다. 권력과는 가깝지도 멀리 하지도 않는다일세.”

행수는 개성상인들의 스무 가지 상술을 다시금 다섯 가지 상략商略으로 묶어 설명했다. 다름 아닌 도전정신과 근검절약, 정직과 믿음, 협력과 동료 우선, 기회의 포착과 발굴, 권력과의 거리 유지가 그것이었다. 이를 좀 더 알아듣기 쉽도록 실제 사례를 들어가며 부언해 나갔다.

“자네가 읽었다던 사마천의 사기 말일세. 그 사마천의 사기에 이런 대목이 있음을 자네도 읽어 알고 있을 것이네. ‘고개를 숙이면 무엇이든 줍고, 고개를 쳐들면 무엇이든 따야 한다’

는. 이는 곧 고개를 숙일 때마다 물건을 차지하고, 고개를 쳐들 때마다 물건을 취하라는 상술을 가리키는 말이 아니겠는가. 결국 벌고 모으려면 무엇이든 줍고 무엇이든 취하여야 한다는 얘기네."

그러나 낭비는 역천逆天, 곧 하늘을 거스르는 것과 같다고 여겼다는 것이다. 더욱이 빚만큼 무서운 것도 또한 없으니 내 돈과 남의 돈을 구분할 줄 알아야만 모을 수 있음을, 요컨대 도전을 하되 근검절약부터 해야 함을 다섯 가지 상략 가운데 첫 번째로 삼았다고 했다.

"두 번째 상략은, 계산된 아부보다는 잔꾀를 부리지 않는 당당함, 곧 정직과 믿음이 중요하단 것일세."

하지만 그러한 믿음을 얻는 데까지가 십 년이라면 잃어버리는 데는 단 하루라고 말할 수 있을 만큼, 믿음이란 매우 허망한 것이라고 행수는 지적했다. 더구나 만인에게서 믿음을 얻기 위해서는 쓰다 달다 아무런 휩쓸림도 없이 그저 묵묵히 참고 견디는 내면의 용기를 가진 자만이 얻을 수 있다고 덧붙였다.

"그러나 잊지 말게. 그러한 믿음을 얻는 것 못지않게 먼저 '쭉정이 상인'이 되지 않도록 자신을 각별히 경계해야 함을."

행수가 이른 '쭉정이 상인'이란 다른 게 아니었다. 교활하고

얄미운 태도를 흔히 '가살'이라고 일컫는데, 이같이 가살을 부리는 상인을. 또한 성미가 온당치 못할 뿐더러 괴상스럽고 되바라진 언행을 하는 이를 흔히 '야살꾼'이라 일컫는데, 이처럼 야살스러운 언행을 일삼는 상인을. 돈푼깨나 만진다고 거드름을 부리는 상인을 흔히 '거드름쟁이'라고 일컫는데, 이처럼 자기의 이끗이 좀 넉넉하다고 거드름을 떠는 상인을. 깨나 다부지고 암팡스러운 상인을 흔히 '부라퀴'라고 일컫는데, 이처럼 자기에게 이롭다고 해서 기를 쓰고 덤비는 상인을. 심술궂게 욕심을 부리는 상인을 흔히 '몽니쟁이'라고 일컫는데, 이처럼 이끗이라면 잔망스러운 심술을 부려 남의 일을 훼방 놓는 상인을. 이끗을 위해서 온갖 지저분하게 구는 상인을 흔히 '오사리잡놈'이라고 일컫는데, 이처럼 온갖 지저분하게 구는 상인을. 이끗을 위해서 모질고 악착스럽게 구는 상인을 흔히 '악바리'라고 일컫는데, 이처럼 모질고 악착스럽게 구는 상인을. 이끗을 위해서라면 속임수를 부려서라도 남의 돈을 갈취하거나 일을 제법 그럴듯하게 꾸며대는 상인을 흔히 '야바위꾼'이라고 일컫는데, 이처럼 야바위 짓을 하는 상인을. 이끗을 위해 어수룩하고 만만한 이를 홀대하는 상인을 흔히 '쟁퉁이'라고 일컫는데, 이처럼 쟁퉁이 짓을 하는 상인을. 그리고 마지막으로 남에게 욕을 많이 얻어듣는 상인을 흔히 '욕감태기'라고 일컫는데, 이처럼 남에게 곧잘 욕을 얻어듣는 상인들을 모두 쭉정이 상인이라고 부른다는 것이었다.

"세 번째 상략은, 곧 협력과 동료 우선이라는 것일세. 협력은 이미 석유전의 상단에서 자네도 충분히 목격했으리라 믿네."

다만 동료 우선을 설명하면서 매판자본과 매점매석을 하지 않아야 한다는 점을 애써 강조했다.

"자네도 생각을 해보게나. 어찌 그들이라고 해서 매판자본에 대해 알지 못하고 있겠는가. 외부에서 손쉽게 매판자본을 들여와 여러 가지 좋은 조건을 충분히 이용하고, 또한 외부 세력과 밀접한 관계를 유지하게 되면 짧은 기간 안에 놀랄 만한 막대한 이끗을 올릴 수 있다는 것을 누구보다 훤히 꿰뚫고 있을 그들이 아니었겠는가."

그러나 개성상인들은 매판자본뿐만 아니라 손쉽게 떼돈을 벌 수 있는 매점매석조차 철저히 금했다는 것이, 행수가 오랫동안 관찰해 낸 결과였다.

"참, 자네의 생각이 궁금하이. 자넨 매점매석에 대해 어떻게 생각을 하고 있는가?"

행수가 가던 길을 우뚝 멈추어 섰다. 멈추어 서서 승직을 돌아보았다.

"예, 송파 장터를 오가며 몇 번 들어본 일이 있어 대략 그

뜻이 무어라는 정도는 알고 있습니다. 그러나 아직 어느 누구로부터도 매점매석에 대해 가르침을 받은 일이라곤 아직 없습니다."

"그럴 수밖에. 매판자본이나 매점매석이야말로 가장 비열한 상술인 데다, 또 그런 까닭에 당사자들끼리만 은밀하게 진행되는 터라 겉으론 좀처럼 드러나지 않아서라네."

그가 말한 매점매석은 녹심錄心, 난전亂廛, 고점庫占 등 모두 세 가지나 되었다. 녹심이란 신용 거래를 하는 단골을 보다 많이 확보하여 독차지해버리는 것을 일컬었다. 난전이란 범칙물자를 불법으로 내다파는 것을 일컬었다. 고점이란 수요가 급증하는 때를 맞추어 일찍부터 상품을 독점해버리는 상행위를 일컬었다.

"본디 우리 나라는 땅덩어리가 비좁은 탓에 웬만한 물량만 몰아 사들여도 당장 품귀 현상이 일어나 값이 급증하기 마련이라네. 오죽하면 한양에 있는 동태 객주 셋이 고점질을 하게 되면 동태 값을 이레 만에 절반이나 올릴 수 있고, 다시 다섯이 작당을 하게 되면 곱으로 급등시킬 수 있다는 말까지 육의전 바닥에 나돌겠는가. 그러나 개성상인들만은 지난 수백 년 동안 그런 비열한 상술을 전연 부리지 않고 오늘에 이르렀다는 것일세."

그 다음 네 번째 상략인 기회의 포착과 발굴이란, 곧 상기商幾를 말함이었다.

"영동 지방에는 꿀이 나되 소금이 없고, 관서 지방은 철이 나되 감귤이 없으며, 북도는 삼이 나되 면포가 귀하다네. 상업이란 이와 같이 어느 지방에서 모자라고 구하기 어려운 물자, 곧 그런 귀한 물건을 보다 흔한 지방에서 저렴하게 구하여 제때에 공급해 주는 것이라고 말할 수 있을 것이네."

상기란 이같이 어느 지방에서 무엇이 모자라고 흔한지를 재빠르게 찾아내어 손을 쓰는 것이라고 했다. 결국 상업을 한다는 것은 기회를 포착하는 것으로 귀결이 되는 만큼, 따라서 지나치게 빨라도 안 되겠지만 너무 늑장을 부려서도 안 된다는 점을 상기시켰다. 다시 말해 상업에는 눈이 보배라는 것이었다.

끝으로 다섯 번째 상략은, 권력과의 일정한 거리 유지였다. 행수는 그 실례를 설명하기 전에 먼저 고려 말 충신이었던 목은牧隱 이색의 부친 이곡이 지적한, 상인이 결코 해서는 안 될 세 가지 장사부터 들먹였다.

"이곡이 이르기를, '내가 처음으로 한양에 올라와서 골목길을 들어가 보니, 얼굴을 단장하고 매음을 가르치는 사람이 그 아리따움의 정도에 따라 버젓이 값을 올리고 내리는 짓을 하는데 조금도 부끄러워하지 않음을 보았다. 이것을 흔히 계집시전(시장)이라 부르니, 한양의 풍속이 아름답지 못함을 알 수 있었다. 다음으로 관아에 들어가 보니, 붓대를 놀려 법을 희롱하는 관리들이 죄의 가볍고 무거움에 따라 버젓이 값을 올리고 내리는 것을 행사하는데 조금도 의심하거나 두려워하지 않음을 보았다. 이것을 흔히 관리시전이라 부르니, 관아의 잣대가 엉망진창인 줄을 알 수 있었다. 그런가하면 인간시전마저 생겨났다고 한다. 장마와 가뭄에 백성들이 먹을 것이 없어지자 힘센 놈은 도둑이 되고, 약한 자는 동냥아치가 되며, 입에 풀칠할 길이 없어 남편은 아내를 팔고, 주인은 몸종을 팔아 저자거리에 늘어놓고서 싼 값으로 흥정을 벌이고 있으니, 개나 돼지만도 못한 꼬락서니를 관아에서는 그저 본체만체하고만 있었다. 앞의 두 시전은 그 실상이 밉살스러우니 단단히 경계해야 할 것이요, 뒤의 마지막 시전은 그 실상이 측은하니 또한 한시 바삐 해결하여 치워버려야 할 것'이라고 했다네."

한데 개성상인들은 그보다도 더 유의하고 경계해야 할 것으로 다름 아닌 정치 권력과의 일정한 거리 유지를 들고 있다는 것이었다.

"다시금 사기에서 읽은 대목 하나를 얘기해야겠네. 자네도 기억을 할 테지만, 사기 화식열전貨殖列傳 편에 이런 얘기가 나오질 않던가. 주나라의 백규라는 사람이 남들과 다르게 천문을 연구해서 일조량, 강우량, 기온의 변화 따위를 예측하여 농작물을 대량으로 매입하였다가 되파는 수법으로 큰돈을 벌어들였다는 얘기 말일세. 무릇 상인이라면 이처럼 하늘의 날씨마저도 제 편으로 만들어야 하는 것이거늘, 하물며 정치 권력이라고 해서 다를 게 또 무엇이 있겠는가."

그러나 상인에게 있어서 정치 권력이란 곧 밑 빠진 독이나 다름이 없는 것이라고 정의했다. 그리하여 붓고 또 부어주어도 결코 채울 수 없는 것이 상인과 권력과의 상관관계일 뿐더러, 또한 기약할 수 없는 것임을 잊지 말 것을 당부했다.

"그럼에도 불구하고 상인에게는 하늘의 날씨마저도 제 편이어야 하는 것처럼, 정치 권력 또한 너무 가까이 하여서도 그렇다고 너무 멀리하여 눈에 벗어나 밉보여서도 아니 되는 것일세. 구분九分은 모자라고 십분十分은 넘친다는 얘기가 적절한 표현이 될지 모르겠네."

여기까지 얘기한 행수가 가던 길을 멈추어 계곡의 바위 위에 털썩 주저앉았다. 조선 팔도를 누비고 다녔던 다리이건만, 아마도 이제는 그 명줄도 얼마 남지 않은 것 같다는 푸념까지 늘어놓으면서.

하지만 개성상인에 대한 얘기는 쉬 멈출 줄을 몰랐다. 줄기차게 흘러내리는 계곡의 물과도 같았다. 바위에 주저앉아 거칠어진 호흡을 잠시 진정시킨 뒤 다시금 나직이 입을 열었다.

"이제 자네는 지금까지 내가 열거한 개성상인의 스무 가지 상술과 다섯 가지로 묶은 상략을 본보기 삼아, 곧바로 상인의 길로 나설 수도 있을 것일세. 그러나 생각해보게나. 농사가 하늘과의 동업이라면 상업은 곧 사람과의 동업일진대, 그렇다고 한다면 상인이 되고자 하는 자네는 무엇보다 자네와 동업할 수밖에 없는 사람부터 우선 판별하여 옥석을 가릴 줄 알아야 하질 않겠는가."

행수는 잠시 호흡을 고르고 나서 말을 이어나갔다. 개성상인들은 사람의 됨됨이를 판별하여 알아보는 방법이 모두 여덟 가지였다고 한다.

먼저 상詳이라 하여, 묻는 말의 대답에 얼마나 꾸밈이 있는가를 살폈다. 다음은 변變이라 하여, 묻는 말에 얼마나 임기응변이 있는지를 살폈다. 그 다음은 성誠이라 하여, 사람을 사이에 넣어 얼마나 성실한가를 살폈다. 그 다음은 덕德이라 하여, 마음에 품은 생각이나 감정을 스스럼없이 얘기해보아 얼마나 솔직한 덕행을 지녔는가를 살폈다. 그 다음은 염廉이라 하여, 재물을 맡겨서 얼마나 청렴한가를 살폈다. 그 다음은 정貞이라 하여, 여색을 사이에 넣어 몸가짐이 얼마나 바른지를 살폈다. 그 다음은 용勇이라 하여, 위급한 상황에 처하게 되었을 때 얼마나 용기 있게 대처하는가를 살폈다. 마지막으로 태態라 하여, 서로 만취한 이후에 몸가짐이 얼마나 흐트러지지 않는가를 살폈다는 것이다.

"이제는 그만 집으로 돌아가기로 하세. 자네에게 들려줄 수 있는 얘기도 이제 더는 없는 것 같으니."

행수의 얼굴에 피로감이 흥건히 고여 들었다. 바위에 잠시 쉬어가는 것만으로는 해소될 것 같지 않은 창백한 낯빛이었다.

"행수어르신, 제 등에 업히십시오. 댁까지 모시겠습니다."

승직은 무턱대고 행수를 등에 업었다. 그도 지친 몸을 굳이 마다하지는 않았다. 승직의 등에 짚뭇처럼 가뿐한 몸뚱이를 내맡겼다.

"이보게."

계곡을 내려오는 동안에 행수는 사뭇 말이 없었다. 하지만 초가로 돌아와 따뜻한 차 한 잔을 마신 뒤에는 제법 기력을 되찾은 듯했다. 기력을 되찾으면서 이 말만은 기어이 들려주어야겠다는 듯이 끝내 말문을 다시 열었다.

"…무릇 상인이 되고자 한다면 반드시 책을 읽어야만 하네. 상인이 책을 읽어서 대체 어디다 쓸 것이냐고 반문할는지도 모르나, 나는 그리 생각지를 않네. 상업이 비록 미천한 말업末

業이라고 할지라도, 그렇더라도 배우지 않고 능히 이 세상을 이길 수는 없는 법. 근자에 들어 장삿속에 어두운 농부들이 몇 해 흉년을 만나면 그냥 소를 팔고 말을 사서 장삿길에 나섰다가, 그나마 얼마 되지도 않은 종잣돈마저 모두 잃고 길거리에서 굶어 죽는 꼴을 여럿 보았네. 비록 우리의 눈에는 잘 드러나 보이지 않을지라도 세상은 하루가 다르게 자꾸만 변해가고 있는데, 이렇다 할 사전 준비도 없이 그저 단순한 열의만을 가지고서 장삿길에 나선다면 어느 누구라도 그꼴이 될 수 있음이 아니겠는가."

그러면서도 한편으론 고개를 내저었다. 상인의 학문이란 애오라지 자기 눈으로 보고, 자기 손으로 더듬어서, 자기 혼자서 깨달아가는 불문의 학문인 까닭에 딱히 무엇이라고 단정지어 말할 수 없는 것이라고 했다.

"그럼에도 상인이 되고자 하는 자네에게 부디 책을 읽으라는 당부를 거듭 해두고 싶네."

"책이라 함은 과연 어느 책을 말씀하시는 것입니까? 행수어르신께서 따로 보아둔 책이라도 있으신 겁니까?"

행수는 고개를 끄덕여 화답해 주었다. 상인의 스승이야말로 다름 아닌 노자老子라고 한마디로 잘랐다. 또한 그 이유에 대해 다시금 진지한 설명이 뒤따랐다.

“이미 오래 전부터 알려져 있는 것처럼, 공자와 맹자의 가르침을 근본으로 하는 유교가 나라를 다스리는 사대부들을 위한 사상이라고 한다면, 비록 후세에 다양한 사상이 추가되었다고는 하나 그 근본은 노자와 장자를 기원으로 하고 있는 도교야말로 현실에 바탕을 둔 뭇 백성들을 위한 사상이라고 할 수 있다네. 따라서 유교가 마땅히 해야 할 도리를 내세운 외면적인 도덕이라고 본다면, 도교는 생활을 바탕으로 한 내면적인 도덕이라고 분류해 볼 수 있는 까닭에, 또한 그 가치가 남다른 것이라고 말할 수 있을 걸세.”

그러나 승직은 잠시 혼란스러웠다. 행수가 말하는 것과는 여태 다르게, 예컨대 일반적으로 노장老莊 사상은 현실을 바탕으로 하는 가르침이 아니라 현실을 등지고 살아가는 은둔자의 사상이라 알고 있는 터였다. 승직은 그 점에 대해서도 가르침을 구했다.

“나 또한 노장 사상을 오래 전부터 하나라고 이해하고 있었다네. 그러나 노자와 장자가 현실로부터 출발하고 있음은 서로 같을지 모르나, 실제로는 그 지향점에 있어서나 목적에 있어서 상당히 차이가 있음을 나중에야 알 수 있었다네.”

그 차이점이란 다른 게 아니었다. 장자가 현실을 초월하여 해탈할 것을 가르치고 있다면, 노자는 냉엄한 현실을 꿋꿋이 헤쳐 나가는 지혜를 가르치고 있다는 것이었다.

"또 하나, …흔히 노장 사상을 일컬어 현실을 등지고 살아가는 은둔사상이라 말들을 하는 모양이나, 그러나 내가 보기에 그것은 극히 일부만을 이해하고 있는 탓일세. 적어도 노자의 가르침은 현실을 등지고 살아가라는 것이 아니라, 오히려 현실과 기꺼이 맞서 대처해 나갈 지혜를 담고 있다는 점에서 그러하네."

그 실례로 행수는 중국인과 일본인을 비교해 보았다.

"물론 많이 겪어보았다고는 말할 수 없으나, 대개 일본사람들을 지켜보면 조직을 구성하여 집단으로 행동하는 데에는 대단히 익숙한 모습을 보여준다네. 다시 말해 집단으로 모였을 때에는 아주 강한 힘을 보인다는 걸세. 그러나 집단이 아닌 개인으로 행동할 때 보면 어딘지 모르게 어설프고 허약해 보이는 게 바로 일본 사람들일세. 끈기와 인내력이 부족하단 얘길세."

반면에 중국인들을 상대해보면 그런 일본인들과는 사뭇 다른 점을 발견할 수 있다는 것이다.

"중국인들을 가만 보면 대개 집단행동에 익숙지 못한 데 비해 개인의 의지가 아주 강한 편이라네. 그 때문에 개인이 행동을 할 때에는 매우 강인함을 보여 역경에 처해서도 좀처럼 쓰러지는 법이 없이, 끈기와 인내력을 갖고서 기회를 기다릴 줄 안다네. 바로 노자가 말한 냉엄한 현실과 기꺼이 맞서 나가는 생활 방식과 정신적인 태도가 엿보인다는 점일세."

중국인들의 그러한 끈기 있는 생활 방식과 정신적인 태도를 잘 표현하고 있는 말로 행수는 노자의 '상선약수上善若水', 최고의 선은 물과 같다는 문구를 들었다. 가장 이상적인 생활 방식이야말로 곧 물과 같은 것이어야 한다는 뜻이었다.

"말하자면 손자는 물의 형상을 보고서 이상적인 병법을 찾은데 반해, 노자는 물의 형상을 보고서 이상적인 생활 방식을 찾은 것이라네."

그러면서 행수는 손자나 노자가 과연 물의 형상을 어떻게 이상적으로 보았는지 궁금하지 않느냐고 물었다.

"물은 만물에 혜택을 주면서도 상대를 거스르지 아니하고, 사람들이 꺼리는 낮은 곳으로 흐른다네. 낮은 곳에 몸을 두고 심연과 같이 깊은 마음을 품는 거라네. 그리하여 베풀 때에는 차별을 두지 아니하고, 결코 거짓을 말하지 않는다네. 때로 큰 일에 나설 적에도 파란을 일으키는 법이 없이 모든 일에는 상대에 따라 다양하게 대응하는 유연성을 보여주며, 시기를 보아 적절한 때에 행동한다네. 이것이 바로 다름 아닌 물의 형상이 아니겠는가."

세상에 물만큼 약한 것이 없으면서도 또한 물만큼 강한 것을 이길 수 있는 것도 없다는 게 곧 노자의 발상이며, 중국인들이 전통적으로 갖는 지혜의 출발점이라는 것이다.

"노자는 또 이렇게 말하고 있네. '뛰어난 장수는 무력을 함부로 내보이지 않으며, 싸움에 능한 자는 감정적으로 행동하지 않으며, 이기는 데 명수는 힘으로만 싸우지 않으며, 사람을 다루는 데 능한 자는 겸손한 자세를 취할 줄 안다'. 노자는 이것을 '부쟁不爭의 덕'이라고 했다네. 상대를 거스르지 않고, 상대와 다투지 않으면서도 우위를 점할 수 있다는 뜻이라네. 이같이 노자가 말하고 있는 가르침, 곧 최고의 선은 물과 같은 것이며, 그러한 부쟁의 덕 또한 내면에 적극성을 갖춘 이상적인 생활 방식이 아니냐는 걸세."

바로 여기에 노자가 내세우는 처세의 강인한 지혜를 담고 있다고 보았다. 또 그런 점에서 노자야말로 상인의 스승이 다름 아니며, 따라서 상인이 되고자 하는 승직에게 반드시 읽어 육화시켜야 할 이유를 거듭 당부했다.

"차암, 이걸 가져 가게. 앞으로는 내가 아닌 자네가 읽어야 할 책일세."

행수는 문갑 안에서 책 두 권을 꺼내어 놓았다. 너무 오래되어 겉장에 부푸러기가 일어나고 빛마저 허옇게 바랜 책들이었다. 꽤나 두툼한 한 권은 행수가 지금껏 얘기한 노자였다.

그리고 장수가 얼마 되지 않은 소첩 같은 나머지 한 권은 책제목이 따로 적혀 있지 않았다.

"이 소첩은 무슨 책입니까?"

승직은 제목이 따로 적혀 있지 않은 나머지 한 권이 궁금했다.

"그건 내가 사람들에게 들려준 이야기책이네"

행수는 대수롭지 않게 대꾸했으나 승직은 중요한 책임을 직감했다.

"행수어르신, 어찌 저에게 이런 소중한 책까지 다 주시고자 하는 것입니까?"

"계곡에서 이미 말했잖은가. 마땅히 찾아올 이가 찾아온 것처럼 또한 당연히 가져갈 이가 가져갈 뿐이네. 이제 이 책들은 이 방에서 아무 소용이 없어 자네에게 물려주는 것이니. 개의치 말게."

그땐 정녕 알지 못했다. 그의 대답을 미처 헤아리지 못했다. 행수의 대답이 무엇을 뜻하는지 수년이 흐른 뒤에야 비로소 알 수 있게 되리라곤 그땐 정말이지 몰랐었다.

"…내 경험이 가히 틀리지 않는다면."

행수는 확신하는 듯했다. 승직을 바라보는 자신의 눈을 믿고 있었다. 그러나 잊지 말라고도 했다. 설령 큰 상인이 되었다 하더라도 한순간에 공든 탑이 무너질 수도 있음을 부디 잊지 않기를 바랐다.

“행수어르신, 그러한 우를 범하지 않으려면 제가 또 어찌 해야 하는 것입니까?”

행수는 그 답으로 처음에 결심했을 초심을 들었다. 언제든 초심을 잊고 만다면 이내 위기를 초래할 수 있음을 마지막으로 당부했다.

“그러나 자기 자신을 굳게 믿어야 하네. 언제 어느 순간일지라도 자기 자신을 잃어버려서는 안 되네.”

“자기 자신이라 함은…?”

“세상에 태어날 때부터 이미 알고 있는 자신의 생지生知 말일세. 새끼 거미가 태어나면서부터 이미 거미줄을 치는 법을 스스로 알고 있는 것과 같은, 그러한 자신의 생지야말로 천지간에 둘도 없는 가장 확실한 자산이며 역량임을 잊지 말게….”

이윽고 행수는 두 눈을 지그시 감고 말았다. 더는 입을 열려하지 않았다. 더 이상 들려줄 것도 물려줄 것도 없다는 듯이 돌부처처럼 앉아 끝내 미동도 하지 않았다.

‘…!’

승직은 그런 행수를 향해 아무 말 없이 절을 올렸다. 이제 다시는 찾아뵙지 못할지도 모른다는 불길한 생각이 자꾸만 들어 다시 한 번 절을 올리고 난 다음에야 마당으로 나섰다.

행수가 물려준 두 권의 책을 어서 펼쳐보고 싶었다. 그가 사람들에게 들려준 이야기책이라는 소첩이 과연 어떤 책일지 궁금해 죽을 지경이었다. 언덕길을 내려오면서 짙은 밤나무 숲으로 뒤덮여 있는 먹적골을 뒤돌아본 뒤 발걸음을 더욱 재촉했다. 승직은 서둘러 맏형에게로 돌아갔다.

"많이 늦었구나. 한데… 너…?"

맏형은 잠시 말을 잊고 바라보기만 했다. 도대체 누굴 만나고 왔길래 전연 딴사람이 되어 돌아왔느냐며 두 눈이 휘둥그레졌다.

"딴사람이라니? 그 새 뭐가 달라졌다고."

맏형은 고개를 가로저었다. 아무래도 딴사람이 되어 돌아왔다며 의아해했다.

"무어라고 딱 집어 말하긴 어렵다만. 아무렇든 네가 달라진 건 틀림없는 사실이야. 달라졌어, 틀림없이."

승직은 그런 맏형을 애써 진정시킨 뒤 소첩부터 펼쳐보았다. 너무 오래 되어 부푸러기가 일어나고 빛마저 허옇게 바랜 겉장을 넘기자, 작은 붓글씨로 흘려 내려쓴 언문(한글)이 눈길을 사로잡았다. 행수의 손길이 켜켜이 묻어나는 작은 이야기책이었다.

"이건 또 무슨 책이냐?"

맏형은 여전히 알 수 없다는 얼굴이었다.

"나도 아직은…."

옛날에 사돈 두 사람이 살았다. 그 중 한 사돈은 나날이 재산이 불어나고 생활이 윤택해지는데 반해, 다른 사돈은 구차한 형편에서 벗어나지 못했다. 하루는 가난한 사돈이 부유한 사돈을 찾아와서 부자가 되는 비결을 가르쳐 달라고 졸랐다.

"허허, 부자가 되는 비결이 어디 따로 있겠습니까. 하지만 이렇게 한번 해보시지요."

"무얼 어떻게 말입니까?"

"지금 댁으로 돌아가시거든 곧장 그 길로 식구들에게 외양간에 있는 소를 지붕 위로 올려놓자고 해보십시오."

"외양간에 있는 소를 지붕 위로 올려놓자구요?"

가난한 사돈은 반신반의하면서도 그것이 곧 비결이라고 하니까 서둘러 집으로 돌아와 부자 사돈이 일러준 대로 했다. 그러나 아닌 밤중에 무슨 홍두깨냐며 식구들은 아버지의 말을 무시해버렸고, 아내마저 망령이 났다며 상대조차 해주지 않았다.

낭패를 본 그는 그 길로 부자 사돈을 다시 찾아갔다. 사돈이 시키는 대로 했더니 식구들에게 미친 사람 취급만 당했다고 볼멘소리로 하소연했다.

"그렇다면 내가 허튼소리를 했는지 사돈께서 직접 한번 보시구려."

부자 사돈은 그렇게 말한 뒤 마당으로 걸어 나가 점잖게 외쳤다.

"내 할 말이 있으니. 다들 밖으로 나오거라."

그러자 잠자리에 들었던 그의 아들들이 밖으로 뛰쳐나왔다. 그의 아내도 바느질감을 내려놓고서 대청으로 황급히 걸어 나왔다.

"외양간에 있는 소 가운데 가장 큰 소를 지붕 위로 올려놓아야겠다."

부자 사돈은 아주 천연덕스럽게 식구들에게 말했다.

"알겠습니다, 아버님."

한데도 식구들은 그의 말에 순순히 따랐다. 아내와 아들 녀석들이 잠시 의논을 하더니, 이내 두 동생은 울 바깥에 있는 짚뭇을 헐어내어 마당으로 옮겨 쌓기 시작했다. 큰아들은 굵은 서까래 토막들을 가져다가 높이 쌓아올려지는 짚뭇 사이사이에 끼워넣어 짚뭇이 무너지지 않도록 했다.

그렇게 머잖아 마당에는 지붕의 추녀 높이 만큼이나 비스듬한 경사길이 만들어졌다. 그 위에 다시 멍석을 깔자 아내가 외양간에서 끌고나온 덩치 커다란 황소는 아무 망설임도 없이 천천히 지붕 위로 걸어 올라갔다. 그 광경을 지켜보던 가난한 사돈은 무릎을 치며 탄식했다.

"바로 저거로구나! 내가 왜 좀 더 진작부터 저런 생각을 하질 못했을꼬."

개항장 제물포

한성의 서쪽 대문인 돈의문을 나서면 저 멀리 한강까지는 곧바로 도성의 바깥이었다. 그리고 그 도성 바깥은 흔히 큰고개라고도 불리는 만리재를 중심으로 왼쪽은 용산방이, 오른쪽은 마포방이 자리하고 있었다.

그러나 이 두 방은 도성 안과 사뭇 다른 풍경이었다. 무엇보다 무 배추밭이며, 파 마늘 수박 미나리밭이 주거 지역보다도 더 많은 면적을 차지하고 있었다. 수백여 년에 걸쳐 한성이 도읍으로 성장해옴에 따라 상업적 근린 농업이 크게 번성하고 있었던 것이다.

말할 것도 없이 이것은 전통적인 미곡농사보다 근린 농업이 더 많은 이익을 가져다주기 때문이었다. 그래서 심지어는 도성 안의 벼슬아치들마저 이러한 상업적 근린 농업에 뛰어들고 있었는데, 다산 정약용은 '경세유표'라는 책에서 도성 안팎에 즐비한 파밭, 마늘밭, 배추밭, 오이밭이 논 4마지기의 땅에서 수백 냥의 이익을 내고 있다면서, 상업적 근린 농업의 이익이 상지상답의 벼농사에 비해 열 배 이상의 이익을 얻고 있다고 지적하고 있을 정도였다.

물론 용산방에는 상업적 근린 농업만이 있는 것은 아니었다. 용산방의 주성리와 수철리에서는 벌써 마을의 이름에서 알 수 있듯이 무쇠를 제련하여 각종 쇠붙이를 만들어 내거나 종로 육의전에 납품할 유기 놋그릇 따위를 제조하기도 하였으며, 용산방의 옹리 또한 옹기나 기와 따위를 구워내는 장인들이 집단으로 거주하면서 매일같이 매캐한 잿빛 연기로 자우룩했다.

그런가 하면 한강 연안 쪽의 나루터와 함께 얼음 창고가 늘어서 있는 서빙고전과 동빙고전 지역에도 늘 많은 사람들로 바글거려 발 디딜 틈이 없었다. 해마다 겨울철이면 한강의 상류에서 얼음을 채취하여 저장해 놓았다가 날이 무더워지면 내다 파는 경강상인들이 자리를 잡으면서, 얼음을 채취하는 제빙공에서부터 빙고에 저장하는 저장공, 얼음 운반 등으로 그저 하루 벌어 하루를 먹고사는 품팔이 일꾼들에 이르기까지 사시사

철 시끌벅적했다. 이 때문에 도성 바깥의 용산방은 이때 이미 개성, 평양, 전주, 상주에 다음 가는 큰 도회를 이루고 있었다.

마포방 또한 이와 별반 다르지 않았다. 용산방보다는 조금 작아서 나주나 경주 크기의 도회를 형성하고 있었던 마포방은, 용산방과는 전연 다른 풍경을 보여주었다.

무엇보다 마포방은 서빙고전에서부터 한강도·동작진·노량진·마포진·서강진·양화진에 이르는, 한강변의 여러 나루터를 중심으로 촌락을 이룬 풍경이었다. 그리고 그들 촌락은 종로 육의전과는 또 다른, '어물과 곡식 따위를 싣고 각 도에서 경강으로 폭주하는 상박商舶들이 한 해 동안 일만 척을 헤아린다'고 일컬을 만큼 하루가 다르게 상업을 키워가고 있었다.

더구나 한강변의 나루는 그 취급 물품에 있어서도 제각기 달랐다. 예를 들어 얼음을 실은 상박이라면 서빙고전으로, 한강을 건너 과천이나 광주 수원 금천 등지로 새로 난 신작로를 따라가려면 한강도로, 지방에서 올라오는 세곡선이며 어염을 실은 상박이라면 마포나 관료들의 녹봉을 지급하는 광흥창이 있는 서강진으로, 서해 바다에서 막 잡아 올린 싱싱한 활어는 양화진으로 가야 했다. 이같이 상박도 모여드는 상인들도 나루마다 뚜렷이 구분되어 있었다.

그렇대도 경강의 으뜸 나루는 뭐니 해도 마포 나루였다. 경강의 여러 나루 중에서도 연중 끊임없이 들락거리는 세곡선은 물론이거니와, 저 멀리 전라도 법성포와 서산 앞바다에서 잡아 올려 하얀 소금에 절인 갖가지 젓갈이며, 햇볕에 바짝 말린 이런저런 건어를 취급하는, 흔히 삼개나루라고도 불리는 마포 나루야말로 단연 중심 나루라고 불릴 만했다.

어쨌든 경강의 연안에 이처럼 사람들이 몰려들면서 마포방은 다른 곳에서는 볼 수 없는 선촌船村이 형성되었고, 중간에서 물품을 도매하는 객주와 거간들까지 자리를 잡으면서, 종로 육의전의 저잣거리하고는 또 다른 흥청거림으로 질펀했다. 더구나 나루에서 도성까지 물품을 실어 나르는 수레가 매일같이 긴 꼬리를 물면서, 고된 일을 하고 나면 으레 찾게 되는 주막집 또한 셀 수 없을 만큼 생겨나 주막마다 생다지 아우성인 판이었다.

승직은 그런 마포방의 마포 나루에서 나룻배에 올랐다. 사공의 흥겨운 뱃노래 장단에 맞추어 모래섬인 밤섬과 여의도를 지나쳐, '노들 강변에 봄버들 휘휘 늘어진 가지에다~' 하고 구성지게 노래하는 노들 강변(지금의 영등포)으로 건너갔다.

"개항장으로 가는 길이오?"

경강을 건너 노들 강변에 내려서자 능수버들 아래에는 말수레가 길게 늘어서 있었다. 인천 제물포로 가는 개항장開港場

상인들이 곧잘 이용한다는 말 수레들이었다.

"여기서 제물포까지는 팔십 리 길이요. 가져올 짐이 그리 많지 않다 하더라도 어떻게 걸어갔다 걸어올 참이오? 내 끝전은 받지 않고 덜어드릴 테니. 잘 생각해보구려?"

나룻배에서 내린 상인들에게 마부들이 따갑게 엉겨 붙었다. 하지만 승직은 그들 사이를 유유히 빠져나갈 수 있었다. 땅끝 해남에서 처음 만났을 때만 하여도 겨우 진돗개 크기만 하던 녀석이 그 사이 몰라보게 훌쩍 커버린, 당나귀에 올라탄 승직에겐 어느 누구도 엉겨 붙는 이가 없었다.

"…어떻게 된 거냐? 도대체 누굴 만나 어떤 소릴 들었길래 이렇게 전연 딴 사람이 되어 돌아온 거냐?"

그 때 만형이 한 이야기가 생각났다. 먹적골로 행수를 찾아갔다 돌아온 그날, 알 수 없어 의아해하던 만형의 얼굴이 새삼 떠올랐다.

돌아보면 석유 통지게를 짊어지고서 망우재 고갯길을 할딱할딱 넘어갔다가 자꾸만 가슴이 쿵쾅거려 아무 소리도 못한 채 마을 안을 어정어정 돌아다닐 수밖에 없었던, 그런 숫기 없는 애송이가 더는 아니었다. 이제는 누가 보아도 어엿한 젊은 상인의 모습이었다.

물론 그가 상인의 길로 들어선 것은 먹적골로 행수를 찾아간 사흘 뒤였다. 맏형 승완에게서 돌려받은 종잣돈 삼백 냥을 밑천 삼아 본격적인 상인으로 나서면서부터였다.

처음에는 아는 길부터 찾아 나섰다. 자신이 상인의 꿈을 키웠던 바로 그 송파 장터에서 포목을 떼어다가, 종로거리의 만형 전방에 가져다 댔다. 하지만 발품조차 되지 않은 박한 이문에 눈을 좀 더 멀리 돌렸다. 송파 장터를 벗어나 지방의 산지까지 직접 내려가 값싸고 질 좋은 포목을 매입해오기 시작했다.

그러다 자연스레 개항장 소식을 접하게 되었다. 이양선異樣船(서양의 증기선)에 실려 들어온 진기하다는 개화 상품을 개항장에서 떼어다가, 지방의 산지로 내려가는 길에 팔 수 있게 된 것이다. 그날 이후 개항장 제물포를 찾기 시작한 지도 벌써 여러 달째가 되어가고 있었다.

"그 쪽도 개항장으로 가는 길 맞소?"

노들 강변을 뒤로 한 채 아름드리 버드나무들이 열 지어 서 있는 길을 따라 가다보면 으레 만나게 되는 얼굴들이 있었다. 그와 같이 말 수레를 빌려 타지 않고서 자기가 몰고 온 당나귀를 타고 가는 이들이었다. 그런 사람들 가운데는 승직과 같은 상인도 있고, 또한 뜬벌이꾼도 적지 않았다. 팔십 리 먼 길을 걸어가는데 초행길이거나, 아니면 적적해서 그러하다며 대개 말동무나 하자는 이들이 대부분이었다.

한데 이번에는 먼저 말을 걸어온 이가 당나귀도 없이 숫제 걸어가겠다는 두 사람이었다. 아무래도 초행길인 것만 같은, 한 사람은 지방에서 올라온 상인이고 또 한 사람은 뜬벌이꾼으로 일거리를 찾아 개항장으로 가는 듯 싶었다.

하지만 두 사람은 먼 길을 걸어오느라 아침조차 걸렀다며 오래지 않아 기운이 쭉 빠진 얼굴로 주저앉아 버렸다. 오리골 주막거리에 이르자 점심이며 막걸리 생각이 나는지 주막집 평상에 그만 풀썩 주저앉곤 말았다.

"아니오. 저는 그만…."

애써 붙잡는 손길을 마다한 채 승직은 내처 길을 재촉하기로 했다. 개항장 제물포까지 내려갔다가, 한성의 도성 문이 닫히기 전에 다시 돌아오려면 아무래도 서둘러야 했다.

눈앞에 펼쳐지는 풍경은 사뭇 질펀했다. 평지와 계곡, 원만하게 경사진 구릉이 눈앞에 아스라이 열려 있었다. 때로는 잘 손질된 논과 밭두렁이, 또 때로는 숲을 지나 들을 건너가는 길이 끝 간 데 없이 이어졌다. 그리고 그 길 위에는 개항장을 오가는 말과 당나귀, 누런 황소가 힘을 자랑하며 짐수레를 끌고 있는 모습도 간간이 눈에 들어왔다.

더욱이 그러한 풍경들은 경강의 노들 강변에서 개항장 제물포 사이에서만 만날 수 있는 풍경이었다. 길도 마찬가지여서 경강의 노들 강변에서 개항장 제물포만을 애오라지 연결되어 있었다.

하지만 오래지 않아 길은 다시금 실종되고 말았다. 저만큼 사다리 주막거리가 다시 시작되면서 사람들로 웅성거렸다. 무거운 수레를 끌던 우마에게 물도 마시게 하고 휴식도 취할 겸 저마다 가던 길을 멈추어 선 것이었다.

그들 가운데는 청나라 상인들도 다수 눈에 띄었다. 그들은 다소 과장되고 소란스런 몸짓으로 자신들이 고용한 마부들과 어울려 앉아 기다란 담뱃대를 번갈아가며 피워대고 있었다.

그러나 오리골 주막거리에서도 그랬던 것처럼 승직은 사다리 주막거리도 그냥 지나쳐갔다. 머지않아 경사진 구릉 너머로 인천읍이 손에 잡힐 듯이 바라보일 것이기 때문이었다.

또 그런 기대는 언제나 어긋나지 않았다. 사다리 주막거리를 지나쳐 언덕길로 올라서자 저 멀리 인천읍이 시야에 들어오더니, 오래지 않아 비릿한 갯냄새가 코끝을 물씬 적시기 시작하면서 팔십 리 길의 종착지인 개항장 제물포로 들어서고 있었다.

그리고 그 개항장은 입구에서부터 마치 딴 세상으로 걸어 들어가는 듯한 전연 색다른 분위기를 자아냈다. 조선의 문턱이나 다름없는 지리적 이점 때문에 벌써 몇 해 전에 일본과 청나라를 비롯한 서구 열강들에 의해 강제로 개항되어 급조되기 시작한 개항장은, 우선 곧게 뻗어나간 널따란 큰길과 여러 갈래 좁다란 골목길로 얼기설기 짜져 있는 건 도성의 종로거리와 별반 다를 것이 없었다. 그렇대도 널따란 큰길의 초입에서부터 바람에 휘날리는 갖가지 색상의 수많은 깃발旗들이 눈길을 압도하고 마는, 일본 상인들의 전방이 즐비하게 늘어서 있는 일본인 집단 거주지는 마치 눈에 익은 조선 땅이 아닌 그들 나라의 어딘가를 고스란히 옮겨놓은 듯한 착각에 빠져들게 하곤 했다.

또한 그런 착각은 일본 상인들보다 한발 먼저 들어와 자리를 잡기 시작한 청나라 상인들의 전방이 즐비하게 늘어서 있는, 갖가지 색상과 모양의 수많은 등燈들이 눈길을 사로잡는 중국인 집단 거주지를 지나게 될 적에도 다르지 않았다. 중국인 집단 거주지 또한 영락없이 그들 나라의 어딘가를 고스란히 옮겨놓은 듯한 착각을 불러일으키게 했다.

하지만 두 나라 상인들의 집단 거주지를 놓고 본다면, 암만해도 청나라 상인들이 일본 상인들에게 밀리고 있는 추세였다. 발 빠른 일본인들이 자기 생활 풍습과 관례까지 그대로 들여와 청나라 상인들의 집단 거주지보다 훨씬 더 분주하고 활기차게 그 세를 부풀려가는 모양새였다.

그러나 개항장 제물포는 이 두 나라 상인들만의 세계가 아니었다. 우선 집단 거주지의 건물 모양새부터가 청나라나 일본과는 판이하게 다른, 멀리 서구에서 건너온 서양 상인들 또한 결코 적지 않았다.

이미 개항 이듬해부터 독일계 '세창양행'이 맨 먼저 개항장 제물포에 들어와 자리를 잡았는데, 이 무역상사는 본사를 독일의 함부르크에 두고 동양 지역에만 청나라의 북경과 홍콩·상해·천진을 비롯하여 일본의 고베 등지에 지점을 두고 있었다. 이런 세창양행이 개항장 제물포에 지점을 개설하자마자 양포洋布·바늘·총기·인쇄기계·광산기계 등을 들여오는 대신에 조선에서 홍삼과 금을 가져갔다. 또한 무역 이외에도 광산 개발과 함께 남해안과 제주도 지역에서 전복 채취에도 손을 대는가 하면, 일종의 고리대금업에까지 손을 뻗쳐나가고 있었다.

미국계 기업으로는 '타운선상사'가 선봉이었다. 이 무역상사는 주로 선박과 화약류 등을 들여와 팔았다. 뿐 아니라 오래전에 승직이 석유 통지게를 짊어지고서 망우재 고갯길을 할딱할딱 넘었던, 바로 그 등잔용 석유를 독점 판매하고 있었을 뿐더러 '담손이방앗간'이라는 대규모 정미 공장까지 경영하고 있기도 했다.

영국계 기업으로는 역시 무역회사인 '홈링거'와 '동순태同

順泰'가 선두에 서 있었다. 홈링거와 동순태 등이 앞서거니 뒤서거니 제물포에 들어와 그야말로 개항장은 조선 시장을 놓고 다투는 열강들의 무대와도 같았다.

이밖에도 크고 작은 무역회사며, 서구에서 들어온 시전 전방들이 알록달록 간판을 내걸은 가운데, 각 나라의 영사관을 비롯하여 개항장의 해관海關(세관), 교회, 상법회의소, 그리고 개항장 제물포에서 의주를 지나 청나라의 천진까지 연결되어 있다는 청나라 전신국, 일본인이 세운 병원과 호텔 요릿집, 은행 출장소 건물 등이 곧게 뻗어나간 널따란 큰길을 따라 좌우로 빼곡이 들어서 있었다.

그렇다 해서 개항장 제물포에 조선인들이 빠질 리 만무했다. 아니 그들 외국인보다도 더 많으면 많았지 결코 적지 않았다. 개항장 제물포 포구의 조망이 한눈에 내려다보이는 산비탈을 따라 아주 오래 전부터 수백여 채에 달하는 초가들이 꼬약꼬약 들어앉아 있었지만, 개항장 제물포의 주인은 그들이 아니었다. 그들 조선인이 아닌 외국인들이 주인 행세를 했다. 수많은 조선 사람들이 소수의 외국인 주인에게 고용되어 저마다 궂은 일을 마다 않고 있었다.

예를 들면 외국인 시전 전방에서 단순히 짐꾼으로 고용되어 무거운 짐을 운반하는 일을 하거나, 아니면 썰물 때에 맞추어 방파제를 쌓느라 하얀 무명 조끼에 바짓가랑이를 걷어붙인 채 지게로 흙과 돌을 짊어져 나르는 힘든 토목 일을 했다. 그런가 하면 더 많은 조선 사람들이 부둣가로 몰려나가 비지땀을 쏟았다. 한가로이 떠 있는 황포 돛단배들 사이로 덩치가 산더미만한 서구의 이양선이나, 제물포에서 청나라 상해를 정기 운항하는 청나라 기선 남승호南陞號가 싣고 온 물품들을 하역하고 있었다. 그도 아니면 진기하다고 입소문이 난 개화 물품을 사가려고 한성에서, 경기 황해 충청도 등지에서 몰려든 상인들이었을 따름이다.

그리고 그처럼 몰려든 상인들에게 개항장 제물포에 쏟아져 들어오기 시작한 서구의 새로운 상품들은 결코 모자람이 없었다. 그것은 지금껏 유교적 정신주의 생활 풍조 속에서만 호흡해 왔던 이 땅의 뭇 백성들에겐 물질문명이라는 경이적인 신세계였다. 번거롭게도 일일이 부싯돌로 불을 지펴 생활하던 시절에 간편하기 이를 데 없는 성냥이며, 빨래를 손쉽게 해주는 양잿물, 고통스러운 질병을 재빨리 치료해주는 신기한 양약, 가볍고 편리한 각종 양재기, 작고 가늘어서 두루 쓸 수 있는 왜못과 석유 양포 따위는 사람들을 편리하게 만들어주는 데 기대 이상의 몫을 하여, 멀리 있는 상인들까지 개항장으로 불러들이기에 충분했다.

젊은 승직 또한 그런 개항장은 또 다른 기회였다. 개항의 물결을 타고서 물밀 듯이 밀려들어오기 시작한, 과학 기술로 만들어져 보다 편리해진 서구의 상품들은 이제 막 상인의 길로 들어선 그에게는 낯설기만 한 혼돈이자 다시없는 호기였다. 뿐만 아니라 지난 5백여 년 동안이나 왕조로부터 '금난전권禁難廛權(아무나 장사를 할 수 없게 한 권한)'이라는 상권을 특혜 받아오면서 철옹성으로 군림해오던 종로 육의전에도, 마침내 그 변화의 균열이 가기 시작했음을 알려주는 출발점 같은 곳이기도 했다.

"이 정도는 거뜬히 싣고 갈 수 있겠지?"

당나귀 등에 길마를 지우며 승직은 등을 다독여 주었다. 개항장 거리에서 성냥과 양약, 왜못, 석유, 양재기 따위를 상당량 사서 당나귀 등에 실은 것이다. 당나귀가 알아듣기라도 하는 듯이 그의 말끝에 곧바로 반응을 나타냈다.

시커먼 코를 벌름거리며 두 귀를 쫑긋 세워보였다.

승직은 그런 당나귀의 목덜미를 쓰다듬어준 뒤 이내 개항장 거리를 돌아섰다. 다시금 팔십 리를 되짚어 가야 하는 노정이었다. 더구나 내려올 때와는 달리 당나귀도 타지 못한 채 줄창 걸어가야만 하는 먼 길이었다.

"벌써 일을 다 마친 것이오?"

그럴 때 인파 속에서 누군가 아는 체를 했다. 노들 강변에서 오리골 주막거리까지 초행길을 함께 했던 지방에서 올라온 상인과 뜬벌이꾼이었다. 개항장 거리에 처음으로 발걸음을 한 두 사람은 모든 것이 다 신기하기만 하다며 눈길을 어디에 둘지 몰라 했다.

"다시 만납시다!"

두 사람과 헤어지게 된 승직은 다시금 인파 사이를 헤치며 대불大佛호텔 앞을 지나쳐 갔다. 일본인 사업가 호리 리키타로가 지었다는 우리 나라 최초의 이 근대식 호텔은, 개항장 거리에서도 단연 명물로 꼽히는 건물이었다. 서양식 하이 컬러를 뽐내는 3층 높이에 객실 수만도 50개가 넘는 규모였으니, 도성 안의 높다란 성벽 너머에 들어앉은 궁궐 말고는 이만큼 크고 화려한 건물도 어디서 또 볼 수 없었다.

더구나 대불호텔은 우리 말이나 일어가 아닌 영어로 손님을 맞이하고 있었다. 요금 또한 입이 떡 벌어질 만큼 비쌌다. 근처 다른 여관에 비한다면 몇 배나 더 높은 편이었다.

그러나 대불호텔의 인기는 높았다. 구미 각국에서 바다를 건너온 외교사절이며 선교사, 상인, 기자, 탐험가 등 외국인들의 출입이 빈번하여 거의 빈 방이 없을 정도였다.

한데 그 대불호텔 레스토랑에 뜻밖에도 낯익은 얼굴이 보였다. 윤기 나는 검은 갓에 앳되어 보이는 얼굴, 연분홍 도포 자락이 유난히 돋보였던, 승직과 김만봉이 종로거리에서 우연히 만났던 바로 그 장대경이었다. 그리고 그의 옆자리에 앉아 있는 이 역시 해남 거처에 내려온 적이 있던 상단의 대행수였다.

두 사람은 일본인으로 보이는 말쑥한 양복차림의 상인 한 사람과 마주앉아 있었다. 실은 대경의 일본 유학에 관해서 설명을 듣고 있는 자리였다. 그들은 서양 요리로 식사를 하면서 아리따운 일본인 여급으로부터 커피를 제공받고 있었다.

하지만 그러한 사실을 알 리 없는 승직은 당나귀를 끌고서 대불호텔 앞을 그냥 지나쳐 갔다. 호텔의 실내에 앉아 있는 대경과 호텔 바깥의 개항장 거리를 지나가는 승직의 사이를 가로막고 있는 건 오직 투명한 유리창뿐이었다. 그 투명한 유리창을 사이에 두고서 승직과 대경은 땅끝 해남에서와 마찬가지로 다시 한 번 조우하게 될 순간이 그만 간발의 차이로 엇갈리고 말았다. 아직은 두 사람이 만날 때가 아니었던 것이다.

눈보라 속에서 목메어 울다

제물포 개항장에서 개화 상품들을 상당량 사 당나귀에 실은 승직은, 그날 저녁 늦게야 종로거리의 만형 전방으로 돌아왔다. 하지만 매번 그렇듯이 저녁밥만을 얻어먹은 채 곧바로 다시 길을 재촉하여 뚝섬 너머 송파 나루로 향했다. 돌아보면 하루 동안에 꼬박 백 팔십여 리에 이르는 멀고도 고단한 길을 걸은 셈이었다.

그리고 이튿날 아침에 송파 나루에서 당나귀와 함께 나룻배에 올랐다. 송파 나루에서 한강을 거슬러 멀리 강원도 영월의 덕포 나루까지 올라갈 상박이었다.

상박은 그렇게 크지도 빠르지도 않았다. 일찍부터 상박의 뜸집에 자리를 차지하고 앉은 사대부 내외와 이물간에 모여 앉은 승직을 포함한 너더댓의 상인들, 그리고 또 그만한 숫자의 당나귀와 함께 돛에 바람을 싣기 위해 아딧줄을 잡으며 곁노를 젓는 뱃사람 둘이 고작인, 보잘 것 없는 황포 돛단배였다.

한데도 이른 아침부터 사람들이 상박을 찾는 데에는 그럴 만한 이유가 있었다. 송파 나루에서 강원도 영월의 덕포 나루까지 줄창 걸어서 가야 한다면 어림잡아 여드레에서 아흐레, 조금만 게으름을 피워도 으레 열흘을 넘기기 일쑤였다. 하지만 송파 나루에서 상박을 탔을 적에는 나흘 아니면 늦어도 닷새 날 점심나절이면 도착할 수 있었다. 물론 상박을 얻어 타려면 주막집 국밥의 일곱 그릇 값인 뱃삯 한 냥씩을 머릿수에 따라 내놓아야만 했다.

그렇대도 여드레 아흐레씩이나 주막에서 밥을 사먹어 가며 불편하게 잠을 자야 하는 걸 생각하면 그래도 상박을 타는 편이 훨씬 수월했다. 무엇보다 목적지까지 가는데 시일을 단축할 수 있을 뿐더러, 걷는 것보다는 배를 타는 것이 힘이 덜 들었다. 더구나 승직과 같이 상당 양의 짐을 가지고 이동해야 하는 상인들에게는 상박이야말로 두루 이로웠다.

"이번에도 또 포목을 가져올 셈인가?"

이따금 상박을 이용하면서 안면이 익은, 나이든 상인들이 젊은 승직의 짐 꾸러미를 보다 어이없어 했다. 이문이 박한데다 무겁기만 한 포목을 한사코 취급하려드는지 모르겠다며 한심스러워했다.

“돌아올 때 빈손이면 왠지 허전해서요. 포목이라도 싣고 오면 다만 얼마라도 벌 수 있잖아요.”

이 시기 승직은 산지에서 포목 한 필을 두 돈(10전)에 매입해다가, 한양까지 가져와 넉 돈(20전)에 팔았다. 순전히 시세값으로 매입하고 팔아 남은 차익이었다. 산지로 내려가면서 판 개화 상품의 이문을 제외하더라도, 노자를 빼고 나면 곱절의 이문이 남는 장사였다. 젊은 승직으로서는 더할 나위 없는 상행위였다.

나이든 상인들 또한 그걸 몰라서 하는 얘기가 아니었다. 포목 상품은 이문이 박하고 무겁다는 걸 차치하고서라도, 산지에서 한양까지 운반해오는데 여간 거추장스러운 게 아니라는 걸 지적하는 것이었다.

물론 승직에게도 그런 경우가 없었던 건 아니다. 처음엔 아무것도 모른 채 그저 포목을 싣고 오다가 중도에 비를 만나 몽땅 폐기해야 했던 적도 몇 차례였다. 어디서 들었는지 빗물이 새어들지 않게 하는 데는 노루 가죽이 좋다는 걸 알고서 그때서야 서둘러 마련했지만, 그렇더라도 먼 길을 오가는 도중에 포목은 늘 조심스럽게 주의를 기울여야 할 품목이었다.

"이번에 우린 더덕이나 명태를 좀 매입해 올 생각이네. 명절도 머지 않았으니 아무래도 호기가 있지 않겠는가?"

때문에 먼 길을 원행하는 상인들은 대개 상품을 정해놓고 거래를 하기보다는, 돌아가는 판세와 시세에 따라 그때마다 상품을 고르는, 한탕치기 뜬벌이에 치중하기 마련이었다. 이문도 박한 데다 무겁고 운반해오기 거추장스러운 포목 대신에 비교적 운반해오기 쉬운 그 지방의 특산물을 선호하기 일쑤였다.

한데도 승직이 한사코 포목을 고집한 데에는 그럴 만한 이유가 있었다. 장차 거상을 꿈꾸며 한양의 종로거리에 자신의 이름을 내건 확고한 좌처를 마련하겠다는 열망에서였다. 그러자면 좀 거추장스럽기는 하더라도 한 우물을 파서 단골을 다수 확보해둬야 했다. 거추장스러운 포목만을 취급한 데에는 단순히 곱절의 이문이 남는 장사여서라기보다는, 보다 먼 훗날을 위해 씨앗부터 차근차근 뿌려나가는 그만의 포석이었던 셈이다.

하지만 교통수단이 따로 있을 리 만무했던 당시에, 당나귀에 길마를 지워 한 번에 취급할 수 있는 포목이란 기껏해야 서른 필을 넘지 못했다. 그 정도 물량을 싣고도 거칠고 머나먼 산야를 이동해오려면 당나귀와 함께 육체적 고통으로 몸부림을 쳐야 했다.

더구나 좋은 포목을 만나 노자까지 다 떨어진 날에는 속절없이 끼니를 걸러야 하는 날도 많았다. 한 푼이라도 더 아끼기 위해 주막집 주모의 눈치 속에서도 고기밥 대신 조밥을 먹으며 허리띠를 졸라매야 했다. 강원도로 원행을 갈 때면 그나마 조밥 대신 감자만 먹어가며 두 달씩 버텨내고는 했다.

이같이 상인으로서 이제 막 걸음마를 시작한 그는 자신에게 세 가지를 다짐하고 있었다. 부지런함과 근검절약, 약속을 지켜 신뢰를 쌓아가는 것이었다.

"지난달엔 멀리 북관北關까지 원행을 다녀왔다믄서? 혼자 이렇게 다녀도 자넨 무섭지도 않은가보이. 확실히 젊음이 좋긴 좋으이."

그랬다. 승직의 원행 길은 비단 전라도나 경상도, 강원도의 오지에만 그치지 않았다. 보부상단褓負商團마저 가길 꺼려한다는 국토의 북쪽 맨 꼭대기인 함경도 북관 지방에 이르기까지, 그의 발길이 닿지 않은 곳이란 거의 없었다.

그렇게 어느덧 봄에서 여름으로, 여름에서 가을로, 그리고 가을에서 다시 또 겨울로 부단하게 이어졌다. 그가 향하고 있는 강원도 원행 길은 붉게 물든 단풍잎이 미처 다 지기도 전에 어느새 성급한 폭설이 먼저 내려 산등성이마다 온통 은빛 장관이었다.

그처럼 그 해 겨울은 추위와 함께 서둘러 찾아왔다. 강원도 영월 땅을 다시 찾았을 땐 소설小雪이 아직 한 달 넘게 남았는데도 폭설이 그칠 줄을 몰랐다.

그리하여 한양에서부터 길동무를 한 상인 너더댓과 함께 인적마저 끊긴 배거리산(856미터) 자락의 고개를 할딱할딱 넘어갈 적에는, 갑작스레 휘몰아치는 눈보라에 눈앞이 내다보이지 않을 정도였다. 평소 같았으면 영월의 덕포 나루에서 느적하게 출발하여 고양이 걸음으로 느럭느럭 걸어도 하루면 너끈한 거리를, 꼬박 이틀을 걸어 겨우 저물녘에야 평창 읍내에 당도할 수 있었다.

"아니, 이 눈 속을 뚫고 왔는가? 미끄럽지는 않던가? 그래 당나귀가 애를 먹이진 않았어?"

당나귀와 함께 온통 눈을 하얗게 뒤집어쓴 채 마당으로 들어서자 평창 객주가 깜짝 놀라워했다. 상품 중개는 물론이고 행상꾼들을 상대로 어음 할인이나 환어음, 그런가 하면 숙박업과 물품의 보관, 운반업까지 겸하고 있어서 평창 인근에서는 꽤 큰 객주로 꼽는다는 그가 대청마루로 헐레벌떡 뛰어나왔다.

"눈보라가 워낙 심해 좀 힘들긴 하였어도 영월 주막집에서 설피(미끄러지지 않도록 신바닥에 대는 넓적한 갈피)를 내어주어 그리 미끄러운 줄은 몰랐습니다."

그런 설피도 없이 눈길을 걸어온 당나귀가 승직은 그저 대견스럽기만 했다.

"아, 그래도 눈이나 좀 그치면 올 일이지. 단칼에 누구 목 칠 일이라도 있었는가?"

승직은 객주의 염려 소리를 흘려들으며 객줏집 대청마루에 석유 한 말을 털썩 내려놓았다. 이어 성냥이며 양약, 왜못, 양재기 따위가 들어 있는 단봇짐 한 개를 더 내려놓았다. 그가 싣고 온 물품의 절반에 해당하는 양이었다.

"그래, 내가 주문한 걸 빠트리진 않았겠지?"

사랑방으로 자리를 옮겨 앉자마자 객주는 고개를 쭈뼛거려 자꾸만 단봇짐을 연신 살폈다. 지난번에 들렀을 적에 신신당부한 개화 물품을 빠짐없이 챙겨왔는지 여간 궁금한 모양이었다.

"여부가 있겠습니까?"

승직은 자신 있게 대꾸했다. 객주의 얼굴에 그제야 낯살 좋은 미소가 비슬거렸다. 아니 단봇짐 속에서 성냥이며 양약, 왜못, 양재기 같은 개화 물품을 풀어놓자 마냥 신기한 듯 탄성마저 새어나왔다.

"그러니까 이 작은 개비 하나하나가 곧 부싯돌 하나하나란 말이 아닌가? 또 이것은 바로 그 서양 사람들의 가마솥이라는 냄비라는 것이고?"

객주는 새삼 놀랍다는 표정을 지었다. 서양의 가마솥이라는 냄비가 마치 종잇장처럼 가볍자 충격을 받은 듯한 눈빛을 지어보였다.

"다르네. 이건 한참이나 다르네. 우리 가마솥과 달리 작은 불에도 빨리 끓는다는 소리가 나올 법도 하네."

객주는 성냥갑을 만져보면서도 놀라워했다. 성냥불을 일으키는 시연을 해보며 어린아이처럼 마냥 신기해했다.

이날 밤 승직은 객줏집에 머물렀다. 눈보라가 휘몰아치는 데다 날이 저물어서 그랬다지만, 다음 행선지인 장평에는 가도 그만 가지 않아도 그만인 탓이었다.

"하면 저는 이만…."

객주의 사랑방에서 물러나와 행상들이 합숙을 하는 봉놋방으로 건너갔다. 대문 가까이에 자리한 봉놋방에는 모두들 먼데서 온 듯한 낯선 행상 예닐곱이 이미 뜨끈한 아랫목을 차지한 뒤였다.

"그쪽 몸에서 찬 기운이 오싹 하고 밀려오는 걸 보니. 아마도 이 눈 속을 헤쳐 온 것 같소이다?"

봉놋방 안으로 들어서자 그들 가운데 누군가 인사치레로 한마디 했다. 이불자락을 달싹거려 겨우 한 뼘 가량 자리를 내어주었다. 그리곤 무슨 할 얘기가 그리도 많은 건지 다시금 자신들의 얘기 속에 빠져들어 희희낙락 거렸다.

"고맙소."

그들이 한 뼘 가량 내어준 이불자락 속으로 승직은 얼어붙은 두 손을 디밀어 넣었다. 예상한 대로 온돌바닥은 뜨끈뜨끈했다. 뼛골까지 시린 얼음기가 뜨끈뜨끈한 기운으로 어느 정도 빠져나가 풀어지는 듯하자 손바닥을 빼어냈다. 아직까지도 얼얼하기만 한 얼굴바닥을 따뜻해진 손바닥으로 감싼 채 대신에 두 발을 이불자락 속으로 디밀어 넣었다.

그러다 문득 솔깃한 소리에 사로잡혀 들어갔다. 그들이 나누는 얘기 소리에 그만 귀가 빠져들었다. 정선읍의 객주 김태임이 과년한 첫째 딸년을 시집보내는데, 혼수로 가져갈 개화물품을 급하게 찾는다는 소리였다. 하지만 제아무리 급한 혼수라 할지라도 이 밤중에 누가 갈 수 있겠냐며 저마다 콧방귀를 뀌는 것이었다.

'정선읍이라…?'

정선읍이라면 평창읍하고는 바로 이웃하고 있는 고을이었다. 하지만 강원도는 여느 지역과 달리 그처럼 바로 이웃하고 있는 고을이라 할지라도 으레 백리 길이 훌쩍 넘어가기 일쑤였다. 더구나 길 또한 험준하기 이를 데 없는 산악이기 마련이어서, 이 한밤중에 간다는 것은 누구라도 엄두가 나지 않는 일이었다. 하물며 눈보라까지 휘몰아치는 겨울밤에는 말할 나위 조차 없었다.

'가라!'

그때 순간 어떤 소리에 숨이 멎었다. 숨을 멎고 귀를 기울이지 않으면 들리지 않을 것 같은 가슴소리였다.

'이 눈보라치는 한밤중에?'

'그래도 가라.'

'내가 왜?'

'이 길을 그토록 애써 가고자 하지 않았더냐.'

'하지만 지금은.'

'그러니까 지금 가야만 한다.'

'이제 보니 너는 도깨비로구나?'

'나를 이기지 못하고선 넌 그 어떠한 길도 가지 못한다.'

'반드시 지금이어야 한단 말인가?'

'네가 나를 이기고자 한다면.'

도깨비는 비웃고 있었다. 그래도 승직은 망설였다. 바깥에서 휘몰아치고 있는 눈보라 소리와 도깨비의 비웃음 사이에서 갈등할 수밖에 없었다. 그러나 여기서 물러나고 말았다가는 끝내 자신을 의심할 수밖에 없다는 생각이 들었다. 죽어도 도깨비를 따라갈 수는 없는 일이었다. 갈림길에서 어느새 휘몰아치고 있는 눈보라 쪽을 바라보았던 것이다.

'…가마.'

'진정인가?'

'가겠다.'

'이제 가면 다시는 되돌아오지 못하는 데도 말이냐.'

'안다.'

결연한 다짐에 다시 한 번 도깨비가 비웃었다. 바깥에서 휘몰아치고 있는 눈보라를 상기시켰다.

'후회는 마라.'

'오냐.'

'되돌아올 생각도 해서는 아니 된다.'

'꼭 그리하마.'

다음 순간 승직은 도깨비의 비웃음을 밀어내며 자리에서 훅 일어났다. 아랫목에 드러누워 있던 행상들이 그런 기세에 흠칫 놀란 눈길이었다.

"젊은이, 우리가 혹 무슨 잘못이라도…?"

"아, 아니오. 엿들으려고 한 건 아니오만. 제가 정선읍 김태임 객줏집으로 가면 안 되겠습니까?"

그러잖아도 개화 물품이 절반가량이나 남은 터였다. 허락만 한다면 당장에라도 나설 참이었다.

'…?'

그들은 잠시 낯짝을 일그러뜨렸다. 생판 모르는 젊은 상인이 자신들의 얘기를 엿들은 것에 대해 불쾌해하는 듯한 눈빛이었다. 그러나 이내 낄낄 삐쳐 나오는 웃음을 참아내지 못했다.

"뭐, 우리 또한 들었던 풍문일 뿐요. 굳이 약조한 것도 아니니 어느 누가 간다한들 어찌 무어라 할 수 있겠소. 그런데 젊은이, 정말 이 한밤 중에 갈 생각이오?"

날이 밝으면 어떻게든 그들이 가볼 요량이었던 모양이다. 한데 당장 지금 가겠다고 나서자 모두가 뜨악해 하는 얼굴이었다. 그러다간 다짐처럼 재차 물어왔다. 하지만 승직은 요지부동이었다.

"이대로 눈이 내려쌓였다간 내일 아침이면 대문 밖 출입도 어려울 것 같습니다. 그러니 기왕에 갈 생각이라면 눈이 더 내려쌓이기 전에 지금 떠날까 합니다만."

"우린 날이 새고 눈발이 좀 그쳐주면 떠날까 했소. 정선읍으로 해서 여량 장터 쪽으로 올라가볼까 했는데. 젊은이 얘길 들으니 그만 도루묵이 되고 말았소 그래."

그들은 아쉬운 감정을 감추지 않았다. 아울러 정선 객주 몫을 젊은 상인에게 내어줄 수밖에 없음도 인정하는 내색이었다.

"그나저나 이 한밤중에 굳이 서둘러 가야할 이유가 또 뭐가 있겠소? 우리 같은 신세야 엽전 한 닢의 이문을 바라고 십리 길을 걸어야 하는 장돌뱅이라지만. 이 눈보라 속에 정선읍까지 어떻게 간단 말요. 젊은이에게 정선 객줏집 몫을 우리가 그냥 양보할 터이니. 그러니 내일 날을 보아가며 차차 떠나도록 하오."

그러거나 말거나 양 다리에 각반을 번갈아 차며 승직은 떠날 채비를 서둘렀다. 지금 떠나지 않는다면 자칫 기회를 잃을지도 모른다는 생각에 이미 결심을 굳힌 뒤였다.

"이보게, 젊은이. 바깥을 내다보니 날도 영 지랄 같지만, 그보다 여기 평창서 정선가는 길은 예부터 호랑이가 자주 출몰하는 곳이라 사람들이 밤길을 아예 다니지 않는다 하는 곳이오."

"괜찮소. 너무 걱정하지 말구려."

극구 만류하는 그들을 승직은 안심시켰다. 고기 먹어본 지도 꽤 오래 되어 아마 호랑이를 만나지 않게 될 거라고 자신 있어 했다.

사실이었다. 그냥 둘러대기 위한 편리한 빈말이 아니었다. 행수가 이른 대로 먹는 데 들이는 낭비는 곧 하늘을 거스르는 것과 같은 역천이 다름 아니었다.

먼 길을 걸으며 갈증이 난다고 해서 주막집에나 한가로이 걸터앉아 술잔을 들이키지도 않았다. 구수한 고깃국 냄새가 주막집 담장을 넘어 한길까지 솔솔 진동하여도 끼니때면 얼음 덩어리 같은 차디찬 감자만을 먹어가며, 풍찬노숙으로 고단한 하룻밤을 지새울 때가 하루 이틀이 아니었다.

"하기는. 사람한테 고기 냄새가 나지 않으면 산중에서 혹 호랑이를 만난다 하더라도 해치진 않는단 얘길 나도 들은 적은 있소만."

그래도 안심이 되지 않는다며 그들은 손사래를 쳤다. 제아무리 장돌뱅이 같은 하찮은 인생이라지만 하루만 살다 죽을 일도 아니지 않느냐며 다시 한 번 생각해보라고 만류했다.

한데도 결코 가고자 하자 끝내 붙잡진 않았다. 그 대신에 문밖으로 나서는 승직에게 무언가를 손에 냉큼 쥐어주었다. 싸라기 알만 한 잿빛 비상이었다.

"한꺼번에 먹으면 죽을 수도 있는 극약이오. 몸이 얼어붙거든 이따금 조금씩 깨물어 물게. 그럼 몸조심하게나."

그들은 훗날 어느 길거리에서 다시 만나더라도 서로 아는 체나 하자며 멋쩍게 웃었다. 승직은 머리를 숙였다. 허리춤 깊숙이 비상을 찔러넣은 뒤 잠들어 있던 당나귀를 깨워 객줏집 대문을 나섰다.

후욱—!

대문을 열어젖힌 순간 벌써 눈보라가 날아들어 앞길을 완강히 가로 막아섰다. 통지게를 짊어진 발걸음이 허공을 걷는 것처럼 제자리걸음을 걸어야 했다. 예상하지 않았던 건 아니지만 대문 밖은 온통 눈보라 속이었다. 자신이 걸어왔던 저물녘하고는 또 다른 거친 눈세계였다.

우우—, 우웡!

눈보라는 닥치는 대로 물어뜯고 있었다. 겁에 질려 움츠러든 처마 끝도, 두툼하게 쌓아올린 골목길 돌담장마저 가만 내버려두지 않았다. 미친 듯이 달려들어 한참을 물어뜯다가는 눈보라 하나가 겨우 지나가면 숨 돌릴 새도 없이 그 다음 눈보라가 달려와서는 또다시 닥치는 대로 물어뜯었다.

승직이라고 가만 내버려두지 않았다. 물미장(상인의 지팡이)에 의지해 한 걸음 한 걸음 조심스레 짚어가는 발걸음을 삐끗 어긋나게 해놓는가 하면, 휘몰아치는 칼바람은 옷가지를 헤쳐 금세 살을 에이고 뼛속까지 파고들었다. 얼마 걸어가지도 못했는데 벌써부터 팔과 다리를 뻣뻣하게 얼려놓았다.

그러나 정작 그를 힘들게 했던 건 혼자라는 사실이었다. 눈보라가 휘몰아치는 머나먼 밤길을 혼자서 떠나야 하는 외로움이란 그 무엇에 비할 데 없는 가슴 저린 고통이 아닐 수 없었다.

한데도 일찍 나서길 잘했다고 그는 되레 자신을 위로했다. 눈 속에 꽁꽁 발이 묶여 장사도 해보지 못한 채 하루 삼식 객줏집 밥값으로 물품 판 돈을 까먹지 않게 된 것이 어디냐며 스스로를 달래었다.

그렇게 평창 쪽으로 나가는 징검다리 앞에 다다랐다. 솔잎이며 진흙 따위를 머리에 인 채 개울을 가로질러 듬성듬성 작은 섬처럼 위태롭게 놓여 있는 징검다리는 눈보라 속에 신음조차 내지 못하고 있었다.

승직은 징검다리 앞에서 다시금 통지게를 추슬렀다. 당나귀를 돌아보며 조심해야 한다고 주의를 주었다.

그같이 징검다리를 건넌 뒤 뒤돌아보자 어느덧 평창읍이 눈보라 속에 희미했다. 창문을 환히 밝히던 다정한 등잔불빛도 꿈결처럼 가물가물 멀게만 느껴졌다.

그 즘에야 비상을 꺼내어 들었다. 문 밖으로 나설 때 그들이 손에 냉큼 쥐어주었던, 허리춤에 깊숙이 찔러둔 비상을 꺼내어 입 안에 깨물었다.

'…!'

순간 궐련에서 떨어진 작은 불씨 하나가 그만 목 안으로 빨려 들어가 흘러내리다가, 마침내 뱃속에서 날카롭게 훅 달아올라 끌꺽거리는 느낌이 들었다. 동시에 뱃속의 따가운 기운을 이기지 못해 꾸억거리는 헛기침이 연방 터져 나왔다. 비록 미량이긴 하다지만 극약을 입 안에 털어 넣었다는 사실에 섬뜩한 생각마저 지울 길이 없었다.

하지만 그리 염려할 건 없었다. 비상을 깨문 게 처음도 아니었다. 지난해 겨울 강경 포구에 자리한 박종일 상단에 들렀을 적에도 이미 한 차례 경험을 한 터였다.

"콜록콜록, 콜록콜록!"

곧이어 헛기침이 잦아들면서 일시에 온몸이 후끈거렸다. 뜨거운 기운이 뱃속에서부터 퍼져나가 뼛속까지 얼어붙었던 추위도 잠시 물러나는 것만 같았다.

그렇대도 가야 할 길은 아직 멀었다. 개울을 건너가자 들판이 펼쳐졌고, 들판을 건너가자 어느덧 가파른 산비탈을 따라 좁아터진 산길이 할딱할딱 끝없이 이어졌다.

우우~, 우웡!

좁아터진 산길에도 눈보라는 기세등등했다. 눈을 뜰 수 없을 만큼 매섭게 휘몰아쳐 잠시도 잦아들 기미라곤 보이지 않았다. 통지게를 짊어진 채 당나귀와 길을 나선 승직을 기어이 굴복시키고야 말 것처럼 미친 듯이 휘몰아쳤다.

그런 눈보라 속에 여전히 그는 혼자였다. 단봇짐을 바리바리 짊어진 당나귀만이 벗일 뿐, 사람 사는 세상과는 점점 더 멀어져만 갔다. 거친 눈보라 속에 자꾸만 외톨이가 되어 갔다. 푹푹 빠져드는 가파른 눈길을 외롭게 오르고 있었다.

'…이 한밤중에 굳이 서둘러가야 할 이유가 또 뭐가 있겠소? 우리 같은 신세야 엽전 한 닢의 이문을 바라고 십리 길을 걸어야 하는 장돌뱅이라지만, 그렇지만 이 눈보라 속에 정선 읍까지 어떻게 간단 말요.'

그들의 음성이 등 뒤에서 가늘게 들렸다. 객줏집 봉놋방의 뜨끈한 아랫목에 앉아 있을 그들이 자꾸 등 뒤에서 손짓해 불렀다. 어차피 양보할 터이니 다음날 날을 보아가며 차차 떠나도 늦지 않을 거라고 자꾸 소리쳐 부르는 것만 같았다.

'정말 이 길을 지금 가야 하는 것일까? 이런 밤길을 꼭 나 혼자서 가야만 하는 것일까…?'

비상의 약발은 오래가지 못했다. 무릎까지 푹푹 빠져드는 눈밭에 기어이 첫발을 내딛도록 잠깐 동안 두려움을 떨쳐주었을 뿐, 그렇듯 짧은 후끈거림이 스러져가고 말자 다시금 살을 에는 칼바람이 점점 더 뼛속까지 엄습해 들었다.

그러면서 자신도 모르게 자신을 의심하고 있었다. 어느새 절망에 빠져 등 뒤에서 손짓해 부르는 소리를 돌아보게 되었다. 자꾸만 소리쳐 부르는 소리에 솔깃이 귀 기울이고 있었다.

그리하여 푹푹 빠져드는 눈밭에서 그만 삐끗 하고 설피를 헛딛지 않았다면, 헛딛으면서 바리바리 짊어진 당나귀를 끌어안고 넘어지지 않았더라면, 순간 그는 끝내 대답하고 말았을 것이다. 지금이라도 발걸음을 되돌릴 수 있다고, 봉놋방의 뜨끈한 아랫목에 앉아 있을 그들에게 영락없이 대답하고야 말았을 것이다.

그러나 쓰러지고만 몸을 어떻게든 일으켜보려고 몸부림치는 당나귀를 보면서, 또다시 물미장에 의지하여 통지게를 짊어진 채 몸을 일으켜 세우면서, 그는 이내 생각을 고쳐먹었다. 스스로 도리질했다. 진즉부터 얼음장이 되고만 양쪽 볼퉁이를 눈보라가 세차게 후려쳤으나 다시 한 번 그는 발걸음 앞에 물미장을 내밀었다.

또 그렇게 눈보라 속을 얼마나 헤쳐 나아갔는지. 푹푹 빠져드는 눈길 속을 물미장에 의지하여 다시금 얼마를 걸어갔는지. 문득 헤아릴 수 없는 가는 소리에 숨이 멎었다. 끊임없이 휘몰아치는 눈보라의 비명에 잠시 숨을 멈추어 귀를 세웠다.

'…흐느낌?'

흐느끼는 소리였다. 두려움과 추위에 꽁꽁 얼어붙은 눈보라의 비명 사이로 희미하게 전해지는, 가슴 저 밑바닥에서부터 끌어 오르는 숨끝 떨리는 울먹거림이었다. 자신도 모르는 사이 언제부터인가 홀로 울먹이고 있었다.

하지만 울먹이고 있는 자신을 발견한 것도 잠시, 발걸음을 멈추어 서선 북받쳐 오르는 설움에 아예 소리 내어 오열하고 말았다. 통지게를 그대로 짊어지고 물미장을 짚고 선 채 한참을 소리 내어 울고 또 울고야 말았다. 미친 듯이 휘몰아치는 눈보라 속에 자꾸만 외톨이가 되어가는 자신이 하도 서러워 그렇듯 울부짖었다.

'…?'

한데 알 수 없었다. 너무 서러워 소리 내어 펑펑 울고 말아서, 그래서 그만 발걸음을 되돌리고 말 줄 알았건만, 그러고 나자 왠지 모르게 후련해졌다. 억눌렸던 두려움이 일시에 물러나고, 추위와 외로움에 떨었던 온몸엔 비상보다 더 훈훈한 기운이 번져들었다.

그 훈훈한 기운에 승직은 손등으로 눈물을 닦아냈다. 물미장을 다시금 쥐어들어 미친 듯이 휘몰아치는 눈보라 속을 헤쳐 나가기 시작했다.

'오냐. 일찍이 다짐하지 않았더냐. 광대무변한 이 세상에서 다시는 가난한 아버지와 같이 살지 않으리라고. 아버지로부터 대물림 받은 그 지긋지긋한 가난을 내 아이들에게만은 결코 물려주지 않으리라 맹세하질 않았더냐. 그러기 위해 이 길을 마땅히 가야 한다면, 외롭고 두렵기만 한 이 밤길을 끝내 가야 한다면. 오냐, 기꺼이 피하지 않으마. 정녕 이 길이 나를 위하고, 또한 나를 따라 미구에 이 세상에 올 내 아이들과 그 아이

들을 위한 길이라고 한다면, 무엇을 또 망설인단 말이냐…!'

오우우!

거친 눈보라 속에서 길을 잃은 것일까. 멀지 않은 곳에서 늑대의 울음소리가 눈보라를 헤치며 길게 울려 퍼졌다.

'괜찮다. 괜찮을 것이다. 아암, 고기를 먹어본 지가 언젠데. 늑대가 비켜가 줄 것이다.'

몇 번을 도리질했을까. 또 몇 번을 확신하며 물미장을 내디뎠을까. 한데도 늑대의 굶주린 울음소리는 쉬 그치질 않았다. 금방이라도 어둠 너머 저쪽에서 불쑥 튀어나올 것만 같은 생각에 머리끝이 오싹 하고 섰다. 눈보라가 휩쓸고 지나간 짧은 정적 속에선 또 어쩔 수 없이 숨이 멎고는 했다.

그랬다. 평창읍에서 정선읍까지는 밤새 눈길을 걸어도 끝이 보이지 않는 험준한 산길의 연속이었다. 간혹 눈보라 속에 화전민 촌이 나타나고는 했다. 이따금 개들도 가늘게 짖어대었다. 그러나 밤이 너무 깊어서인지 화전민 촌은 눈보라 속에 잠든 지 오래였다. 아니 온통 두텁게 내려 쌓인 눈더미 속에 보일 듯 말 듯 저만큼 숨죽여 엎드려 있을 뿐이었다.

승직 또한 그런 화전민 촌을 돌아보지 않으려 애썼다. 저만큼 숨죽여 엎드려 있는 화전민 촌을 돌아보았다가는 자칫 어렵게 잡은 마음이 한꺼번에 흐트러지기라도 할까봐, 그런 마을 앞을 지나갈 적엔 그저 앞만 보고서 묵묵히 걸어나갔다.

다행스럽게도 어둠을 뚫고 동녘이 희미하게 터올 즈음에 눈발이 점차 그쳐갔다. 밤새 미친 듯이 휘몰아치던 눈보라도 지쳤는지 산등성이 너머로 급속히 스러져갔다.

지친 고개를 들어 어두운 밤하늘을 올려다보니 문득 딴 세상이었다. 눈보라가 할퀴고 지나간 밤하늘에는 차마 믿기지 않는 풍경이 펼쳐졌다. 초롱초롱 무수한 별들과 미처 다 기울지 못한 초승달이, 흰 눈 덮인 준령과 준령 사이에 꿈속처럼 아련했다.

하지만 정선읍은 아직도 멀었다. 어두운 밤하늘에 무수히 빛나던 별과 초승달이 시나브로 진 뒤, 그 흰 눈 덮인 준령과 준령 위에 아침 햇살이 눈부시게 쏟아질 적에도 여전히 험준한 산길을 홀로 걸어야만 했다.

그렇게 마침내 정선 읍내에 당도할 수 있었을 땐 한낮이 거의 될 무렵이었다. 밤새 걸어도 모자라 다시 아침나절이 지나고, 또 한낮이 되어서야 비로소 반겨주는 이 없는 정선 읍내에 기진맥진한 발걸음을 들여놓을 수 있게 되었다.

그러나 김태임 객주는 집을 비운 채였다. 주막집에서 내기 바둑을 두고 있을 거란 얘기만 전해들을 수 있었다.

승직은 통지게를 짊어진 채 돌아서야 했다. 후들거리는 발길로 다시금 주막집을 찾았다.

"아이구, 어떻게 왔드래요, 이 눈구덩이 속에?"

길을 물어 주막집 마당으로 들어서자, 주모가 깜짝 놀라 뛰어나와서는 머리며 어깨 위에 수북이 내려 쌓인 흰 눈을 화들짝 털어내었다.

"객주 어른, 여기에 계십니까?"

주막집 사랑채를 향해 승직은 나직이 입을 열었다. 주모는 무거운 통지게나 어서 어깨에서 내려놓으라며 호들갑이었다. 그러다 깜박 무슨 생각이 났는지 내 정신 좀 봐라, 하며 고깃국 냄새가 진동하는 정지간 안으로 쪼르르 사라졌다.

그때 호탕한 웃음소리가 흥글흥글 터져 나왔다. 사랑채 방안에서 들리는 웃음소리였다. 그 가운데 분명 김태임 객주도 끼어 있을 터였다.

붉은가슴울새

'어허라! 무릇 만물의 형상을 지닌 짐승과 벌레들조차 모두 움집이라도 정해 놓고 수컷이 소리를 내면 암컷이 화답하는 즐거움을 누리고 있구나. 그러나 한탄스럽게도 우리 행상꾼들은 아무 재산도 없을 뿐더러, 대개는 부모를 일찍 여의었고, 처자도 없으며, 입고 먹을 것도 변변치 않구나. 등에 메고 지는 것을 평생 업으로 삼아 생계를 유지해 가고, 하늘과 땅을 집으로 삼으니, 덧없이 잠시 머무는 주막이 처자인 셈이다. 아침밥은 동쪽에서 먹고, 저녁잠은 서쪽에서 자야 하는 고단한 몸이기에, 스스로의 신세를 되돌아보면서 한심함을 느낄 여념조차 없어라…!'

어느 해였던가. 무던히도 쏟아져 내리는 장맛비에 발이 묶여 오도 가도 못한 적이 있었다. 한사코 주막집 봉놋방에만 들어앉아 이레 동안이나 꼼짝없이 갇혀 지내고 있을 적에 어느 늙수그레한 행상꾼이 일장을 늘어놓던 슬픈 노래였다. 장돌뱅이들의 길 위의 인생을 한탄하는 타령이었다.

그러나 길 위의 인생에서 꼭이 슬픈 일만 있었던 건 아니다. 때로는 즐거운 순간도 없지 않았다. 평안도 박천 땅을 지나게 되면서 혹시나 하고 찾은 김만봉을 어렵잖게 만날 수 있었던 것도 그 중 하나였다.

"아니, 승직이 아닌가? 이게 얼마만인가?"

승직은 그가 아직도 한성의 어딘가에 머물고 있는 줄만 알았다. 고향 박천으로 진즉 돌아와 있으리라곤 꿈도 꾸지 못했다.

더구나 만봉은 그 사이 놀랍도록 변해 있는 모습이었다. 박천읍이 교통의 요충지라는 점에 착안하여 여러 동의 창고를 지어 올려 새로운 형태의 창고업을 차렸는가 하면, 종이까지 도거리로 대량 취급하는 어엿한 도고상都賈商으로 자리 잡은 뒤였다. 한날 지방의 객주 정도가 아닌, 한성에 자리한 웬만한 상단의 대방 못잖은 위치로 부쩍 성장해 있었다.

"만봉이, 이게 어찌 된 영문인가? 흥부네 같이 강남 제비가 무슨 황금 박씨를 물어다 준 것도 아닐 테고?"

만봉의 집안은 그 지방 천석꾼의 지주였다. 위로 형이 하나 있었는데 사냥을 나갔다가 그만 호랑이한테 물려 죽으면서 가산을 그대로 물려받았다.

"자넨 처음부터 나와 출생이 달랐구만."

승직은 후회했다. 박천 땅을 그냥 지나치지 못한 자신이 원망스러웠다.

"이 사람아, 출생이 다르기는."

만봉이 펄쩍 뛰었다. 조상대대로 역참驛站의 마부였었는데, 조부 때 이르러 재산을 어떻게 모았는지 천석꾼이 되었을 뿐이라고 했다.

"어쨌든 미안하이. 자넬 속일 생각일랑 추호도 없었네. 단지 한양과 같은 대처에서 무슨 장사를 한번 벌여볼까 하고 한때 잠행을 했던 것 뿐일세."

만봉은 극구 사과했다. 우리는 하늘이 맺어준 친구가 아니냐며 승직을 진심으로 반겨했다.

"한데 잠행은 왜?"

"으응, 석유전이며 지전紙廛, 상전床廛(가죽, 초, 이야기책과 같은 잡화를 파는 가게)과 같은 상단에서 바닥을 기어가며 나를 재어보았지만, 내가 너무 일천하다는 걸 깨닫게 되었다네. 아무래도 고향에서 좀 더 갈고 닦은 다음에 한양 같은 대처로 나가야 한다는 걸 안 거지."

만봉은 그동안 장대경과 두어 차례 만난 얘기도 들려주었다. 한성에 올라갔을 때 길거리에서 우연히 마주치곤 했었다는데, 깊은 얘긴 나누지 못했다며 아쉬워했다.

"내 자네도 찾아갔었다네."

한성을 떠나오기 직전에 석유전으로 승직을 보러갔었다고 한다. 하지만 벌써 그만 두었다는 얘기만 들은 채 돌아서야 했단다.

그러나 길 위에서 만난 이들 가운데는 만봉보다 더 반가운 얼굴도 있었다. 그토록 만나보고 싶어 했으나 만나지 못하다, 우연찮게 길 위에서 다시 만났을 때의 감동이란 정말 천운이 이런 것인가도 싶었다.

그러니까 강원도 통천으로 향하는 원행 길이었다. 또한 돌이켜보면 전날 밤에 어떤 조짐이 없지만도 않았었다. 어느덧 그는 땅끝 해남에 가 있었다.

쌀녀와 함께 현란한 색조를 띤 갖가지 새들을 숲속에서 만나 한참을 노닐다 깨어난, 참으로 딴 세상을 갔다 온 것 같은 신기한 꿈을 꾸었었다. 그래서 이튿날 무슨 일이 있을까 기대 반 염려 반으로 하루를 맞았었다. 한데 저물녘까지 아무런 일도 일어나지 않았다. 무탈하게 또다시 하룻길을 마치면서 주막집 안으로 들어섰다.

"어떡해요? 오늘은 곤드레밥이나 깔뚝국시뿐이래요."

늙은 주모는 때꼽재기 앞치마에 연신 손바닥을 닦아내며 그래도 괜찮겠느냐며 물었다.

"곤드레밥은 무어며, 깔뚝국시는 또 무어요?"

벌써 몇 차례나 먹어보아 빤히 알고 있으면서도 승직은 짐짓 모른 척 물었다. 늙은 주모는 정말 몰라서 묻는 줄 알았다.

"곤드레는 여기 고라댕이(골짜기)에서 나는 국화잎처럼 생긴 산나물이래요."

바로 그 산나물에 보리쌀을 넣고 지은 나물밥이 곤드레밥이고, 깔뚝국시는 메밀가루로 만든 국수라는 것이었다.

승직은 곤드레밥을 주문했다. 깔뚝국시보다는 그래도 속이 더 든든할 것 같아서였다. 양도 좀 많이 달라는 부탁 또한 잊지 않았다.

"아무러믄요. 우리집 밥은 다 곱빼기에다 고봉이래요."

시장기가 더할 나위 없는 반찬이었다. 소여물처럼 깔깔하기만 한 곤드레 나물밥을 아무 군소리 없이 욱여먹었다.

그런 다음 잠깐 눈이나 붙이고 떠나자며 주막집 봉놋방 안으로 들어섰다. 봉놋방 안은 대청마루처럼 넓었다. 커다란 방 두 칸을 한데 터놓았는지 방 한복판에는 어떤 경계선처럼 문턱이 그대로 남아 있었다.

하지만 방안은 열기로 후끈 달아올랐다. 방바닥이 미지근하게 식어버린 지 오래였으나, 방안 가득 들어찬 사람들의 열기로 넘쳐났다.

한데도 윗목은 휑뎅그렁하기만 했다. 대패로 통나무를 밀어 얼추 만든 기다란 목침 두 개만이 베개 대신에 덩그러니 놓여 있을 따름이었다.

더구나 방문을 열어보기 이전부터 방안에선 이미 그들 패거리끼리 주먹질과 발길질, 상대를 제압하려는 힘자랑이 한창 벌어진 모양이었다. 그러다 방문이 열리고 낯선 얼굴이 들어서자 잠시 멈칫 하는 체 하는 것 같더니만, 이내 다시금 후닥닥 서로 엉겨 붙어 아예 결판을 낼 작정으로 죽자 살자 씨근벌떡거렸다.

한데 그들을 한바탕 싸움으로까지 몰고 간 이유라는 게 우스웠다. 여럿이 함께 벨 수 있도록 만들어 놓은 기다란 통나무 목침을 서로 자기편이 차지하겠다고 그 야단법석이었던 것이다.

하기는 대청마루같이 널따란 봉놋방 안에 통나무 목침이 달랑 두 개뿐이란 게 문제였다. 그나마 하나는 대여섯 되는 다른 일행이 일찌감치 독차지한 채 드러누워 버린 뒤라, 나머지 한 개를 놓고서 그 난리를 피우고 있었다. 그러다 아이고, 하는 외마디 비명과 함께 누군가의 얼굴에서 붉은 코피가 쏟아지자 그만 제풀에 서로 멀뚱멀뚱 너수룩해지곤 말았다.

그처럼 한바탕 소동이 지나가자 널따란 방안에는 알 수 없는 낮은 정적이 찾아들었다. 어느새 높고 낮은 코고는 소리만이 간간이 들썩일 뿐, 방바닥을 치는 방귀소리조차 들리지 않았다.

이윽고 승직 또한 무거운 몸을 가로 뉘였다. 난리법석을 피우던 두 패거리 쪽이 아닌, 일찌감치 목침 하나를 독차지 하고 드러누워 버린 일행 곁에 자리를 잡았다. 그들은 누가 소동을 피우건 말건 간에 통나무 목침을 나란히 베거나, 아니면 제 봇짐을 베고서 이미 퍼더버린 뒤였다.

물론 그들 역시 필부가 다름 아니었다. 일거리를 찾아 부초처럼 떠돌아다니는 뜨벌이꾼임이 분명해 보였다. 꽤나 먼 길을 걸어온 듯 지친 기색이 역력한 얼굴들이었다.

승직은 몸을 뒤척이다 말고 모로 돌아누웠다. 등줄기를 따라 밀려드는 그들의 호흡을 느끼며 두 눈을 감았다. 이제는 편안히 잠을 청해도 좋을 것만 같았다.

"…너?"

그럴 때 들릴 듯 말 듯 중얼거리는 낮은 단절음이 방안의 몽롱한 정적을 깨트렸다. 정확히 알 수는 없어도 분명히 누군가를 가리키며 절박하게 내뱉는 소리였다.

하지만 승직은 참견하고 싶지 않았다. 아니 대꾸할 기력조차 남아 있지 않았는지 모른다. 이레 동안이나 줄창 걷고 또 걸어 온 몸을 무겁게 짓누르고 있는 여독이 터럭 하나 놓아주질 않았다. 아직도 쫓기듯 이틀을 더 가야만 하는 여정이 그를 깨어나지 못하게 만들었다.

"너…!"

다시금 똑같은 절박한 소리가 반복해서 들렸다. 대담하게도 이번에는 자신의 어깻죽지를 흔들어 보이기까지 했다.

'…?'

결국 두 눈을 떠보는 수밖에 없었다. 무겁게 짓눌러오는 여독을 밀쳐내며 동공에 힘을 주어야 했다. 어쩌면 그것은 가야 할 길이 더 남아 있는 자의 긴장 같은 것이었는지도 모른다.

한데 눈을 뜨다 말고 승직은 소스라치게 놀랐다. 작달막한 체구에 땅땅한 몸집. 작고 가늘게 뜬 날카로운 눈매. 시커멓고 꾀죄죄한 얼굴….

"아니, 넌…?"

그건 허맹추였다. 뜻밖에도 눈앞에 맹추가 나타났다. 일찌감치 통나무 목침 하나를 독차지한 채 퍼더버린 일행 가운데 맹추가 일어나 앉아 있었던 것이다.

승직은 놀라 자리에서 벌떡 일어났다. 무겁게 짓누르고 있는 여독을 단숨에 밀쳐버렸다. 그러면서 맹추의 얼굴을 다시 한 번 확인해보았다.

"너, 맹추가 아니냐!"

반가움에 승직은 맹추의 어깨를 한 차례 후려쳤다. 그제야 놀라움에서 벗어난 듯 맹추도 얼굴에 미소가 떠올랐다.

"어떻게 된 거냐?"

승직은 모든 게 궁금하기만 했다. 맹추 또한 다를 것이 없었다. 돌이켜보면 두 사람은 몇 년 만에야 다시 만나게 된 해후였다.

"어떻게 됐어…?"

승직은 조바심쳤다. 무엇보다 쌀녀에 대한 소식이 궁금했다. 맹추도 그걸 아는지 냉큼 입을 열었다.

"어떻게 되긴야. 아즉도 승직이 널 목이 빠져라 기다리고 있제."

정말이지 얼마나 듣고 싶어 했던 목마른 소식이었는가. 속이 타들어 갔던 간절함이었는가. 맹추가 들려주는 짧은 소식에 승직은 안도했다. 안도를 하면서도 한편으론 가슴이 답답해져 왔다.

"승직이 넌 어떠냐?"

이번에는 맹추가 궁금해 물었다.

"네가 보다시피…."

"잘 되냐, 어쩌냐?"

"그럭저럭 하긴 하는데. 아직은 어떤지 모르겠다."

"그란디 승직이 넌 왜 여태 해남에 한 번도 안 내려오고 그랬냐?"

쌀녀를 그만 잊은 건 아닌지 맹추는 단단히 의심하는 눈빛이었다. 하지만 무슨 말을 해야 할지 딱히 할 말을 찾지 못했다. 그나저나 맹추가 강원도엔 웬일인지도 궁금했다.

"삼춘이 돌아가셨어야. 따지고 보면 그놈들이 죽인 것이제."

상단의 빚 독촉은 승직이 해남을 떠난 이후에도 그치지 않은 채 빗발쳤다. 그러한 빚 독촉을 이기지 못해 결국 그녀의 아버지는 스스로 목숨을 끊었고, 이태 뒤에는 그녀의 어머니마저 상단의 성화에 아버지의 뒤를 따라갔다고 했다.

"징말로 징그러운 놈들이어야. 아비 어미가 그렇게 죽어부렀는데도. 아, 쌀녀한테 그 빚을 갚으라고 생난리지 뭐냐."

그래서 추심(빚을 찾아내어 갖거나 받아냄)에 나서게 된 길이었다고 한다. 강원도에만 벌써 열닷새째라며 못내 허탈해 하는 표정을 지었다.

"한양 상단의 놈들이 네게 그런 짓거리를 시켰단 말이냐?"

"어쩔 수 있어야제. 당장 쌀녀를 닦달할 참인디."

맹추의 설명에 따르면 강원도 원통에 산다는 천명박이라는 보부상이 여러 해 전에 한양 상단의 물품을 빼돌려 도망을 쳤다 한다. 나중에 그 사실이 발각되어 붙잡아왔으나 통사정을 하는 바람에 말미를 주었다. 그래도 끝내 갚지를 않자 결국 상단에서 추심을 시켰다는 것이다.

"그란디 물어물어 화전민 촌 어딘가를 찾아갔더니만…."

맹추는 할 말을 잃은 듯 잠시 기가 막혀 하는 얼굴이었다. 그 천명박인가 하는 보부상이 죽은 지 벌써 몇 해가 되어 하는 수 없이 그의 딸을 붙잡아오는 길이었다는 것이다.

"해남에서 출발하기 전에 상단놈들이 그라드라고. 찾아갔을 때 행여 놈이 죽고 없거든 그 딸년이라도 반드시 붙잡아오라고."

"그렇게 된 것이로구나."

하지만 어떻게 된 영문인지 그의 딸은 보이지 않았다. 주막집의 너른 봉놋방에는 온통 퍼질러 잠들어 있는 사내들 뿐이었다.

"그 딸년이 지 집을 떠나올 때부터 어떻게나 울어대는지. 차마 눈뜨곤 못 보겠드라. 아, 밤낮없이 사흘을 울어대는디. 암만 생각해도 이건 사람이 할 짓이 아닌 것만 같드라고."

그래서 어제 오후 점심을 사 먹인 뒤 그만 돌려보내고 말았다고 한다. 이제 겨우 열두 살짜리 계집아이였다며, 집이나 제대로 찾아가고 있는지 모르겠다며 혀끝을 끌끌 찼다.

"나가 몹쓸 놈이쟈? 그렇쟈, 승직아?"

한데 그런 후회가 지금 중요한 게 아니었다. 이젠 빈손으로 그냥 돌아갈 수밖에 없는 맹추와 그런 맹추를 기다리고 있을 쌀녀가 걱정이었다.

"시방 나도 고것이 문제다. 인자 그 상단놈들한테 무어라고 변명을 해야 할지 깝깝하기만 하다."

이튿날 날이 밝자, 두 사람은 주막 앞에서 일단 헤어지기로 했다. 한성으로 올라가 포목을 처분하는 대로 곧장 땅끝 해남으로 내려가겠다는 굳은 약속을 서로 간직한 채, 두 사람은 각자 자신의 길로 떠나갔다.

언제였는지 늙은 피물 장수가 말했던가. 참 알다가도 모를 것이 인생이라고. 우리가 반드시 그럴 것이라고 생각한 것보다 꼭이 한 끗씩 어긋나고 헛짚게 되는 것이라고.

맹추와 그렇듯 굳게 약속한 해남행은 당초보다 한참이나 늦어졌다. 가던 날이 장날이고, 까마귀 날자 배 떨어진다고. 승직이 서둘러 한성으로 돌아왔을 때 그를 기다리고 있었던 건 평안도 박천에서 먼저 날아든 김만봉의 전갈이었다. 박천의 부잣집 사대부가 희수(나이 일흔 살)를 맞아 한바탕 잔치를 벌인다는데, 손님들에게 개화 상품인 성냥을 한 갑씩 나눠주고 싶어 한다는 거였다. 한데 만봉이 넌떡 선약을 하고 말았다면서, 박천 땅에 벌여놓은 자신의 사업을 위해서라도 약조가 지켜져야 한다며 서둘러 와줄 것을 부탁하는 서찰이었다.

"한 달포 늦는다고 그 새에 무슨 일이 금방 그렇게 벌어지기라도 하겠니."

만형은 성냥 삼백 갑이 그 얼마냐며 만봉의 선약에 무게를 실었다. 박천에 그런 친구가 있다는 게 장차 장사를 하는데 있어서도 큰 우군이 될 수 있을 것이라며 먼저 박천으로 갈 것을 종용했다.

한데 제물포 개항장을 거쳐 서둘러 평안도 박천으로 갔더니 뜻밖에도 또 다른 주문이 기다리고 있었다. 만봉이 한 차례 더 부탁을 해온 것이다. 소문을 들은 이웃 고을의 부잣집 사대부 또한 똑같은 요청을 해 와 선약을 외면할 수 없었다며 다 죽어가는 소릴 했다.

"나 좀 살려주게, 승직이. 우리 집 가산 전부를 밀어 넣어 창고들을 지었는데, 저들의 비위를 거슬렀다가는 난 꼼짝없이 죽고야 말 걸세. 손가락만 빼면 바로 설사라더니. 지금 내가 바로 그 꼴일세."

자신이 벌여놓은 사업을 위해서라도 다시 한 번 원행을 해 줄 것을 만봉은 간곡히 청했다. 승직은 그런 친구의 청을 차마 외면할 수 없어 다시 한 번 먼 길을 떠나지 않으면 안 되었다.

그러나 산 넘어 산이었다. 엎친 데 덮친 격이었다. 그와 같이 평안도 박천 땅을 두 번씩이나 원행을 다녀온 뒤 한성으로 돌아오자, 이번에는 지난해 겨울 그 혹독한 눈보라를 뚫고 찾아가 인연을 맺게 된 정선 읍내 객주 김태임의 전갈이 당도해 있었다. 과년한 첫째 딸년을 출가시킨데 이어 자신의 막내아들마저 혼인시키려 한다는데, 혼수로 쓸 개화 상품을 서둘러 부탁한다는 딱한 청이었다.

맏형은 이번에도 같은 소릴 했다. 해남 가는 길이 한 달포가량 더 늦어진다고 해서 그 새에 무슨 일이 금방 벌어지겠느냐며 다음으로 미룰 것을 종용했다. 정선에 그만한 단골이 있다는 게 장차 장사를 하는데 있어서도 큰 우군이 될 수 있을 것이라며, 한사코 강원도 정선부터 먼저 가라고 등을 떠밀었다.

"…알았어. 하지만 이번엔 한양으로 돌아오지 않을 거야."

"그럼?"

"정선에서 곧장 땅끝으로 갈 거야."

승직은 그 같이 해남으로 좀처럼 내려가지 못했다. 또다시 머나먼 강원도 정선 땅을 밟은 뒤에라야 비로소 땅끝으로 향할 수 있었다. 주막집 봉놋방에서 맹추를 만나 굳은 약속을 맹세한 지 꼭이 석 달여 만이었다.

강원도 정선을 출발해서 꼭이 열이레를 걸어 해남 읍성에 당도했다. 지쳐서 투정거리는 당나귀를 겨우겨우 달래가며, 쉬지 아니하고 걷고 또 걸어야 했던 머나먼 여정이었다.

그동안 꿈속에서나 볼 수 있었던 해남 읍성은 예전의 모습 그대로였다. 성문 안으로 난 도로 양편으로 꼬약꼬약 들어찬 민가들도 그러했지만, 관아의 풍경 또한 그가 살았던 때와 달라진 거라곤 조금도 없어보였다. 읍성의 맨 꼭대기에 우뚝 서 여전히 위엄 있게 읍내를 굽어보고 있었다.

"벌써 갈렸지라우."

들리는 얘기론 그 사이 민영완 사또가 갈리고 신관 사또가 다시 부임해온 지도 벌써 삼년이 되어 간다고 했다. 하지만 승직은 곧장 관아로 향했다. 행여 반가운 얼굴을 만나볼 수 있을지도 모른다는 막연한 생각에서였다.

관아의 경계를 알리는 홍살문도 옛 기억으로 새록새록 정다웠다. 홍살문을 지나 중층 다락으로 만들어진 외삼문 역시 다르지 않았다. 그러나 예전에도 그랬던 것처럼 거기서부터는 창검을 든 사나운 문지기들이 좌우로 늘어서 있었다.

"여긴 왜 왔느냐?"

늦은 오후여서 그런지 외삼문은 굳게 닫혀 있었다. 억울한 사정을 사또께 직접 아뢰어 호소하는 사송도 모두 끝이 났는지, 사나운 문지기들만이 하릴없이 말똥말똥 서 있었다.

"실은 제가…."

하며 승직이 문지기 앞으로 다가서려 하자 불문곡직하고 제꺽 눈알부터 부라렸다. 상인은 관아에 출입할 수 없게 되어 있음을 알지 못하느냐며 엄포를 놓았다.

더구나 세월의 간극은 어쩔 수가 없는 것이었다, 만나는 사람들마다 정다웠던 예전의 그들이 아니었다. 낯선 얼굴들만이 불쑥불쑥 나타나서는 이젠 돌이킬 수 없는 지난날이 되고 말았음을 일깨워주곤 했다.

물론 관아가 목적지는 아니었다. 젊은 날에 한때 자신이 머문 곳이긴 하였으나, 그렇다고 그곳을 찾아 땅끝까지 내려온 건 아니었다. 때문에 미련 없이 발길을 돌릴 수 있었다.

그리곤 날이 어두워지기 전에 도착하기 위해 운명처럼 발걸음을 서둘렀다. 쌀녀와 맹추가 반겨줄 성문 밖 냇골을 향해 다시금 걷기 시작했다.

'무슨 말부터 해야 할까…?'

쌀녀를 만나면 무슨 말부터 해야 할지 골똘히 생각에 잠겼다. 하지만 냇골이 가까워질수록 그런 생각보다 마음이 더 조바심쳤다.

이윽고 수많이 오갔던 낯익은 길, 기다랗게 내뻗은 산모퉁이 길을 휘감아 돌아섰다. 그러자 벌써 저만큼 개 짖는 소리와 함께 스무 채나 될까 말까한 고즈넉한 초가들이 한눈에 들어왔다. 꿈에서도 그리던 냇골이었다.

커다란 홰나무가 짙은 그늘을 드리우고 서 있는 동구 앞 풍경도 그대로였다. 또 그 홰나무 그늘에서 맹추를 처음 만났을 때의 순간도 바로 엊그제인 것만 같았다.

그런 동구 앞을 지나치면서 자꾸만 가슴이 뛰기 시작했다. 속절없이 들떠 있는 자신을 목격하곤 혼자서 얼굴이 상기되었다. 터벅터벅 걸어가고 있는 당나귀에 보폭을 맞추었으나 마음은 벌써 내달리고 있었다.

'아…!'

저만큼 키 큰 오동나무가 빤히 올려다 보이기 시작하자 승직은 더 이상 인내하지 못했다. 고삐를 더욱 죄여들며 애꿎은 당나귀만 또 보채었다.

그렇듯 마침내 쌀녀의 집 마당으로 들어서자 긴 날숨부터 절로 새어나왔다. 낯선 집을 찾은 길손처럼 한동안 그 자리에 우두커니 서 있기만 했다. 목적지에 도착한 것을 안 당나귀만이 기분 좋은 콧소리를 후루룩 내뿜었을 따름이다.

'…?'

한데 썰렁한 기운만이 느껴졌다. 집을 비운 채 들일을 나간, 그런 것도 아닌 또 다른 공허한 느낌이었다. 마당에 들어설 적마다 맨 먼저 달려 나와 꼬리치며 반기던 강아지도 종적을 감추었다.

그때 가느다란 신음소리를 내지르며 삐주룩이 방문이 열렸다. 바람조차 불지 않았건만 저 혼자 열어젖혀진 채 닫힐 줄을 몰랐다. 사람이 살지 않은 지 벌써 오래 되었는지 방안 풍경이 어지러웠다.

순간 심한 피로감이 얼굴부터 흘러내렸다. 아니 그보다 더 심한 허탈감에 그대로 서 있을 수 없었다.

마을 복판에 자리하고 있는 맹추의 친구 집을 찾아갔다. 자다가 깼는지 부스스한 얼굴로 나타난 맹추의 친구는 한눈에 승직을 알아보았다.

하지만 그에게서 들은 쌀녀와 맹추에 대한 얘기는 충격적이었다. 마을 사람 어느 누구도 아는 이가 없을 거라고 고개만 갸웃거렸다. 처음에는 마을 사람들 모두가 잠시 어디에 갔겠거니 생각했다고 한다. 한데 벌써 두어 달째 돌아올 생각을 않고 있다는 것이다. 승직은 혹시 성 밖의 한양 상단과 무슨 관련이 없는지 궁금해 했다.

"거기라면 통 뭘 알 수가 있어야제. 그 사람들은 항상 대문을 처닫고 지내니."

친구는 다시금 고개를 갸웃거렸다. 다만 몇 달 전인가, 맹추가 상단의 추심을 제대로 해오지 못해 빚 독촉에 애를 먹었다고 했다. 아울러 자기 혼자만의 생각이라고 조심스레 전제한 뒤, 맹추와 쌀녀가 그 한양 상단을 따라갔을지도 모른다는 얘길 꺼내었다.

"나뿐만이 아니어. 사람들이 입을 열지 않아서 그렇제. 마을 사람들 모두 다 그렇게 알고 있을 거구만."

아무래도 그런 것만 같다며 친구는 안 됐다는 표정이었다. 그 놈의 돈이 뭔지, 좋은 사람들 여럿 앗아갔다며 진저리를 쳤다.

"어떻게 찾아볼 노력은 없었어?"

"왜, 하지 않았것냐. 마을 어른들이 성 밖에 한양 상단에도 쫓아가보고, 신관 사또에게도 수차 얘길 했제."

한데 모두들 모른다는 소리만 하더란다. 한양 상단에는 그 뒤에도 두 번인가 더 쫓아가보았지만 별 수 없었다는 것이다.

"차암, 승직이 너, 어디 잘 데도 없지?"

친구는 그의 봇짐을 잡아끌었다. 늦었으니 자고 가라며 허탈해서 어쩔 줄 몰라 하는 승직을 자기 방안으로 데리고 들어갔다.

이튿날 새벽, 승직은 일찍 집을 나서 냇골을 뒤로 했다. 아직은 모두가 잠들어 있는 새벽길을 홀로 걸어 나갔다.

'…사랑은 영원할 줄 알았다. 한데 이렇게 작별하고 마는 것인가? 이토록 덧없이 갈라져야만 한단 말인가?'

승직은 몇 번이나 가던 길을 멈추어 섰다. 냇골을 돌아보고 또 뒤돌아보았다. 마음은 한 발짝도 그곳을 떠날 줄을 몰랐다.

그러나 모진 인생은 지속되어야 했다. 함께 울고 웃었던 그 아름다운 시절을, 아직도 따뜻한 체온이 남아 있는 그 기억들을, 이제는 되돌릴 수 없는 젊은 날의 그 순간들을 마른 눈물 자국처럼 남겨둔 채, 도저히 떠날 수 없을 것만 같은 남도 땅을 뒤로 하지 않으면 안 되었다. 두 갈래로 갈려 있는 갈림길 위에서 땅끝 해남으로 가는 길을 뒤로 한 채 그만 영암의 성전 방면으로 향하는 길로 들어서야 했다.

'그래, 잘 가라. 젊은 날의 그리운 시절아. 해남의 관아도, 냇골에서의 그 정다움도, 그리고 쌀녀야, 맹추야. 너흰 모두 내 젊은 날의 그립고 슬픈 흔적들이었으니 부디….'

그때 어디선가 붉은가슴울새가 낮은 소리로 울었다. 홀로 걸어가는 새벽길 위에서 구슬프게 울어댔다. 그 구슬픈 울음소리 너머 냇골에서 전날 밤에 맹추의 친구가 승직을 위로한다며 불렀던 소리, '쑥대머리' 한바닥이 남도의 너른 들녘으로 여릿여릿 울려 퍼져나가고 있었다.

쑥대머리 구신형용 적막옥방 으~
찬 자리에 생각난 것이 임뿐이라
보고지고 보고지고 한양낭군 보고지고
오리정 정별 후 일장서를 내가 못 봤으니
부모봉양 글공부에 겨를이 없어서 이러넌가
연이신혼 금슬우지 나를 잊고 이러넌가
계궁항아 추월같이 번뜻 솟아서 비치고져
막왕막래 맥혔으니 앵모서(앵무새)를 내가 어이 보며
전전반칙 으~(임 생각에 엎치락뒤치락 하느라고)
잠 못 이루니 호접몽을 어이 꿀 수 있나
손가락에 피를 내여 사정으로 편지헐까

녹수부용 으~ 연 캐는 채련녀와
제롱망채엽 으~ 뽕따는 연인네도
낭군 생각은 일반이라
옥문 밖을 못 나가니 뽕을 따고 연 캐겠나
내가 만일에 임을 못 보고 옥중원귀가 되거드면

무덤 근처 있난 돌은 망부석이 될 것이요

무덤 앞에 섰난 남근(나무는) 상사목이 될 것이오

생전사후 으~ 이 원통을 알어 줄 이가 뉘 있드란 말이냐

아무도 모르게 울음을 운다

제 3부

1896년 박승직상점

15년 만의 박승직상점

도성 안의 목멱산은 본디 성스러운 산으로 떠받들어진 조선왕조의 진산眞山이었다. 도읍의 남쪽 방패로서 산신을 제사 지내는 국사당이 모셔져 있는 까닭에 누구도 함부로 범접하지 못한 성역이었다.

그러던 남산 기슭에 돌연 일본인들이 말똥말똥 몰려들기 시작한 것은 이미 앞서 얘기한 그대로다. 종로 경운동 소재 일본 공사관이 불타버린 것을 트집 잡아, 남산의 녹천정 터에 새로운 공사관 건물을 지어 올려 자리를 잡기 시작하면서부터였다. 그러면서 도성 안 여기저기에 흩어져 있던 일본 거류민들까지 그 발치 아래 맨송맨송 모여들자, 자국민을 보호하겠다는 구실 아래 진고개 일대를 일본인 거류 지역으로 지정해 버렸다. 이런 진고개 일대의 혼마치 풍경을 한성에 도착한 지 얼마 되지 않은 미국 여류여행가 비숍I.B. Bishop은 이렇게 기록하고 있다.

'남산 비탈에 단조롭고 수수한 백색 목조의 일본 공사관 건물이 위치하고, 그 아래쪽에 근 5천여 명이 살고 있는 일본인 거류 지역이 있다. 그곳엔 다방도 있고 극장 은행 우체국도 있으며, 그 밖에 각종 편의 시설이 갖추어져 있다. 그리하여 조선인 거리와는 대조적으로 점포와 주택이 늘어서 있는 거리는 깨끗하고 깔끔하기조차 하다. 얼굴을 가리지 않은 여인들이 허리띠를 두른 기다란 일본 전통 의상을 입고, 남자들은 모두 나막신을 신은 채 일본에서와 같이 자유롭게 살고 있다. 군인들과 헌병, 그리고 칼을 찬 순사들이 시간을 맞추어 거류지 내의 호위병을 교대시키고 있다. 조선인의 뿌리 깊은 배일감정에다 이미 두 차례나 소요에 의해 공사관 관원들이 쫓겨난 사실이 있기 때문이다….'

그러나 달라진 모습은 비단 남촌의 진고개 일대만이 아니었다. 이른바 조선의 낡은 체제를 탈피하여 근대국가로의 체제를 정비한다는 명분 아래 일본에 의해 단행된 근대화 개혁, 곧 갑오경장(1894) 또한 그 중 하나였다.

하지만 그것은 조선의 요청에 의한 것이 아니었다. 조선의 멱살을 거머쥐고자 하는 일본의 꼼수였다. 이러한 꼼수는 이내 저항에 부딪칠 수밖에 없었고, 결국 그 해를 넘기지 못한 채 흐지부지 중단되고 말았다. 일본은 잠시 날선 발톱을 거두어들이지 않으면 안 되었던 것이다.

그렇다하더라도 갑오경장이 휩쓸고 지나간 바람은 조선 사회 곳곳에 적지 않은 반향을 일으켰다. 무엇보다 그동안 한다, 못 한다, 지지부진하기만 하던 종로 육의전이 가진 금난전권의 폐지가 던지는 파문은, 조선 상계를 발칵 뒤집어 놓기에 충분했다. 그것이 비록 조선 상계의 혼란과 붕괴를 부채질하여 일본이 자국의 상권을 확장케 하려고 한 숨은 의도였다 하더라도, 조선왕조 창건 이래 무려 5백여 년 동안이나 종로 육의전의 상권을 독점시켜 온 금난전권에 대한 완전 소멸은 당장 조선 상계의 새로운 질서를 요구하기에 이르렀다.

"너도 소문을 들어 이미 알고 있을 테지?"

멀리 북관 지방까지 원행 길에 올랐다가 두 달여 만에야 한성으로 돌아온 승직에게 맏형 승완이 진지하게 물었다.

"돌아오는 길에 철원 장터 주막에서 들었어요."

"그렇구나. 발 없는 말 천리를 간다더니. 벌써 그런 데까지 소문이 난 모양이로구나."

이제는 육의전 무뢰배들의 눈치를 보지 않게 되었다며 맏형은 후련해 했다. 정말 누구나 마음 놓고 장사를 할 수 있게 되었다며 너털거렸다.

"한데 넌 어째 반가워하지도 않는 것 같구나?"

맏형은 이내 머쓱한 얼굴이 되어 승직의 표정을 살폈다. 그토록 오랫동안 바라던 금난전권의 폐지가 마침내 눈앞의 현실이 되었는데도 이렇다 저렇다 별 반응이 없는 동생을 이해할 수 없어했다.

"승직아, 지금 육의전 거리를 좀 나가봐라. 세상이 어떻게 바뀌었는지. 불과 며칠 전만 하여도 얼씬도 하지 못했던 뜬벌이꾼들이 너도나도 난전을 펴겠다고 매일같이 싸움질을 하며 난리다."

그러나 승직은 꿈쩍도 하지 않았다. 평상시와 다름없이 또다시 북관 지방으로 떠날 원행 준비에만 골똘했다. 아직은 준비가 덜 되었다고 생각한 것이다.

"준비라니? 종로거리에 이만한 초가가 두 채나 있으면 됐지. 또 무슨 준비가 필요하단 것이냐?"

맏형은 뜨악한 얼굴로 동생을 쳐다보았다. 종로 육의전에서 금난전권이 사라질 날만을 그렇게 손꼽아 기다리더니, 막상 그런 날이 닥치자 꽁무니를 빼는 이유를 도무지 알 수 없어했다.

그러나 승직은 아무렇게나 전방을 내고 싶진 않았다. 종로 거리의 구석진 끄트머리께 자리한 초가라고는 하지만, 그저 물건이나 좀 들여놓고 앉아 손님들이 찾아오기만을 기다릴 생각은 추호도 없었다. 오래 전부터 그가 구상해 오고 있는 것은 결코 그런 단순한 전방이 아니었다.

따라서 종로 육의전의 금난전권이 완전 소멸되고 말았다는 소식을 접하면서도 당장 서두르진 않았다. 시대의 변화상을 온몸으로 느끼면서도 그는 평소와 다름이 없었다. 통지게와 당나귀에 개화 상품을 바리바리 짊어지고서 다시금 강원 경상 전라 평안도로, 멀리 북관 지방까지 원행만을 계속했다.

물론 전날과 똑같을 수만은 없는 일이었다. 종로 육의전의 금난전권이 완전히 소멸된 마당에, 동시에 하루가 멀다 하고 달라져가는 상계의 환경 속에서 그 또한 변화를 선택하지 않으면 안 되었다.

“객주 어른, 미구에 한양의 종로 저잣거리에다 제 좌처를 정하고자 합니다.”

“하기는. 그 새 참 세상이 많이도 달라졌지 않은가. 팔도 어느 지방을 찾아가면 내가 원하는 물건을 매입할 수 있다는 것쯤은 귀신처럼 훤히 꿰고 있으면서도, 그러면서도 그저 보부상이나 자네와 같은 행상들이 애써 유통시켜주기 전에는 물건을 구할 엄두도 내지 못한 채 살아오지를 않았든가. 바로 엊그제까지만 하여도 장사는 다들 그렇게 하는 줄 알고서 살아오질 않았던가 말일세. 한데 지금은 세상이 바뀌어서, 우리 같은 객주들도 직접 나서 한양으로 사람을 올려보내 원하는 물건을 착착 매입해다 쓰고 있으니. 자네도 이젠 한양의 저자에 좌처를 정할 때가 됐지, 아암."

"그렇잖아도 때마침 종로 육의전의 금난전권이 폐지된다고 해서 배오개(지금의 종로 4가)에다 포목 전방을 낼까 하고 있습니다."

"포목이라면 자네에게 일가견이 있는 물건이 아닌가?"

"하면 객주어른, 한양에 오시거든 저의 좌처를 찾아주시겠습니까?"

"암은. 가다마다. 여부가 있겠는가. 이런저런 사람들로 시끌시끌한 세상에서 어디 박 상인만큼 믿고 거래할 수 있는 이가 또 누가 있다고 내 마다하겠는가."

사람을 한 사람 알게 되면 길이 하나 더 늘어난다. 계산된 아첨보다는 잔꾀를 부리지 않는 의연함으로 차근차근 신뢰를 다져왔던, 맨 처음 상인의 길로 들어섰을 때 들려준 행수의 가르침은 그가 찾아가는 곳마다 발걸음을 가볍게 만들어 주었다.

그렇다하더라도 일사천리란 있을 수 없는 일이었다. 한두 차례 찾아가는 것만으로도 가능한 객주가 있는가 하면, 그렇지 않은 객주 또한 부지기수였다. 또 그런 객주들일수록 이런저런 까탈을 부려 발걸음을 여러 차례 다시 하지 않으면 안 되게 만들었다.

심지어는 훗날 배오개에 좌처를 정하고 난 이후에도 다시금 찾아가지 않으면 안 되는 이도 없지 않았다. 그런가 하면 예전과 다름없이 끝내 물건을 일일이 실어다주길 바라는 객주들 또한 여럿이었다.

아무렇든 먹적골 행수의 보이지 않은 선험적 힘은 이번에도 그의 경험적 지혜와 어우러져 든든한 길잡이가 되어 주었다. 지난 십여 년 동안 그의 발길이 닿지 않는 곳이 없다고 할 만큼 전국 방방곡곡 구석구석 걸어 다니며 일궈놓은, 믿고 거래할 수 있는 각 지역의 객주들은 마침내 행상을 접고 종로거리에 좌처를 정한 그에겐 더할 나위없는 우군이었다. 그리하여 새로이 시작하는 상점의 고객으로 고스란히 접목시킬 수 있었다.

그러한 기간만도 꼬박 두 해나 필요로 했다. 갑오경장으로 종로 육의전의 금난전권이 하루 아침에 소멸되고 말았음에도, 승직은 그렇듯 이태 동안이나 상기를 더 다지고 난 다음에야 비로소 포목을 전문으로 취급하는 상점을 마침내 개점하기에 이르렀다. 오랜 세월 종로 육의전의 변두리에 머물러 있던 배오개(종로 4가)와 동대문 일대에 연일 수많은 잡살뱅이 도붓장수들이 몰려들어 흥숭생숭 시장 풍경을 만들어가면서 도성 안에서도 가장 역동적인 지역으로 변모해가고 있는 가운데, 미국인 기업가 콜브란Collbran에 의해 지금의 서대문 사거리인 경교에서 종각-종로-동대문까지 이어지는 전차 선로 공사가 한창 진행 중이던 때였다. 그의 나이 서른두 살이던 1896년 6월 그믐날이었다.

'店商稷承朴'.

큼지막한 간판도 주문했다. 종로 저잣거리를 오가는 사람들의 눈에 띌 수 있도록 말끔하게 다듬은 송판 위에 횡으로 굵직하게 쓴 상점의 간판도 떡하니 내걸었다.

돌이켜보면 전라도 땅끝에서 경상도 강원도 평안도의 심산유곡 오지까지, 개항장 제물포에서 멀리 북관 지방에 이르는, 오로지 근면과 절약으로 점철된 곡진한 십년의 세월이었다. 빈한의 문턱에서 얼어붙은 두 손을 비벼가며 어두운 험로를 뚫고 나아갔던 실로 어기찬 15년여의 여정이었다. 나아가 이 땅에 머지않아 만개하게 될 한국 자본주의의 출발점이 되는, 우리 나라 최초의 근대기업가로 적바림하는 뜻깊은 순간이기도 했다.

"자, 여기 모이신 여러분! 내 말 좀 들어보시오. 열일곱 어린 나이에 정든 고향땅을 떠나 십년하고도 다섯 해 동안이나 이 세상 모진 고생 두루두루 이겨내어, 이제 갓 서른 넘은 젊디젊은 나이에 여기 이렇게 자기 이름으로 보란 듯이 큰 상점을 개점하였으니. 이런 경사가 또 어디 있겠습니까? 그러하니 퍼질러 둘러앉아 술만 떡만 고기만 배 터져라 드시지 말고, 어서 이리 나와 다 같이 신명나게 한바탕 놀아보질 않으시렵니까? 어허, 좋을씨고 좋을씨고! 이 손목 아꼈다가 금이 나며 옥이 날까. 놀릴 대로 놀려보게. 어허, 이 궁둥이 두었다가 논을 살까, 밭을 살까. 흔들 대로 흔들어라. 어허, 얼씨구, 좋고나!"

이날따라 하늘도 모처럼 쾌청했다. 일일이 헤아려가며 따로 부르지도 않았건만, 상점을 개점한다는 소식을 듣고 아는 사람들이 하나둘 찾아와 상점 마당에 가득 찼다. 먹을거리를 넉넉히 준비하느라 미처 생각지도 못했는데 누가 먼저 들고 왔는지 장구며, 북, 꽹과리, 날라리 소리로 싱숭생숭 어깻바람이 나 상점 앞 저잣거리에는 아주 큰 구경거리가 났다.

"승직아, 뭘 하고 있어? 오늘 같이 기쁜 날 일루 나와 춤이라도 한바탕 추자구나."

한시도 자리에 가만 앉아 있을 수가 없었다. 친구들이 아니면 형들이 잡아끌어내었다. 그도 아니면 이웃 사람들 손에 이

끌려 자꾸만 마당 복판으로 불려나갔다. 그들과 한데 어우러져 몇 차례나 덩실덩실 춤을 추어야 했는지 모른다.

그렇듯 오전나절부터 저물녘까지 시끌벅적 펑덩하게 벌어진 장단 가락은 시간 가는 줄을 몰랐다. 넉넉히 준비한 술이며 떡, 고기가 기어이 동이 날 때까지 그야말로 한참을 노닐면서 자축했다. 끝내 해가 기웃기웃 저물 즈음에야 비로소 상점 마당에서 사람들이 하나 둘 일어나기 시작했다.

오늘날 박승직상점의 기념 조형물이 만들어져 있는, 지금의 종로 4가 배오개에 상점을 개점한 지도 몇 달이 지났을까. 아직도 한낮이면 이마에 내리쬐는 땡볕이 따갑기만 한데, 아침저녁으로는 제법 건들바람이 선들선들한 여름의 끄트머리께 어느 오후였다. 가을을 재촉하는 성급한 소낙비가 한바탕 세차게 퍼붓고 지나간 뒤끝이어서인지, 상점 앞을 지나는 사람들의 발걸음은 여느 날보다 분주하게만 보였다.

그런 박승직상점 앞의 거리에 문득 사람들 사이를 헤치며 여유롭게 내달리는 것이 있었다. 사람들이 서둘러 비켜난 거리 한복판을 건들건들 내달려가는, 이즈음 도성 안의 길거리에서 심심찮게 목격할 수 있는 인력거였다.

높다랗고 창살처럼 가느다란 두 바퀴 위에 사람이 탈 수 있는 자리를 만들고, 다시금 그 위에 검은 포장을 둘러씌운 인력거는, 혼마치의 일본 상인들이 자국에서 들여와 도성 안의 거리를 제 안방인양 무람없이 누비고 있었다.

한데도 인력거가 지나갈 때면 길을 가던 사람들이 비켜나주지 않으면 안 되었다. 인력거를 탄 승객이 대개 일본인을 포함한 외국인이거나, 조선인의 경우일지라도 벼슬아치 아니면 으레 힘깨나 쓴다는 자들이기 일쑤여서였다. 따라서 무슨 고관대작의 가마 행차 때와 마찬가지로 서둘러 피양하지 않았다가는 어떤 봉변을 당하더라도 어디 가서 하소연할 데조차 없었다.

때문에 검은 포장을 둘러쓴 인력거는 수많은 사람들이 오가는 종로거리에서도 거침없이 달릴 수가 있었다. 마치 광야를 달리는 준마와도 같이 정면을 향하여 똑바로 내닫아 왔다.

그리하여 검은 인력거는 마침내 상점 앞을 유유히 지나쳐갔다. 아니 무슨 연유에서인지는 몰라도 상점 앞을 지나쳐가는 바로 그 순간엔, 검은 인력거의 속도가 한참이나 늘어져 바깥바람에 팔랑거리는 검은 포장 안으로 승객의 얼굴이 언뜻 내비춰 보이기까지 했다.

젊고 아리따운 여인이었다. 그러나 일본 기생 게이샤는 결코 아니었다. 옥색저고리 위에 단정하게 빗어 올려 은비녀를 가지런하게 꽂은 쪽진 머리는, 누가 보아도 여느 여염집 조선

부인이 다름 아니었다.

한데 그 검은 포장 안으로 언뜻 비춰보였던 여느 여염집 조선 부인의 얼굴이 왠지 익어보였다. 더할 나위 없이 순결한 검은 눈동자와 티 없이 깨끗한 쌀빛 피부의 여인은 어디서 본 듯이 퍽이나 낯이 익었다.

그랬다. 예전에 볼 수 있었던 소박한 미소가 사라져 잠시 망설이긴 하였으나, 분명 그 여인은 쌀녀였다. 쌀녀가 틀림없어 보였다.

그러나 인생은 늘 오류투성이다. 박승직이란 이름자가 큼지막하게 쓰여 있는, 상점의 간판을 미처 살피지 못한 걸까. 검은 인력거는 상점 앞을 그대로 지나치고 말았다. 그녀가 타고 있는 검은 인력거가 저만큼 시야에서 멀어지고 있을 즈음에야 상점 안에서 누군가가 모습을 드러냈다. 상점의 점주인 승직이었다. 상점을 찾은 상인들과 바깥으로 걸어 나오고 있었다. 저마다 만족스러운 듯이 얼굴엔 웃음이 그치지 않았다. 쌀녀가 타고 있는 검은 인력거가 바람처럼 그렇듯 스러져가고 있는데도 승직은 그저 상인들과 마냥 웃고만 있었다.

그의 이런 웃는 얼굴만큼이나 박승직상점의 출발은 순조로웠다. 오랫동안 다져온 신뢰와 함께 사전 준비조차 단단했던 터라 별 어려움 없이 풀어나갈 수 있었다.

다만 한 가지, 눈 코 뜰 새가 없이 바빴다. 개점과 동시에 전국 각지의 포목 객주들을 대상으로 물품을 도매하느라 혼자의 힘만으론 감당하기 어려웠다. 맏형 승완과 둘째형 승기는 물론, 장조카인 희병까지 상점으로 불러들이지 않으면 안 되었다.

더구나 물건이나 좀 들여놓고 앉아 손님들이 찾아오기만을 기다릴 생각은 추호도 없다고 하던 당초의 다짐대로, 개점 초기부터 공력을 들이고 있는 부분이 따로 있었다. 자신의 발길이 닿지 않은 곳이 없다고 할 만큼 전국 방방곡곡 구석구석 걸어 다니며 일궈 놓은 과거의 시간들이 단순히 부지런함으로 충분했다면, 이젠 그러한 토대 위에서 과연 무엇을 어떻게 다시금 부지런해야 하는가를 고민하고 찾아야 할 시점이었다.

승직은 그것이 곧 상점을 중심으로 한 전국 단위의 판매망 구축이라고 생각했다. 먼저 여력이 닿는 대로 포목 시장의 주 거래 지역이랄 수 있는 곳부터 선점해 나가기로 한 것이다. 황해도와 평안도를 비롯하여 강원도와 멀리 북관 지방에 이르는 포목 객주들과의 거래를 보다 원활히 하기 위해, 그 지역으로 가는 중간 거점이랄 수 있는 경기도 연천과 강원도의 철원·평창 등지에 박승직상점의 지점을 설치하는데 주력했다. 지난 십여 년 동안 오로지 포목 한 가지만을 취급해 오면서 온몸으로 체득한 판매망 확충이 그것이었다.

찻잔 속의 물고기

이런 걸 두고 생게망게하다고 말하는 것일까. 땡글땡글 종소리를 내며 빼곡히 승객을 태운 전차가 종로거리를 천천히 지나가고 난 자리에, 불현듯 하늘에 떠있는 오색 무지개라도 사뿐히 내려앉았나 싶었다. 빨강 주황 노랑 초록 파랑 남색 보랏빛 깃발이 온통 일렁거렸다. 그런가 하면 피리 퉁소 장구 꽹과리 날라리 소리까지 덩더꿍덩더꿍 신명이 난 장단에, 한껏 치장한 어여쁜 기생들이 반짝반짝 웃는 얼굴로 저마다 인력거를 타고서 종로거리를 행진한다고 생각해보라. 볼거리라곤 찾아볼 수 없어 헛헛하기만 한 시절에, 그것도 자그마치 십여 대나 헤아리는 떠들썩한 인력거 행렬이 종로거리를 한꺼번에 와르르 행진한다면. 그거야말로 커다란 눈요깃거리가 아니겠는

가. 오가는 사람들에게 보고, 듣고, 훔치게 하여 단박 눈길을 사로잡질 않았겠는가.

"또 무슨 풍각 패거리인가?"

"약장사 선전 풍각이라네."

"약장사라니?"

"이경봉이란 자가 운영한다는 남대문 근처 그 제생당약방 말일세."

"제생당약방에선 저런 예쁜 기생들도 파나보지?"

"기생들을 팔긴. 제생당약방에서 만들었다는 청심보명단인가 하는 약을 파는 거지."

"청심보명단이라니?"

"이 사람은 이렇게 귀가 어두워. 아, 온갖 역질에 효력이 직방이라고 소문 난 그 약 말일세."

"그럼 그 약을 사주면 저 기생도 한데 끼워주나?"

"끼워주긴, 이 사람아. 그 약을 사라고 저렇게 선전하고 다니는 거지."

"그럼 진작 그렇게 말을 해야 알지. 기껏 약을 사라고 선전한다믄서 저렇게 오색 만장에, 삼현 풍각에, 인력거에 실려 있는 저 기생들은 또 뭔가?"

"무어긴. 저리 호들갑을 떨어야만이 사람들의 눈구멍이 홱

까닥 돌아가서 약을 살 것이 아닌가."

"사람들의 눈구멍이 홱까닥 돌아가야만이 약을 팔 수 있다고 한다면, 우리 같은 범부는 죽었다 깨어나도 어디 약장수 근처라도 가보겠는가?"

"세상이 벌써 그만큼 변했다는 거야. 저 약이 제아무리 직방으로 효험이 있다 할지라도 물 건너 들어온 개화 양약이 또 얼마나 많은가 말일세."

"그러고 보니 똥줄이 탈만도 하겠네."

"때문에 길거리까지 뛰쳐나와 저 난리법석을 떠는 것이 아니겠는가."

"그나저나 이경봉인가 하는 저 약장수, 돈푼깨나 들었겠네. 저 만장이며, 풍각이며, 예쁜 기생들 하며, 인력거까지."

"요샌 선전이 장사의 절반이라고 말한다지 않던가."

"참으로 갈수록 태산이라더니. 하다하다 안 되면 장사라도 해본단 소리도 이젠 다 옛말이 되고 말았네 그래."

"오죽하면 죽기 아니면 까무러친단 얘기까지 나왔겠어."

공연한 소리가 아니었다. 남대문께 제생당약방의 이경봉이란 자가 하릴없어 만만찮은 돈까지 들여가며 종로거리를 그렇듯 행진하고 있는 것이 아니었다. 그렇게라도 사람들의 시선을 붙들어 잡지 않고선 도무지 약이 팔리지 않기 때문에 울며

겨자 먹기로 선전에 나서고 있었던 것이다.

그러나 남대문께 제생당약방에서 만든 청심보명단이라면 한때는 천하가 다 알아주던 만병통치약이었다. 몇 해 전인지, 조선 전역을 휩쓸어버린 호열자(콜레라)가 창궐했을 때에, 그리하여 온통 호열자로 죽어나가고 있을 적에 남대문께 제생당약방이 만병통치약을 만들어 돈벼락을 맞았다는 소문이 난 터였다.

그도 그럴 것이 그때의 호열자가 어떻게나 혹독했든지 말도 꺼내지 못할 지경이었다. 도성 안에서만 수백 명의 사망자가 속출하여 송장 넣을 관 값이 뛰어오르고, 상주들이 입어야 할 상복의 삼베 값이 덩달아 뛸 정도였다.

그럴 때 남대문께 제생당약방이 만든 청심보명단이 직방으로 듣는다는 입소문이 나면서, 한성을 비롯하여 경기 충청 전라 경상도 지방에까지 널리 팔려나갔다. 뿐만 아니라 황해 평안도 지방은 물론 멀리 만주 땅에서까지 날개 돋친 듯이 팔려나간 그야말로 만병통치약이었다.

이처럼 기세등등하기만 하던 제생당약방의 청심보명단이 어느 날 갑자기 된서리를 맞고 만 것은 다른 게 아니었다. 일본에서 들어와 무서운 속도로 시장을 석권해 가고 있는 인단仁丹에 그만 밀려나기 시작하면서였다. 일본의 인단에 밀려나

날로 입지가 좁아지기 시작하자, 빼앗긴 고토를 되찾기 위해 죽기 아니면 까무러치기로 그와 같이 종로거리로 나서고 있었던 것이다.

이렇듯 극심한 상업 환경의 격변 속에서 승직이 뛰어든 종로 상계의 포목 시장 역시 순탄치만은 않았다. 일본의 상권이 노리고 있는 표적에서 결코 벗어나지 못했다.

"우린 전통적으로 아주 오랫동안 쌀, 면, 소금을 생활의 테두리로 여겨왔습니다. 쌀, 면, 소금이라고 하는 '삼백三白경제'를 지향해 왔습니다. 다시 말해 이 삼백경제야말로 우리가 반드시 목숨처럼 지켜내야 할 자존심이라는 얘깁니다. 그러나 작금의 사정이 어떻습니까? 특히나 우리가 종사하고 있는 포목 시장이 과연 어떻게 돌아가고 있느냐는 겁니다."

분위기는 물속처럼 무거웠다. 종로거리에 등장하자마자 단숨에 포목 거상으로 도약한 젊은 승직을 비롯하여 한인 상계에서 내로라하는 이른바 포목 거상들이 한자리에 모여 앉았으나, 그들의 얼굴은 작금의 사정과 관련하여 하나같이 당혹스러우면서도 어두워보였다. 말문을 연 승직이나, 모임에 참석한 사람들 모두 비감한 표정이긴 마찬가지였다.

"우린 앞서 거국적으로 벌여나간 국채보상운동을 일본이 강제적으로 중단시키고 나올 때부터, 이미 저들의 저의가 어디에 있다는 것을 분명히 간파하였습니다. 저들이 고문정치라는 제법 그럴싸한 구실을 내세워 우리 조정으로 하여금 막대한 차관을 빌려다 쓰게 한 뒤, 우리의 경제부터 아예 요절을 내어 결국에는 자국에 예속시킬 속셈이었다는 것을 이젠 삼척동자라도 다 아는 사실일 겁니다."

종로거리에 포목상점 흥일사를 열고 있는 장두현 역시 깊은 한숨을 내쉬었다. 그는 훗날 동양물산주식회사와 조선상업은행 경영에 참여하는가 하면, 서울고무공업사와 경성방직의 창립에도 관여하게 되는 명망 높은 근대 기업가였다.

"이 모든 것이 막대한 자본을 앞세우고 들어온 저 왜놈들의 농간 때문입니다. 지금의 판세대로라면 한인 포목상들 가운데 어디 거덜 나지 않을 이가 누가 있겠습니까? 더 이상 좌시만 하고 있다가는 일본 상인들에게 우리 상권을 고스란히 유린당하고 말 것입니다."

종로거리에 최인성상점을 열고 있고, 훗날 동양물산주식회사의 사장을 역임하게 되는 동대문 거상 최인성이 따져묻듯이 주위 사람들을 둘러보았다.

"삼백경제 얘기까지 나왔습니다만, 다른 건 몰라도 저 쪽바리들에게 우리 포목 시장까지 내어줄 수는 결코 없는 일입니다. 서둘러 대책을 찾읍시다, 대책을."

동대문 쪽에서 주단과 포목 거상으로 소문난 김태희는 대책을 찾아보자며 주위 사람들에게 의견을 구했다.

"좋은 말씀들이요. 우리가 서로 머리를 맞댄다면 분명 무슨 묘수가 도출될 것으로 믿습니다. 저 왜놈들과 맞서 대항할 수 있는."

오랫동안 관직 생활을 하다 상계로 전향한 동대문 거상 김한규는, 여럿이 한자리에 모였다는 것만으로도 분명 일본 상인들과 싸울 수 있는 대책을 찾을 수 있다고 확신하는 듯했다.

"그래서 오늘 이같이 상계의 대표인 여러분과 자리를 함께하여 숙의를 하고자 하였던 것입니다. 한 사람보다는 두 사람이, 두 사람보다는 세 사람이 생각을 나누다 보면 그간 우리가 미처 발견하지 못해 간과하고 있던 어떤 묘수를 찾아낼 수도 있다고 생각한 것입니다."

물론 승직이라고 해서 처음부터 어떤 묘안을 가지고 있었던 것은 아니다. 그러나 포목 상계의 대표들과 한자리에 모여 앉게 되면서 저마다 희망 같은 것을 엿볼 수 있었다. 서로 흩어져 있는 힘을 한데 똘똘 모으자는 데 뜻이 합쳐진 데 이어, 일본 상인들에 맞서 종로 상계를 지켜내기 위한 '광장주식회사'를 설립하기로 의견의 일치를 보기에 이르렀다. 오늘날까지 종로 4가에 한결같이 자리하고 있는 이 광장주식회사는,

종로 4가의 배오개와 동대문 시장을 한데 묶어 경영케 함으로써 일본의 경제 침탈에서 민족 자본을 지켜내고 발전시켜 나가고자 하는 선각자적 혜안에서 설립된 우리 나라 최초의 주식회사였다.

"좋소이다. 나도 참여토록 하겠습니다."

이날의 모임이 모태가 되어 결국 종로와 동대문 일대 포목상 스물여섯 명이 결속하여, 1905년 여름에 광장주식회사를 출범시켰다. 사업 내용은 일본의 거대 자본에 맞서 민족 자본을 지켜내고 발전시켜 나간다는 취지 아래 토지 및 건물 임대, 창고업, 급전 대부 등이 주요 골자였다. 말하자면 상대적으로 허약하고 영세한 한인 포목상들을 보호하기 위한 울타리였던 셈이다. 출범 당시 자본금은 7만 8,000원(쌀 한 가마 값이 3원)이었다. 젊은 승직은 취체역(지금의 이사에 해당함)에 선임되었다.

그러나 한번 칼을 뽑아든 일본은 결코 그냥 거두어들일 줄 몰랐다. 일본 상권의 침탈은 여전히 악귀처럼 집요하고 날카로웠다. 어느 때부터인가 종로 상계에서 뭔가 순조롭다는 얘긴 생급스러운 얘기가 된 지 오래였다.

더욱이 어디서부터 꼬이기 시작했는지 모를 포목 업계의 불황은 도무지 그 끝이 보이지 않았다. 결국 수요자는 관망 상태로 돌아서고 말았고, 목하 성수기에 접어들었음에도 재고 물량이 이동하지 않아 창고에 가득가득 쌓아둔 채 신음소리를 내야 했다.

더군다나 종로 면포상들은 이미 고가에도 망설이지 않는 투기적 매집까지 성행하여 그나마 헐값에 처분하지도 못한 데다, 불황으로 잔뜩 움츠러들고만 은행 또한 금융을 긴축한 결과 면포 현물을 담보로 한 대부마저 용이치 않게 되면서 한인 상계의 어려움은 날로 숨통을 죄어 오고 있었다.

"여보, 뭘 그리 골똘히 생각하고 계세요?"

승직 또한 깊어진 불황으로 어려움이 클 수밖에 없었다. 또 그런 어려움 속에서 결국에는 숨고르기에 들어간, 아내가 보기에도 요즘 들어 부쩍 혼자 앉아 있는 시간이 많아진 남편의 고민을 모를 리 만무했다.

"다 잘 될 거예요, 여보. 어떻게 이 고비만 잘 넘기면 그때부턴 다 순조로울 거예요."

아내는 혼자 앉아 있는 그에게 차를 끓여 가져갔다. 이런저런 고민에 빠져 있는 남편의 뒷모습을 물끄러미 바라보면서도 정작 자신이 할 수 있는 거라곤 그것뿐이라는 사실에 가슴이 저려왔다.

"여보, 이건 막과차예요. 찻잎이 마치 보리알 모양처럼 생겼다 해서 그렇게 부른다나 봐요. 아무래도 맛과 향이 좀 다른 것 같죠?"

아내의 설명을 들으면서 승직은 뜨거운 찻물을 입술에 가져갔다.

"찻잎의 모양에 따라서, 그러니까 참새의 혀 모양처럼 생긴 건 작설차, 매 발톱 모양처럼 생긴 건 응조차, 잎이 말리고 고드러진 것이나 잎이 눌려 납작한 건 낱잎차, 작게 잘린 잎차를 싸락차라고 따로 부른대요."

"당신은 그걸 다 언제 알았소?"

아내는 호호 웃었다. 그냥 심심해서 알아본 거라며 다시 한 번 호호 웃었다.

"그냥 심심해서라고?"

승직도 그만 헛웃음치고 말았다. 그러나 오래 웃고 있을 수만은 없는 일이었다. 아내가 돌아가자 다시금 생각에 잠겨들었다. 깊은 불황으로 어려움에 빠진 상점을 구해내기 위한 고민이었다. 고민에 빠져들면서 또다시 그의 머릿속은 한 가지 생각으로 차올랐다. 생지生知였다.

'…자신의 생지 말일세. 새끼 거미가 태어나면서부터 거미줄을 치는 법을 스스로 알고 있는 것과 같은, 자기 자신의 생지야말로 천지 간에 둘도 없는 가장 확실한 자산이며 역량임

을 잊지 말라는 것일세….'

맨 처음 상인의 길로 나서고자 하였을 때 먹적골 행수가 일러준 스무 가지 상술이며 다섯 가지 상략, 또한 사람의 됨됨이를 판별하는 여덟 가지 방법은 익히 알 수 있을 것 같았다. 또 그러한 가르침은 그가 종로거리에 상점을 개점한 이래 지금껏 더할 나위 없이 든든한 길잡이가 되어주었음이 물론이다.

하지만 먹적골 행수의 그러한 가르침 가운데 오직 한 가지, 바로 그 생지에 관해서는 그로부터 십수 년이 흐른 지금까지도 도무지 알 수 없었다. 상점을 개점하고 난 뒤 곤경에 처할 적마다 안달이 나서 여러 날을 두고 생각에 빠져도 보았으나, 그러나 생각에 빠져들면 들수록 고승의 화두처럼 의문 속에 갇혀 좀처럼 다가서지 못했다.

'…뭘까. 대체 무엇일까. 자기 자신의 생지란 도대체 무엇을 말하는 것일까. 행수 어른께서 과연 내게 또 무엇을 깨닫게 하고자 함이었을까.'

이날따라 아침부터 빗줄기가 줄창 쏟아져 내렸다. 해가 뜨기 이전부터 하늘에서 그리도 천둥소리가 울어대더니만 기어이 장대비를 퍼부어대고 말았다. 골똘히 생각에만 잠겨 있던 그는 장대비 속에 묻힌 희뿌연 종로거리를 한동안 바라보다 말고는 마시다 만 찻잔으로 눈길을 가져갔다. 막과차라며 아내가 진즉 가져다 놓은 식탁 위의 찻잔은 벌써 미지근하게 식어버린 뒤였다.

'무얼까. 무엇이란 말인가….'

따뜻한 기운이라고는 남아 있지 않은 찻잔을 승직은 마저 입술로 가져갔다. 아내가 애써 끓여온 녹차를 그냥 물릴 순 없었던 것이다.

그럴 때 문득 창공을 찢어대는 낙뢰의 번쩍거림과 함께 바라지창 너머에서 빗방울이 후드득 날아들었다. 후드득 날아든 빗방울은 식탁 위에 절반, 찻잔 위에 절반씩 사이좋게 떨어져 내렸다.

승직은 그런 빗방울을 불어내기라도 할 것처럼, 뜨거운 기운이라고는 남아 있지 않은 찻잔을 후후 불어가며 천천히 찻물을 음미했다. 한 모금, 두 모금….

'…뭐지?'

찻물 위에 뭔가 어른거리는 것 같았다. 하지만 이내 찻물을 후후 불고는 말았다. 혹 남아 있을지도 모를 빗방울인가 한 것이다. 한데 다시금 입김을 후후 불었는데도 빗방울은 스러지지 않았다. 스러지지 아니하고 찻물 속을 떠돌았다.

하기는 그게 빗방울일 리 없었다. 바라지창 너머에서 날아든 빗방울이 입때껏 남아 있을 리 만무했다.

'설마…?'

속으로 고개를 갸웃거렸다. 더도 덜도 아니게 산뜻한 미색으로 우러난, 그 절반 정도 남은 찻물 속을 보일 듯 말 듯 미세하게 떠돌고 있는 무언가를 뚫어져라 바라보고 있으면서도 그는 자신의 눈을 의심했다. 아니 의심하고 있으면서도 찻물 속을 떠도는 형상을 따라 그의 동공 또한 점점 더 또렷해져갔다. 점점 더 또렷해져 가다 마치 꿈속에서 놀라 깨어난 사람처럼 낮은 탄성으로 혼자 중얼거렸다.

'그럼, 물고기?'

그때까지도 자신이 목격한 형상을 확신하지 못한 듯 승직은 공연히 주위를 둘러보았다. 주위를 둘러보다 말곤 아내를 소리쳐 불렀다.

"이거 좀 들여다 봐. 뭐가 보이지 않소?"

아내를 불러 대뜸 찻물 속을 가리켰다.

"글쎄요…."

엉겁결에 뛰어온 아내는 찻물 속을 한참 들여다보고 나더니 고개를 내저어 보였다.

"뭐가 보인다고 그러세요? 전 아무것도 보이지 않는 걸요."

그렇게 말하는 아내에게 승직은 찻물 속을 좀 더 유심히 들여다보라고 채근 댔다. 한데도 아내는 한사코 같은 소리만 반복했다. 자기 눈에는 그저 노르스름하게 우러난 찻물밖에는 보이는 게 없다며 애달아하게 만들었다.

"내 눈에는 물고기가 보이는데도 말이오?"

물고기라는 소리에 아내는 다시금 찻물 속을 유심히 들여다보았다. 남편이 말한 물고기를 찾아내기 전에는 결코 자세를 바꾸지 않을 것처럼 한참 동안이나 찻물 속을 살폈다. 그러다 뭔가 희미하게 어른거리기도 한 것 같다고 말은 하면서도 끝내 물고기는 찾질 못했다.

아내는 그런 탓을 순전히 볼품없게 생긴 황갈색의 찻잔으로만 돌렸다. 워낙 거칠고 투박한 데다 울퉁불퉁하게 생겨먹어서 남편이 혹 잘못 본 것일지도 모른다고 생각했다.

"아니오. 분명히 보았단 말이오. 이 찻물 속을 유영하고 있는 미세한 물고기 형상을 이 두 눈으로 보았단 말이오."

남편의 거듭된 주장에 아내는 안 되겠다며 상점의 젊은 점원을 불렀다. 상점의 젊은 점원에게 우장을 내어주며 어서 밖으로 나가 볼록렌즈를 사오라고 내보냈다. 젊은 점원은 우장을 들고 나갔는데도 비에 흠뻑 젖어 돌아왔다. 독일제 볼록렌즈를 사들고서 돌아온 것이다.

"어디 좀 자세히 보도록 합시다."

볼록렌즈를 손에 쥔 승직은 찻잔 안으로 눈길을 가져갔다.

찻잔의 바닥에 돋아 있을 미세한 물고기 형상을 보다 자세히 살펴보기 위해 찻물을 바라지창 바깥으로 쏟아버렸다.

'아니, 이게 어찌된 일이지…?'

한데 알 수 없는 일이었다. 찻잔의 바닥에 분명 돋아 있어야 할 물고기 형상이 보이지 않았다. 애써 볼록렌즈까지 사다 들여다보았는 데도 방금 전까지 보았던 물고기 형상이 감쪽같이 사라지고 만 것이었다.

"참으로 이상한 일이네. 분명 보였었는데 말이오."

아내는 다시 한 번 해보자고 나섰다. 행여 찻물을 쏟아버려서 그런지 모른다고, 물고기 형상을 보았던 처음 그대로 또 다시 찻물을 끓여와 찻잔에 부었다.

그리고 잠시 후 더도 덜도 아닌 산뜻한 미색으로 찻물이 우러나오기 시작하면서, 아주 희미하게 다시금 나타나기 시작한 미세한 형상이 있었다. 그것은 마치 물속을 살아 유영하고 있는 물고기였다. 더구나 그러한 형상이 차츰 눈에 익기 시작하면서부터는 굳이 볼록렌즈를 들이대지 않아도 식별이 가능할 정도가 되었다.

하지만 다시 찻물을 쏟아버리자 앞서 그랬던 것처럼 물고기가 감쪽같이 사라져 버렸다. 볼록렌즈까지 들이대며 찻잔 바닥을 살펴보았으나 물고기의 흔적조차 찾을 수 없었다. 그러다가도 다시금 찻물이 미색으로 우러나오기 시작할 즈음이면 신통하게도 물고기 한 마리가 나타나 찻물 속을 유영하고 있었다. 찻잔을 들어 올리면서 찻물이 흔들거릴수록 찻물 속을 활기차게 유영하고 있었던 것이다.

"잠깐, 이건 또 뭐지…?"

승직은 다시 한 번 찻물 속으로 볼록렌즈를 들이댔다. 찻물 속을 유영하고 있는 물고기 한 마리 말고도 다시 또 무언가 어른거리는 형상을 얼핏 찾아낸 것이었다.

…지도무난至道無難.

분명 그렇게 쓰여 있었다. 물고기 한 마리가 유영하고 있는 찻잔의 맞은편 벽면에 또 그러한 명문이 각인되어 있었다. 다만 그러한 명문이 너무도 작아서 점차 눈에 익기 시작했을 즈음에도 볼록렌즈를 들이대지 않고선 좀처럼 식별하기가 힘들었다.

"아무래도 최 사장님을 좀 불러와 보여야만 할 것 같소."

젊은 점원이 우장을 들고 다시 한 번 빗속으로 뛰어나가야 했다. 도자기를 볼 줄 안다고 알려져 있는 최인성상점으로 내달려갔다.

"무슨 일이오?"

장대비 속에 기꺼이 점원을 따라와 준 최 사장은 그의 설명에 따랐다. 찻물 속을 유영하고 있는 물고기 형상을 볼록렌즈로 한 번, 맨눈으로 한 번씩 번갈아 보았다. 그리고 그 맞은편 벽면에 역시 미세하게 각인되어 있는 명문을 처음부터 볼록렌즈로 살펴보았다.

"…이럴 수가?"

볼록렌즈와 맨눈을 번갈아가며 찻물 속을 살아 유영하고 있는 물고기 형상과 지도무난이라고 쓰여 있는 명문을 들여다본 최 사장은 이내 눈을 휘둥그레 떴다.

"신기한 일이오. 나도 처음엔 설마 했었는데 과연 물속을 헤엄치는 물고기와 지도무난이라는 글자를 보았습니다."

최 사장도 설명을 들은 대로 찻물을 쏟아버린 뒤 찻잔의 바닥을 살펴도 보았다. 그러자 물고기 형상과 지도무난이란 명문이 감쪽같이 사라져 버렸다. 볼록렌즈를 들이대어 보았으나 허사였다. 하지만 찻물이 미색으로 우러나오자 신통하게도 찻물 속을 유영하는 물고기 형상과 함께 지도무난이란 명문이 영락없이 나타났던 것이다.

"그간 수많은 우리 자기를 보아왔으나 이같이 신비한 분청사기도 또한 처음입니다."

최 사장은 그동안 자신이 보아온 숱한 자기 가운데 가장 인상 깊었던 것으로 방형(네모반듯한 모양)의 백자 연적(벼룻물을 담는 아주 작은 그릇)을 꼽았다. '백자 양각 쌍학문 진사채 사각 연적(국립중앙박물관에 전시)'이라는 그 자기는, 네 면 모두 진홍색의 진사로 덮고 평평한 윗면에 두 마리 학이 서로 입을 딱 벌리고서 두 날개를 대각으로 활짝 펼친 그림으로 부조되어 있는, 그 기발한 생김새며 고아한 맛이란 보는 이를 단박 사로잡고도 남는다고 했다.

"그때 그 연적을 보고서 '이 세상에 이것과 똑같은 백자 연적을 다시는 볼 수 없을 것'이라고 말했었는데. 이거야 오늘 또 다시 그러게 생겼습니다 그려."

아무리 보아도 신비하게 생긴 분청사기라며, 최 사장은 비감을 감추지 못했다. 도대체 그 옛날에, 그것도 순전히 사람의 손으로 어떻게 이런 자기를 만들어 낼 수 있었는지 모른다며 탄복했다.

"그릇 빚는 도공이 어여쁘게 만들 줄 몰라 이다지 못생기게 만들어 놓았겠습니까. 겉보기엔 이렇게 덤벙덤벙 대충 만들어 놓은 것 같지만, 어느 이름 없는 도공이 자신만의 혼신을 뛰어넘는 어떤 신명, 그 무아의 천기天氣가 마침내 하늘에 닿을 수 있었기에 이 같은 천상의 찻잔을 만들 수 있잖았겠어요."

간혹 상점에 들렀을 때마다 승직이 그 찻잔으로 녹차를 즐겨 마시고 있는 걸 최 사장도 여러 차례 본 기억이 있다고 했다. 한데 그토록 진기한 줄은 미처 몰랐다며 아쉬워했다.

"침어낙안沈魚落雁이라 했던가요? 물고기가 부끄러워 물속으로 숨어들고, 기러기가 부끄러워서 땅에 떨어진다더니. 참으로 좋은 분청사기 한 점을 갖게 되었소이다."

"한데 최 사장님, 저도 글자를 새겨 넣은 자기를 종종 보긴 했지만. 이런 글자는 왜 넣는 것일까요?"

"그거야 이 자기를 만든 도공에게 물어봐야 알 수 있겠지요. 아무래도 조금은 특별한 자기라는 의미에서 그렇게 글자를 새겨 넣곤 한답니다."

"그럼 이 지도무난이란 글자는 대체 어떤 의미로 넣었을 것 같습니까?"

"《벽암록》에 나오는 글귀입니다."

"벽암록이라면 역대 중국 큰 스님들의 기상천외하고 요긴한 화두들을 모아 놓았다는 책이 아닙니까?"

"그렇지요. 여기서 지도至道는 지극한 도, 영원히 변함이 없는 도를 말함입니다. 무난無難은 문자 그대로 해석할 수 있을 겁니다. 결국 지도무난이라 함은 지극한 도란 어렵지 않다, 다시 말해 '길은 멀리 있지 않다'는 뜻이라 할 수 있을 것입니다. 결국 그 길이 무엇인지는 자기 자신이 스스로 찾아내야 함을 이른 말이 아닌가 싶습니다."

'길은 멀리 있지 않다…?'

"그나저나 박 사장은 이렇게 혼자 보기엔 너무나 아까운 이런 신비한 찻잔을 언제 어떻게 장만을 하였소?"

최 사장은 그게 궁금한지 정색을 하며 물었다. 일찍이 땅끝 해남에서 쌀녀 아버지를 상단의 땅광 속에서 구해내었을 때, 고맙다며 벽장 깊은 데서 꺼내어 억지로 안겨준 볼품없어 보이는 찻잔이었다. 하지만 그날 이후 쌀녀의 분신처럼 오래 곁에 두어온 것이었다. 승직은 그걸 어떻게 다 설명해야 할지 난감했다.

첫 번째 말늦 '박가분'

찻잔 속에서 물고기 형상과 지도무난이란 명문을 발견하기 몇 달 전이었다. 승직의 아내 정숙鄭貞淑은 입정동에 살고 있는 상나나골 할머니를 찾아간 일이 있었다. 상나나골 할머니는 승직의 먼 친척뻘 되는 사람으로, 같은 성당에 다니는 인연도 있고 하여 평소 서로 자주 오가는 사이였다.

"얼굴 본 지가 얼마나 되었다고 또 왔어 그래? 손에 든 보자기는 다 뭣이고."

상나나골 할머니는 언제나처럼 정숙을 안방으로 맞아들였다. 종로거리에선 이미 거상으로 소문난 집안의 안사람인데도 언제 보아도 질박하고 사려 깊은 그녀가 반갑고 정겹기만 했다.

"참기름을 짰는데. 좀 가져왔어요."

"아이고, 또 뭘. 상점의 그 많은 사람들 밥해 먹이기에도 모자랄 판에."

상나나골 할머니는 방안에 쭈그리고 앉아 무슨 일을 하던 중이었던 모양이다. 방안의 것들이 어지러이 널려 있었다.

가만 들여다보니 벽지에다 흰 가루를 흩뿌려놓고선 조그만 한지 봉지 안에 그것을 정성스레 담아 싸고 있었다. 전에도 몇 번인가 본 일이 있었지만, 이날따라 분주하게 움직이는 상나나골 할머니의 손놀림이 신기하다는 생각이 들었다.

"조금만 기다려. 원체 바빠서 그러니."

상나나골 할머니는 곧 일이 끝날 것이라고 했다. 그러니 조금만 기다려 달라고 당부했다.

"얼마 전까지만 하여도 만들어 달라는 사람이 그저 가뭄에 콩 나듯 하더니만. 아, 요샌 여염집 아낙들도 귀티 나게 보이려고 다들 가져다 쓰는지. 글쎄 만들어 달라는 사람이 어찌나 많아졌는지 원."

"그런데 이 가루는 대체 무엇인가요? 참 고와 보여요."

그녀는 상나나골 할머니가 작은 한지 봉지 안에 정성스레 담아 싸고 있는 흰 가루가 무엇인지 여태 모르고 있었다. 더구나 미세하게 빻아 놓아 퍽이나 고와보이는 흰 가루가 못내 궁금하던 차였다.

“이게 그 분가루라는 거야.”

“분가루라구요?”

홀몸으로 살아가는 상나나골 할머니가 무엇인가 만들어 생계를 마련하고 있다는 것은 진작부터 알고 있었지만, 그것이 화장분인 줄은 미처 몰랐었다.

“저는 이게 분인 줄 정말 몰랐네요. 그저 쌀가루와 송홧가루를 배합하여 만든 재래 분만을 보아왔기 때문에 다 그러는 줄로만 알았지 뭐예요.”

“맞아, 그런 방식은 아주 옛날부터 많이들 써오던 것이지. 한데 그건 곡식으로 만든 거라 얼굴에 좀체 달라붙질 않아. 금방 떨어지고 말지. 더구나 쌀겨 냄새까지 풍기는 데다. 그래서 사람들이 이걸 그리도 찾는 것 같아.”

그러면서 제조 과정을 낱낱이 일러주었다. 먼저 연鉛을 끓여서 생기는 서리 모양의 가루를 긁어모았다. 그런 다음 짚재 위에 벽지를 깔고 그 위에다 긁어모은 가루를 얹어 그늘에 말렸다. 그늘에 말리는 작업은 거의 방안에서 이루어졌으며 완전히 마르게 되면 뽀얀 분가루가 되는, 알고 보면 아주 단순하면서도 주먹구구식의 제조 과정이었다.

“이렇게 만들어서 예전에는 내가 머리에 이고 이집 저집 팔러다니기도 했었어."

"잘 팔렸나요?"

"그랬으면 이런 꼬락서니로 살고 있겠어. 포장도 좀 예쁘게 만들고 해서 내놓아야 이목도 끌고 하는데. 그게 뜻과 같이 돼야 말이지."

"상점 같은 데에 내다팔 생각은 해보지 않으셨어요?"

"않긴."

그렇잖아도 분을 사겠다고 찾아오는 사람이 없어 몇 군데 상점으로 가지고 가보았더란다. 한데 한지 봉지에 담아선 팔 수가 없다며 가는 데마다 퇴짜를 놓고 마는 바람에 아주 생각을 접었노라고 했다.

"할머님, 할머님은 이제 만들기만 하세요. 파는 건 아무 걱정 마시구요."

상나나골 할머니는 씁쓸히 웃었다. 십 년 만 젊었어도 그런 생각에 혹했을 거라고 아쉬움을 나타냈다. 그러나 이젠 기력마저 떨어져 한 달에 불과 몇 개도 만들지 못한다며 손사래를 쳤다.

돌아오는 길에 정숙은 상나나골 할머니가 만들고 있는 분을 직접 만들어보고 싶다는 생각을 했다. 그것이 곧 힘들어 하는 남편을 돕는 길이라고 생각했다.

"상나나골 할머니를 모셔다가 화장분을 만들겠다고?"

처음엔 승직도 무슨 소린가 했다. 포목마저 팔리지가 않는 불황기에 무슨 화장분이냐며 영문을 몰라 했다.

"누구에게 팔 만큼 만들어 내시지도 못해요."

"그런데 상나나골 할머니는 왜?"

수량이 많지 않은 만큼 화장분을 만들어 상점 단골에게 사은품으로 주자고 했다. 불황기에 다른 상점들은 포목 값도 깎아준다던데 화장분이라도 사은품으로 주자는 얘기였다.

"이게 별 거 아닌 것 같죠? 그렇지만 우리 여자들에겐 입는 것 못잖게 얼굴에 화장하는 것도 아주 중요하단 말예요."

정숙은 남편으로부터 어렵사리 허락을 받아내어 안채에다 공방을 만들었다. 공방이라야 상나나골 할머니가 그랬던 것처럼 안채 사랑방이 고작이었다. 안채 사랑방에서 너더댓 명의 아낙들이 연일 떠들썩거렸다.

그때까지만 하여도 승직은 심드렁하기만 했다. 그러다 어쩌다 불황이 끝나면 그만 흐지부지되고 말리라 여겼었다. 그저 아내가 하겠다는 걸 애써 말리지 않으면서 화장분이 소량으로 만들어져 나왔고, 그렇게 만들어져 나온 화장분은 상점의 단골손님들에게 사은품으로 거저 나눠주곤 했다.

그러면서 승직은 다시금 고민에 빠져들었다. 쉽사리 끝날 것 같지 않은 불황 속에 날로 고민이 커져가면서, 물에 빠져 지푸라기라도 붙잡는다는 심정으로 행수의 가르침을 다시 한 번 떠올려보았다.

'…자신의 생지 말일세. 새끼 거미는 태어나면서부터 거미줄을 치는 법을 스스로 알고 있는 것과 같은, 그런 자기 자신의 생지야말로 천지간에 둘도 없는 가장 확실한 자산이며 역량임을….'

한데 알 수가 없었다. 행수가 이른 스무 가지 상술이며 다섯 가지 상략은, 또한 사람의 됨됨이를 판단하는 여덟 가지 방법은 이미 익힌 뒤였다. 하지만 행수의 그런 가르침 가운데 단 한 가지, 바로 그 생지에 관해서는 십수 년이 흐른 이즈음에까지도 도무지 이해할 수가 없었다. 상점을 개점하고 난 뒤 곤경에 처할 때마다 안달이 나서 여러 날을 두고 생각에 빠져도 보았으나, 생각에 빠져들면 들수록 마치 고승의 화두처럼 좀처럼 풀리지 않는 의문이었다.

그러던 어느 날이었는지. 두 눈이 휘둥그레지고 만 신비한 일이 벌어졌다. 아내가 끓여온 차를 마시다 찻물 속에 살아 유영하는 것 같은 물고기 형상과 함께 지도무난이란 명문을 우연히 목격케 된 것이다.

그날 이후 승직은 찻잔을 더욱 소중하게 아꼈다. 예전과 다름없이 자신의 찻잔으로 애용하면서도 행여 깨트리거나 잃어버리지 않을까 애지중지했다.

더구나 분주한 시간이 지나 조금 한가한 짬이라도 나게 되면 어김없이 찻잔을 찾았다. 찻잔에 담긴 찻물을 음미하기보다는 찻물 속에 살아서 유영하고 다니는 것 같은 물고기 형상이며, 지도무난이란 명문에 새삼 빠져들고는 했다. 마치 찻잔 속의 벽면에 각인되어 있는 명문이 자신을 생각의 늪으로 안내해가는 길잡이라면, 찻물을 유영하고 있는 물고기는 그런 생각의 늪으로 더욱 빠져들게 하는 닻과 같은 것이 된 지 오래였다.

그러던 어느 날부터였는지. 길은 멀지 않다는 찻잔 속의 명문이 어쩌면 행수가 이른 생지와 같은 의미일지도 모른다는 생각이 겹쳐들기 시작했다. 둘이 동떨어져 있는 것이 아니라 서로 맞닿아 있는 것 같다는 생각을 떠올리게 되었다. 설령 그러한 비약이 자가당착이라 하더라도 분명코 그 안에서 어떤 해답을 찾을 수 있을 것 같다는 막연한 기대에 부풀었다.

'…자신의 생지 말일세. 새끼 거미가….'

말하자면 길이 멀리 있지 않다 함은, 또 그런 길이야말로 다름 아닌 자신이 찾고 있는 생각이 아니겠느냐고 믿었다. 다시 말해 불황을 헤쳐 나갈 어떤 길을 찾고자 한다면, 꼭이 먼 데서 찾으려 하기보다는 먼저 자기 안에서부터 찾아야 한다고 생각케 된 것이다.

또한 자기 안에서부터라고 생각을 좁히는 순간, 하고 많은 것들 가운데 가장 또렷하게 떠오른 생각은 쌀녀와 민영완 사또였다. 이상하게도 그 둘에 대한 기억만은 선명하다 못해 강렬하기까지 했다.

'이 고장에선 종종 있는 일입니다. 어여쁜 아이를 보면 아이의 속살이 마치 쌀빛 같이 희다하여 주위 사람들이 흔히 그렇게 부르곤 한답니다.'

'그럼 이제 분세수를 하마.'

'왜 이런 기억이 유난히 선명한 걸까. 그녀와 민 사또라면 다른 기억들도 얼마든지 있을 텐데. 하필이면 이 기억만일까. 그녀의 쌀빛 피부와 민 사또의 분세수만이 또렷한 것일까….'

그런 어느 날 오후였다. 갑자기 상점 안이 소란스러웠다. 점원들이 여럿 모여 있었으나 좀처럼 가라앉을 줄 몰랐다.

"아무리 어르고 윽박질러 보아도 도무지 막무가냅니다. 숙부님께서 한번 만나보아 주시죠."

낯모를 웬 방물장수(소쿠리에 담아 머리에 이고서 돌아다니며 파는 장수)가 찾아와 생떼를 쓴다고 했다. 상점의 주인을 만나게 해달라고 벌써 사흘째 찾아와 소란을 피운다는 거였다.

"무슨 일인데 나를 만나보고 싶어 한다는 것이냐?"

"아무튼 숙부님하고만 얘길 하겠다고 저 난리지 뭡니까."

장조카인 희병이 분함을 찾지 못했다. 사은품으로 만든 것이지 결코 파는 게 아니라고 누차 설명을 해주었는 데도 한사코 억지만 부린다며 얼굴이 하얗게 질려 있었다.

"파는 게 아니라니?"

"아, 그 화장분 말입니다."

"화장분?"

승직은 방물장수를 데려오라고 일렀다. 대체 왜 그런지 연유라도 들어보자고 했다.

"몇 군데서 소문을 들었어요."

방물장수는 사은품으로 만든 화장분의 소문부터 전했다. 화장분을 써본 여성들 사이에선 이미 소문이 자자하다는 것이었다. 자신도 오다가다 벌써 여러 곳에서 주문까지 받아놓은 상태라고 밝혔다.

"그렇게 팔겠다는데도 상점의 저 점원들이 마치 이 사람을 소똥 보듯 마냥 떠밀어내기만 하잖소."

"말씀을 고맙긴 하오만."

승직은 방물장수를 그냥 돌려보냈다. 화장분은 팔기 위한 제품이 아니라 단골의 사은품으로 소량만이 만들어지고 있다며, 주문 받았다는 몇 봉지는 거저 주곤 말았다.

그리고 저녁이 되어 상점의 문도 모두 닫은 시각, 승직은 여느 때와 다름없이 바라지 창가에 혼자 앉아 차를 마시고 있었다. 하루를 돌아보고 정리하는 그만의 호젓한 시간이었다. 아니 벌써 여러 날째 찾고 있는 생지가 무엇인지, 찻물을 유영하는 물고기 형상과 길은 멀지 않다는 찻잔 속의 명문에 깊숙이 빠져 있었다. 하고 많은 지난날의 편린들 가운데 유난히 선명한 기억의 한 순간을 며칠째 부여잡고 있었다.

'이 고장에선 종종 있는 일입니다. 어여쁜 아이를 보면 아이의 속살이 마치 쌀빛 같이 희다하여 주위 사람들이 흔히 그렇게 부르곤 한답니다.'

'그럼 이제 분세수를 하마.'

다음 순간, 승직은 하마터면 소중한 찻잔을 바닥에 떨어뜨리고 말 뻔했다. 길이 멀리 있지 않다 함은, 날로 깊어가는 불황을 헤쳐 나갈 어떤 길을 애써 찾고자 하는 그에게, 굳이 먼데서 찾으려 하기보다는 먼저 자기 안에서부터 찾아야 한다고 깨닫게 된 그에게 머릿속을 벼락같이 빠르게 스쳐지나가는 것이 있었다.

'결국 그것이었단 말인가…?'

마음이 다급해져 왔다. 생각이 조바심쳐 소리라도 마구 내지르고 싶었다. 찻잔을 손에 그대로 든 채 승직은 서둘러 공방으로 발길을 향했다.

"아니, 당신이 여긴 웬일이세요?"

뜬금없이 나타난 남편을 보고 아내는 당황한 기색이 역력했다. 비좁은 공방 안에 남편이 앉을 만한 자리부터 치우느라 손놀림이 분주했다.

"여보, 찾았소. 드디어 찾았소!"

승직은 들뜬 음성이었다. 들뜬 음성으로 연신 말을 이어나갔다.

"생지 말이오. 지도무난 말이오."

그는 화장분 한 봉지를 냉큼 집어 들었다. 화장분 한 봉지를 집어 들며 이것이 곧 그동안 자신이 찾고 있던 생지며, 지도무난이었다고 단정했다.

"아니 그건 또 무슨 말씀이세요?"

아내는 선뜻 이해할 수 없었다. 남편의 들뜬 음성을 따라가지 못했다.

"원래부터 알고 있었으며, 또한 멀리 있지 않다는 게 대체 무엇을 말함이겠소."

승직은 오직 화장분을 일컬었던 것이라고 확신했다. 이제야 길을 찾은 것 같다며 가슴 벅차했다.

"그럼…?"

비로소 아내의 얼굴도 환하게 밝아졌다. 뒤늦게야 남편의 들뜬 음성을 따라갈 수가 있었던 것이다.

"그렇소. 이 화장분을 대량으로 만들어 팔 작정이오. 포장지도 화장분에 어울리도록 화려하게 꾸밀 거요. 우리 상점의 지점만 하더라도 전국에 한두 군데요?"

처음엔 승직도 미처 생각지 못한 일이었다. 포목마저 팔리지 않는 불황기에 어떻게 화장품을 팔 수 있겠느냐는 생각만을 했다. '우리 여자들에겐 입는 것 못잖게 화장하는 것도 아주 중요하다'는 아내의 조언에도 좀처럼 엄두가 나지 않았다. 한데 원래부터 알고 있다는 생지에 이어, 길은 멀리 있지 않다는 찻잔 속의 지도무난을 목격케 되면서 점차 생각이 좁혀져 갔다. 분명코 그 안에서 어떤 해답을 찾을 수 있을 것 같다는 막연한 기대에 부풀어 반추케 되면서, 결국 상나나골 할머니와 만들고 있는 화장분을 다시금 생각하게 된 것이라고 했다.

그렇게 탄생케 된 것이 박가분朴家粉이었다. 상표를 어여쁘게 지어야 한다고 아내는 한사코 바랐으나 승직의 판단은 달랐다. 무엇보다 신뢰를 중요시하여 그같이 이름을 지었다. 산에 들에 유난히 꽃들이 만발하던 1916년 봄날이었다.

그러나 확신에 찬 승직과 달리 상점의 어느 누구도 큰 기대를 걸지 않았다. 심지어 아내마저도 장맛비 속에 물장사를 하자는 것이냐며, 불황기에 대량 생산은 위험을 초래할 수 있다고 망설였다. 박가분이 상품으로서의 가치를 지녀 팔려 나갈 것으로 생각하기보다는, 전과 같이 단골손님들에게 덤으로 그냥 나누어주는 편이 더 이익이 될 수 있다고 여길 정도였다.

한데 박가분을 출시한 처음부터 이상한 일이 자꾸만 벌어졌다. 대량 생산 체제를 미처 다 갖추지 못해 초기에는 경기도와 강원도 일부 지역에만 한정 판매에 나섰다. 그런데도 박가분을 써본 여성들의 입소문이 빨랐다. 입소문이 빠르게 나면서 박가분을 찾는 이가 시나브로 늘어나는가 싶더니, 어느덧 전국적으로 유명세를 얻은 화장분으로 부각되었다. 세상에 나온 지 얼마 되지도 않아 날개 돋친 듯이 팔려나가면서 단연 인기 상품으로 떠올랐다.

"숙부님, 솔직히 저희도 잘 모르겠어요. 마치 누가 시켜서 그런 것처럼 박가분이 상점의 지점에서 뭉텅뭉텅 빠져나가고 있습니다."

"처음에 반짝 하고 마는 것은 아닐까?"

"반짝이라뇨? 매일같이 주문이 씩씩하게 늘고 있는 추세입니다. 지금처럼만 나가준다면 하루에 5백 상자 유지는 그리 어려울 것도 없을 것 같습니다. 하루 매상고 4천 2백 원(당시 쌀 한

가마 값이 6원) 선도 문제 없을 것 같구요. 직공 30명이 만들고 있지만, 지금으로선 물건 달리는 날이 더 많은 것 같습니다."

아내 또한 자신의 판단이 그른 것이었음을 솔직히 인정했다. 볼품없게 생긴 찻잔이 아무래도 신통하기만 하다며 하루에도 몇 번씩 얘기를 했다.

최인성상점의 최 사장도 신기해 하기는 마찬가지인 듯싶었다. 그날 이후 짬만 나면 찻잔을 청상하고 싶어 왔다며 자주 들르고는 했다.

"고거 참, 보면 볼수록 신기하단 말야. 가뜩이나 모두들 어렵다고 아우성인데 이 작은 찻잔 속에서 그런 영험한 영감을 얻을 수 있었다니."

최 사장은 부러운 눈길로 또다시 찻잔을 매만졌다. 당분간 포목 상점의 문을 닫고서라도 자신 또한 당장 땅끝으로 내려갈 일이라며 우스갯소리도 마다하지 않았다. 자신도 자기 한 점을 얻어다 무슨 영험한 영감이라도 얻어야지, 그렇지 않았다간 왜놈들 등살에 다 죽게 생겼다며 엄살을 떨었다.

"저에게 그 찻잔을 물려주신 분은 이미 고인이 되었소이다."

"그러면 어떻소? 무덤 속에 들어가서라도 불황으로 다 죽게 생겼으니 나도 박승직이처럼 찻잔 하나 주십쇼, 해야죠."

최 사장은 기분 좋게 웃었다. 아무리 봐도 눈에 쏙 든다며 볼품없게 생긴 찻잔을 이리 보고 또 저리 보았다. 그러다 부러운 눈길만을 잔뜩 남겨둔 채 돌아가곤 했다.

"자, 오늘도 또 웃고 갑니다. 이 담에 또 봅시다."

그렇듯 불황의 늪을 어렵잖게 헤쳐 나가고 있었다. 종로거리며 동대문시장의 포목 상점들이 일본 상인들의 농간으로 비명을 지르고 있을 적에도 배오개의 박승직상점만은 예외였다. 그야말로 날개 돋친 듯이 팔려나가고 있는 박가분의 인기로 박승직상점만은 때 아닌 호황을 누렸다.

그러나 가깝게 지낸다는 최 사장은 물론이고, 아내에게조차 미처 다 고백하지 못한 부분이 있었다. 어쩌다 천지신명께서 도와주어 일이 순조롭게 풀리게 된 거라고 애써 손사래치고 말았으나, 승직의 가슴 한켠엔 어느 누구도 모를 쌀녀에 대한 그리움이 숨은 통증처럼 자리 잡고 있었다.

'…그럴지 모른다. 이건 그때 쌀녀가 말한 것인지 모른다. 그녀가 내게 준 그 세 가지 말늦 가운데 하나일지도 모를 일이다….'

딴은 그렇게 생각지 않고서는 요즘 들어 이해되지 않는 이상한 일들이 너무도 많았다. 예전에 별 생각 없이 그녀의 아버지한테서 얻게 된 찻잔에서부터, 그로부터 십수 년이 지나서야 마침내 그 찻잔 속에서 목격하게 된 물고기 형상이며 지도

무난이란 명문, 또한 행수가 이른 생지에 이르기까지. 그리고 그런 일련의 기억들 속에서 우연찮게 화장분을 생각해낸 것하며, 더구나 기대하지 않았음에도 시장에 선보인 지 불과 얼마 되지 않아 어느덧 상점의 인기 상품으로 자리 잡기까지.

'…과연 그렇단 말인가? 쌀녀가 말한 첫 번째 말늦이 바로 이 박가분으로 나타난 것이란 말인가? 그렇다면, 그렇다면 그 다홍빛 노을 아래에서 내게 이른 두 번째, 또 세 번째 말늦 역시 앞으로 현실로 나타난단 말인가…?'

밤이 깊도록 바라지 창가에 앉아 있었다. 누구도 깨뜨릴 수 없는 견고한 침묵 속에 홀로 사색하고 있었다. 그의 눈길은 오직 볼품없어 외로워 보이는 찻잔의 둘레에 머물렀다. 결코 간단치 않을 자신의 운명을 예견이라도 하는 듯이 아련한 슬픔으로 외로워 보이는 찻잔의 언저리에만 맺혀 있을 따름이었다.

길 없는 길

그치지 않는 비란 없다. 멈추지 않는 바람이란 또 없다. 일본의 농간으로 한인 상계에 불황이 깊어진 가운데서도 인기 상품 박가분으로 때 아닌 호황을 누렸던 박승직상점은, 그러나 꽃잎은 지기 마련이었다. 열흘 붉은 꽃잎은 없듯이 제아무리 화려하게 피어난 꽃잎일지라도 꽃이 피어나면 반드시 지기 마련이었다. 조선의 국모 명성황후를 무참히 시해(1895)하면서 본격적인 조선 침략의 야욕을 대명천지에 드러낸 일본은, 그 사이 우리 정치를 도와준다는 허울 좋은 고문정치를 내세워 우리 조정으로 하여금 공짜처럼 보이는 돈(차관)을 마구 빌려다 쓰게 해서 손과 발을 꽁꽁 묶어버렸다. 그런 다음, 끝내 한인 상계마저 절단내어버릴 속셈으로 1905년에는 생전에 듣도 보도 못한 화폐개혁까지 전광석화처럼 단행해버렸다.

그야말로 한인 상계로서는 멀쩡하던 하늘에서 날벼락이 떨어지고만 재앙이었다. 이른바 조선 정부에게 빌려준 돈을 돌려받기 위한 거라는 '재무고문용빙계약'에 따라 조선 정부의 재무고문으로 현해탄을 건너온 일본 대장성의 조세국장 메가다目賀田種太郎에 의해 기습적으로 단행된 화폐개혁은, 무엇보다 전통적으로 널리 유통되고 있던 한인 상계의 어음 거래를 전면 금지시켜 휴지조각으로 만들어 버렸다. 뿐만 아니라 말도 안 되는 구 화폐와 신 화폐의 환전조차 사보타주(Sabotage, 태업)함으로써, 가뜩이나 어려워진 한인 상계로서는 그냥 앉아서 날벼락을 맞을 수밖엔 없었다.

따라서 일본에 의해 주도된 갑오경장(1894)으로 5백년 전통의 종로 육의전이 와해된 데 이어, 그나마 가까스로 살아남아 있던 몇몇 상인들조차 화폐개혁이라는 날벼락을 맞으면서 자금난에 허덕이게 되었다. 그러다 결국에는 집단으로 도산하고 마는 사태로까지 번졌다.

이같이 기습적인 화폐개혁을 단행시키면서 새로운 화폐 주조권과 은행권의 발행 권한까지 일본이 손에 거머쥐면서, 이번에는 기다렸다는 듯이 일본 상인들이 현해탄을 건너 꾸역꾸역 밀려들었다. 남산 발치 일본인 거류 지역인 혼마치에 3만여 명 정도였던 일본인 거주자가 화폐개혁을 단행한 그 해 벌써 8만여 명 수준으로 크게 늘어났다. 말할 것도 없이 그들이 침투하여 세력 확장의 무대로 삼고자 하였던 곳은 당연히 종로거리였다. 이미 확실하게 뿌리내린 남촌의 혼마치에 이어, 한인 상권의 노른자위인 종로거리마저 기어이 장악하려 든 것이다.

물론 이들의 침투를 막기 위한 한인 상계의 대응이 없을 리 만무했다. 대정부 탄원과 고발이 잇따랐다.

하지만 우리 정부는 이미 이빨 빠진 호랑이였다. 일본으로부터 막대한 돈을 빌려 쓰면서 일제의 간섭을 받기 시작한 우리 정부의 형식적인 단속은 아무러한 효력도 발휘하지 못했다. 집요하게 종로거리로 진출을 시도하는 일본 상인들과 이를 저지하려는 한인 상인들 사이에는 매일같이 험악한 분위기가 연출되었다. 아니 한인 상인들은 일본 계림장업단鷄林奬業團의 폭력을 그저 바라보고만 있을 수밖에 없었다.

사실 이 시기의 일본 계림장업단은 말이 좋아 행상단이지 한인 상계를 위축시키기 위한 보수 우익의 폭력 단체였다. 일본 군복과 비슷한 단체복을 맞춰 입고서 니뽄도와 권총으로 무장한 채 종로거리를 무람없이 활보하고 다니며 물건을 강매하고 다녔다. 그러다 한인 상인이 어쩌다 반발이라도 할라치면 정당방위를 내세우며 서슴없이 흉기를 휘둘러댔다. 한인 상계에선 언제 어떻게 그 같은 폭력 단체가 들이닥칠지 모르는 가운데 저마다 불안과 위기감 속에 떨어야 했다. 뭔가 한시 바삐 대책이 마련돼야만 했다.

결국 한인 상계가 모두 한 자리에 모였다. 일본 계림장업단의 폭압적인 분위기에 맞서 한인 상계의 권익을 스스로 지키기 위한 경성포목조합(1918)이 조직되었다. 이 조합의 조합장으로 선임된 승직은 당면한 한인 포목 상계의 불안과 위기감을 극복하기 위해 동분서주했다. 조선총독부를 찾아가 계림장업단의 폭력을 당장 중지토록 촉구하는 한편, 포목 상점들의 파산이 속출하던 1920년대에는 조합장으로서 시중 은행을 찾아다니며 긴축 재정의 완화를 호소하기도 했다.

그러나 불안과 위기감은 비단 상점의 바깥에만 존재하는 것이 아니었다. 지난 10여 년 동안 박승직상점의 버팀목이었던 박가분의 인기 또한 빠르게 시들어갔다. 화폐개혁 이후 물밀 듯이 쏟아져 들어오기 시작한 일본의 고급 화장품들을 따라잡지 못해 시장에서 급속히 자리를 빼앗겨갔다.

“사장님, 동아일보와 조선일보에 광고도 실어보았으나 별 소용이 없는 것 같습니다. 매출 폭락이 연일 멈출 줄 모르고 있습니다.”

승직 또한 백방으로 노력을 다했다. 일본 화장품 제조업체에서 근무한 경력이 있다는 한국인 기술자를 어렵사리 합류시켜 품질 개선을 꾀해보기도 하고, 그도 여의치 않자 포마드·크림·로션 등 제품의 다변화로 어려움을 헤쳐 나가보려고도 했다. 하지만 그러한 노력에도 일본 제품에 밀려나 고전을 면치 못하다 끝내 화장품 제조를 접지 않으면 안 되었다.

더구나 그런 일련의 몸부림에도 불구하고 안팎으로 밀려드는 불황의 골은 깊어만 갔다. 박가분을 접게 된 박승직상점 역시 계속해서 채무가 늘어가 당장 급한 불을 끄지 않으면 안 되었다. 1920년에는 자신이 소유한 토지를 매각해 2만 7,000원(현재 약 32억 4,000만 원)을 우선 변제해야 했다. 그 이후에도 경영의 악화는 계속되어 1925년에 이르자, 그동안 차입한 금액이 무려 4만 6,000원(현재 약 55억 2,000만 원)에 달할 지경이었다. 이 부채는 결국 박승직상점을 정리할 수밖에 없을 정도로 치명적인 금액이었다.

"어떡할 셈이오, 박 사장?"

찻잔을 청상하고 싶어서 또 들른 거라지만, 최인성 사장은 못내 안타까워했다.

"걱정이 큽니다."

"여기서 밀리면 다시 살아남긴 어려울 것이오. 특단의 대책을 세워야만 할 거요."

"그래서 고민 중입니다."

"상점을 공개하여 자금부터 튼튼히 하시오. 딴은 그 길밖엔 없질 않겠소."

"심사숙고하고 있는 중입니다."

그러나 승직에겐 선택의 여지가 없었다. 지금 당장 상점을 해산하지 않으려면 자산을 정리하고 공개하지 않으면 안 되었다. 외부에서 자금을 끌어들여 주식회사 체제로 개편해야만 했던 것이다.

결국 1925년 상점을 정리한 결과, 박승직상점의 자산이 1만 5,000원(현재 약 18억 원) 정도로 평가되었다. 여기에다 그동안 차입한 4만 6,000원 가운데 1,000원을 감액한 4만 5,000원을 전액 출자하는 형식으로, 자본금 6만 원(현재 약 72억 원) 규모의 '주식회사 박승직상점'으로 개편시켰다. 주식은 총 1,200주를 발행했는데, 1주당 가격은 50원(현재 약 600만 원)이었다.

또한 이때부터 ㈜박승직상점의 대외 선전을 위해 달력을 제작하여 배포하고 나섰다. 또한 동아일보와 조선일보 등 신문 광고 게재에도 각별히 신경을 썼다. 그런가 하면 재고 상품에 대해 보험에 가입하는 등 상품의 관리에도 보다 철저를 기했다.

그렇듯 겨우 한숨을 돌리고 난 어느 날이었는지. 점심을 먹은 직후라서 슬금슬금 졸음이 밀려들 참이었는데, 그때 누군가 상점 안으로 불쑥 들어서는 이가 있었다.

"손님, 무엇을 찾으세요?"

승직의 장조카 희병이 그를 발견하고는 서둘러 곁으로 다가섰다.

"잠깐 들렀을 뿐이오."

희병은 그가 물건을 살 사람이 아니라는 걸 거의 직감으로 알아차렸다. 그렇다고 그를 허투루 대하지도 못했다.

양복장이 지나간다 길을 비켜라
세비로 궁둥이에 빵꾸가 나서
사루마다 속엣 것이 삐죽삐죽
멋장이 지나간다 길을 비켜라

이 무렵 도성 안에서 아이들이 불러대기 시작한 노래였다. 꼭이 그 노래 속의 주인공 같았다. 번화하다는 종로거리에서조차 아직은 흔치 않은 팔자 콧수염을 기르고서, 머릿기름을 쫙쫙 발라 이마에서부터 정수리까지 정확히 머리 한가운데를 이등분하여 가르마를 탄 와케머리며, 미끈한 양복에 노오란 나비넥타이까지 맨, 백구두를 신고 가죽가방까지 손에 든 말쑥한 모양이 제법 의젓하면서도 돈푼깨나 있어 보이는 개화장이 신사였다.

"그러시다면…?"

"난 이 상점의 사장을 만나러왔소만."

"그럼 누구시라고…?"

"그냥 그리 전해주구려."

상점의 사장을 만나러 왔다는 소리에 희병은 별 의심도 없이 상점 안쪽의 작은 방으로 그를 안내했다.

"아니, 자넨?"

방문이 열리자 방안에 앉아 있던 승직이 그만 깜짝 놀라 자리에서 일어났다. 방안의 그를 보고 깜짝 놀라하기는 방 밖에서 있는 개화장이 신사 역시 다르지 않았다.

"도대체 이게 얼마 만인가?"

승직은 활짝 웃는 얼굴로 그를 맞았다. 방 밖에 서 있는 개화장이 신사 앞으로 걸어가 두 손을 와락 붙잡았다.

"암만 해도 칠팔 년을 족히 되지 않았겠는가."

개화장이 신사는 다름 아닌 김만봉이었다. 길고 텁수룩한 머리에 창백한 얼굴, 송파 장터에서 땅바닥에 '적심'이라고 써 보였던 예전의 모습은 더 이상 찾아보기 어려웠다.

"그래, 웬일인가, 여기 경성엔?"

"웬일이긴. 승직이 자네하고 대경이 얼굴이 보고 싶어서 불원천리 달려온 것일세."

그동안 만봉과 대경은 서로 서신 연락을 주고받은 듯이 보였다. 대경에 대해 훤히 꿰뚫어 안다는 눈치였다.

"가보세, 승직이 자네도."

"어딜 말인가?"

"어디긴 어디겠는가. 대경일 보러 가잔 말일세."

지금쯤 아마 자신들을 기다리고 있을 거라고 단언했다.

"실은 내가 황금정(지금의 을지로 일대)에 있는 대경이 땅을 좀 사기로 했거든."

"자네가? 황금정에 있는?"

"언제인가 자네에게 내가 말한 적이 있잖은가. 고향에서 좀 더 갈고 닦은 다음에 경성과 같은 이런 대처로 나오겠다고 한."

"그럼 박천에서 사업을 모두 접고 여기 경성으로 올라오겠다는 건가?"

그래서 대경을 만나러 가는 길이라고 했다. 친구의 얼굴도 볼 겸 함께 가보지 않겠느냐며 승직을 잡아끌었다.

한데 승직은 가회동 대경의 저택 마당 안으로 들어서면서 그만 꼭이 두 번씩이나 놀라지 않을 수 없었다. 그가 대단한 재력가의 후손이라는 건 젊은 날에 처음 만났을 때부터 이미 짐작하고 있는 일이었다. 그렇대도 지난날 그가 조선 상계를 취락펴락했다던, 땅끝 해남에서 쌀녀의 아버지를 납치하기도 한 바로 그 종로 육의전 장두환 상단의 첫째 아들인 줄은 정말이지 모르고 있었다. 그러한 인연으로 엮어져 있을 것이라고는 꿈에도 몰랐다.

"하긴 대경이 그 친구가 신학문을 공부한다며 일찍이 일본으로 유학을 떠나, 명치대 법학부를 졸업할 때까지 십년 가까이 조선에 없었다니 그럴 만도 하겠네. 더구나 일본에서 돌아와서도 여태 아버지 장두환 대방을 뒤에서 소리 나지 않게 도왔을 뿐, 외부엔 일체 나서지 않았다니 그럴 만도 하잖은가."

그러나 정작 놀라웠던 것은 그 다음이었다. 온갖 정원수들이 자태를 뽐내고 서 있는, 널따란 마당 한켠 등나무 그늘 아래에 서서 자신을 말없이 바라보고 있는 낯익은 얼굴 때문이었다. 비록 예전의 그 소박했던 미소는 찾아볼 수 없었으나, 그렇대도 오래 전부터 익숙한 얼굴이라 낯선 생각이라곤 잠시도 들지 않는 그녀였다. 더할 나위 없이 순결한 검은 눈동자와 티 없이 깨끗한 쌀빛 살결의 쌀녀가 틀림없어 보였다.

'아니, 여긴 왜…?'

그녀를 마주한 순간 승직은 어느덧 그 옛 시절로 돌아가 있었다. 그녀를 처음 만났을 때의 감정으로 돌아가 얼굴이 후끈

달아올랐다. 그때로부터 수많은 시간이 흘렀건만 그러한 시간들은 순식간에 사라졌다. 오직 처음 만났을 때의 모습으로 돌아가 다시금 마음이 조바심치고 손엔 벌써 땀을 쥐었다.

그러나 무어라 입을 열어보기도 전에 낙담하지 않으면 안 되었다. 의자에 몸을 깊숙이 파묻은 채 그녀 곁에 도도히 앉아 있는 대경을 본 순간 그만 가슴이 철렁 내려앉고는 말았다. 그녀와 대경의 얼굴이 겹쳐지면서 비로소 이곳이 그의 집임을 새삼 깨달아야 했다.

'…그렇다면?'

승직은 혼란스러웠다. 만봉을 따라 발걸음을 내딛고는 있었으나 마치 구름 위를 걷는 듯 실감이 나지 않았다. 쌀녀와 대경이 나란히 앉아 있는 등나무 그늘이 그저 아득하게 멀어 보였다.

"아! 오랜만이야, 대경이?"

다음 순간 만봉의 우렁찬 음성이 주위를 압도했다. 저만큼 등나무 그늘에 앉아 있는 대경을 보고서 먼저 아는 체를 했다.

쌀녀는 그 즈음에야 자리를 떴다. 승직과 만봉이 등나무 그늘에 가까워지고 있을 땐 이미 안채로 사라진 뒤였다.

"자네들은 젊은 날이나 지금이나 변함이 없군 그래."

의례적인 인사말을 한두 마디 건넸을 뿐 대경은 더 이상 입을 열지 않았다. 승직 또한 딱히 할 말이 없었다. 실로 십수 년 만에 세 사람이 다시 만났으나, 만봉 혼자만이 즐거웠다. 다만 헤어지기 전에 대경은 자신의 심경을 슬쩍 내비쳤을 따름이다.

"이젠 만봉이도 경성으로 올라온다니. 나도 이젠 슬슬 상계에 나가볼까 생각 중이네. 우리 셋이 친구로서 경쟁을 벌인다면 경성 상계도 퍽이나 재미있어지지 않겠나?"

"암은, 재미있어지고 말고."

만봉이 맞장구를 쳤다. 너털웃음까지 터뜨려가며 분위기를 띄웠다.

"승직이, 자네도 봤지? …아까 그 여자 말일세."

대경과 헤어져 마당을 걸어 나오면서 만봉이 불쑥 물었다.

"그 여자, 대경이 첩이라네."

'…첩?'

"내가 몇 해 전부터 보아왔는데 저런 절색도 따로 없어. 암튼 저 친구는 여복도 많아. 대체 난 언제나 저런 여잘 품안에 넣어보지?"

사내란 그저 저런 미색하고 그 짓거리만을 생각하는 것이 아니겠느냐며, 만봉은 한바탕 웃어젖혔다. 언제인가는 기어이 자신의 그런 꿈이 이뤄질 날이 올 것이라며 다시 한 번 소리내어 웃어젖혔다.

한데 대경의 집을 나서기 직전에 승직은 다시 한 번 놀라지 않을 수 없었다. 또다시 낯익은 얼굴과 정면으로 마주치면서 잠시 혼란에 빠져들었다. 손님을 배웅하기 위해 대문 옆에 서서 기다리고 있는 이는 뜻밖에도 맹추였던 것이다.

하지만 승직도 맹추도 서로의 얼굴만을 확인했을 뿐 아무런 말도 하지 않았다. 피차 할 말이 많을 것 같았으나 누구도 입을 열지 않았다. 승직은 그런 맹추에게 자신의 명함을 내밀었다. 맹추도 아무소리 없이 명함을 받아들었다.

"저 맹추라는 사람, 전부터 아는 사이였어?"

만봉은 맹추가 대경의 집사라고 일러주었다. 소문듣기론 대경의 첩과 배다른 오빠란 소릴 들었다고 했다.

"여보게, 그나저나 내 꿈이 뭔지나 아는가?"

헤어지기 직전에 만봉은 정색을 하며 물었다.

"난 말일세. 조선 제일가는 부자가 될 걸세. 그래서 대경이 저 자식을 보란 듯이 거꾸러뜨리는 거. 그런 다음에 저 여잘 빼앗아 내 품에 안고 자는 거. 어떤가? 생각만 해도 절로 신명이 나지 않은가?"

손탁호텔에서 만나볼 사람이 있다며 만봉은 먼저 손을 내밀었다. 그런 뒤 손을 번쩍 들어 올려 택시를 불러 세웠다. 택시는 흙먼지를 일으키며 득달같이 내달려왔다. 만봉은 자신의 양복자락에 묻은 흙먼지를 툭툭 털어낸 뒤 택시에 오르며 이렇게 덧붙였다.

"승직이 자넨 상도가 아니면 결코 가려 하질 않겠지. 그렇지만 난 조금 다르다네. 난 말일세. 돈을 위해서라면 무슨 짓거리라도 할 수 있어. 이런 흙먼지도 돈이라면 결코 털어버리지 않았을 걸세. 그렇다고 이런 나를 보고서 비웃지는 말게. 대경이 저 친군 나보다 더하면 더했지 덜하지는 않으니까 말일세. 예를 들면 이런 거라네. 난 쾌락과 황금 이 두 마리 토끼를 쫓지만, 대경이 저 친구는 그 두 마리 토끼를 쫓는 것 같아도 실은 황금이 더 우선이라네. 대경이 저 친군, 아마 황금을 위해서라면 지옥의 악마라 하더라도 손을 잡고 거래를 하려들 걸세, 하하하!"

그날 저녁, 곧바로 맹추를 만나볼 수 있었다. 명함을 보고 상점으로 찾아온 것이다.

"장두환 상단의 큰아들 대경이 이놈이, 날 꼼짝없이 속인 거여."

맹추는 자리에 앉자마자 분통을 터뜨렸다. 언제인가 강원도 통천 가는 원행 길에 주막집 봉놋방에서 우연히 승직과 마주친 적이 있었던, 다짜고짜 그 얘기부터 꺼내어놓기 시작했다.

"원통에 산다는 천명박이란 보부상인가 하는 자가 벌써 여러 해 전에 이미 죽고 만 걸 대경이 그 놈은 뻔히 알고 있었으면서도, 그 놈이 쌀녀를 가로챌라고 나한테 그렇게 추심을 보냈던 것이어. 나가 맘이 약해 어린 딸년조차 잡아오지 못할 줄 뻔히 알고 있었으면서."

그렇게 빈손으로 돌아와 보니, 그새 세상이 바뀌고 말았더란다. 쌀녀는 이미 대경에게 겁간을 당한 뒤였더란다. 추심을 다하지 못한 죄로 그만 옴짝달싹 없이 쌀녀를 빼앗기고 말았다며 가슴을 쳤다.

"그렇게 몇 달이나 매일 밤이면 그 놈이 사람을 시켜 쌀녀를 데려갔어."

그때 자신이 왜 그토록 무기력했었는지 모른다며 맹추는 한 번 더 가슴을 쳤다.

"처음엔 둘이서 강진으로 야반도주라도 할까 혔지."

'…?'

"그러자고 쌀녀랑 혔는디. 혔는디…."

잠시 말을 잇지 못했다. 기가 막힌다는 듯이 맹추는 한숨을 오래 내쉬었다.

"…그런 어느 날인가 본께. 쌀녀가 덜컥 임신을 해부렀더라고. 그 놈의 씨를 배고 만 것이어. 허어, 내 참…."

치밀어 오르는 분노를 말로는 다할 수 없어서일까. 맹추의 얼굴엔 어느 사이엔가 눈물이 그렁그렁 괴어가고 있었다.

"아, 그란디 그 놈이 한양으로 그냥 가버리더란 말여."

그녀는 몇 달 뒤 혼자서 딸아이를 낳았고, 그 딸아이가 두 살이 되도록 아무 소식도 없더니. 갑자기 사람을 보내서 한양으로 데려갔다고 했다.

"쌀녀를 따라와서 보니까. 그 놈에게 이미 본처가 있더라고. 무슨 대감인가 뭔가 하는 고관대작의 딸이라나 뭐라나. 그라믄 뭣혀. 그 본처가 정신이 왔다 갔다 해서 서양 병원에 들어가 있는디. 남들이 보기엔 쌀녀가 그 놈 처 곁에서 시중이나 들고 간호하는 사람같이 보일지 몰라도. 실은 고것이 아니여. 지금껏 첩질 생활이지 머시여."

처음엔 아버지가 진 빚으로 발목을 잡더니만, 나중엔 그 놈의 씨가 쌀녀를 붙잡고 말았다며 알 수 없는 헛웃음을 지었다. 헛웃음만으로는 마음이 풀어지지 않는지, 벽면에 자신의 머리통을 자꾸만 쿵쿵 찧어댔다.

"그렇지만 승직이 네가 알아둘 것이 있어야."

'…!'

"몸은 저리 되고 또 말은 안 혀도, 시방까지 쌀녀는 너를 잊지 못하고 있을 것이어. 지금도 가슴속엔 오직 너뿐일 것이여."

맹추는 그쯤에서 말을 마쳤다. 거기까지가 자신이 말할 수 있는 얘기의 전부인 듯 그렇듯 단숨에 내뱉고 나서는 멀뚱멀뚱 승직의 얼굴만 한동안 바라 보았다. 그러다 뒤늦게 무슨 생각이 들었는지 묻지도 않은 답변을 다시 이어나갔다.

"참, 말이어. 나가 왜 그 놈의 웬수 집에 붙어살고 있는지. 승직이 너도 궁금하제?"

'…!'

"허긴 말도 아니제, 아암. 그란디 이런 나라도 쌀녀 곁에 있어주지 않으면 쌀녀가 어떻게 하루라도 살았것냐. 이런 나라도 곁에 있어 주었응께 어린 딸년 바라보고 버티어냈것지. 나가 쌀녀만 아니었어도, 쌀녀만 아니었어도 진작에 저 하늘을 나는 새처럼 어디론가 훨훨 날아가 부렀을 것이어. 멀리, 아주 멀리…."

맹추는 그렁그렁 괴어 있는 눈물을 손등으로 쓰윽 문질러 냈다. 고통스럽게 자신의 얘기를 마치면서 이제는 허탈한 듯 벽면에 등을 기대고 앉았다. 달빛에 휘영청 젖어 있는 바라지창을 한동안 바라보았다. 손을 내뻗어 어깨라도 닿으면 금방이라도 울어버릴 것만 같은 처연한 눈빛이었다.

승직은 그런 맹추가 부럽기조차 했다. 차마 눈물을 내보일 수 없어 목젖을 앙다물고 있는 자신에 비한다면 차라리 솔직해 보였다. 그렇게라도 자신의 속내를 말할 수 있는 그가 보다 진실해 보였다.

'아, 그토록 정다웠던 쌀녀가 오늘 이렇게 깊은 상처로 다시 돌아올 줄이야….'

승직은 찻물 속에 깊숙이 가라앉아 있었다. 찻물 속의 물고기 형상만을 찾고 있었다. 한데도 물고기 형상은 끝내 보이지 않았다. 낮에 본 쌀녀의 얼굴이, 등나무 그늘 아래 무표정한 얼굴로 서서 자신을 바라보던 모습만이 아리도록 가슴을 파고들었다. 그녀 곁에 도도히 앉아 있는 대경의 얼굴만이 날카롭게 겹쳐보였을 뿐이다.

(하권에 계속)

• • 작가의 말 • •

해가 바뀐 새해 첫날 집 뒤 북한산을 올랐다. 어디 간다 말도 없이 일찍 집을 나섰다. 산길을 오르기 시작하면서 비로소 알게 되었지만 배낭도 아이젠도 가져오지 못한 채였다. 그저 무작정 나선 길이었다. 왠지 그렇게 나서야만 할 것 같았다. 여느 때와 다르지 않은 일상이었으나 때로는 그같이 전혀 새로운 감각을 계시처럼 받아들여지게 되는 순간이 있다.

산길은 순탄치 않았다. 아래쪽의 풍경과 달리 중턱을 지나자 사뭇 번들거리는 빙판이었다. 어떤 이는 그냥 내려가라 만류하고, 또 어떤 이는 자신의 한쪽 아이젠을 벗어 주마고 했다.

어쩌다 무리지어 온 등산객 새에 끼여, 또 몇 번인가는 그들에게 신세를 져가며 가까스로 산 정상에까지 오를 수 있었다.

산 정상에서 등산객들은 오래 머물지 않았다. 주위가 조용하다고 느꼈을 때는 그 사이 모두 하산한 뒤였다. 꽤 오랫동안 나는 그 곳에 홀로 앉아 있었던 것이다. 그때, 벌써 한 해 전 그날, 나는 그 얼음바람으로 휘몰아치는 산 정상에서 혼자 무엇을 그토록 생각하고 있었을까.

마지막 원고를 퇴고하던 날 새벽녘 꿈속에서 사슴을 만났다. 머리에 돋아난 꾸불텅한 긴 뿔이 인상적인 수사슴 한 마리였다. 겨울로 접어드는 황량한 시베리아 벌판 위에 홀로 서 있었다. 하지만 길을 잃은 것은 아닌 듯싶었다. 한참 물끄러미 나를 쳐다보는 수사슴은 제법 의연한 모습이었다.

한데 다음 순간 돌연 자세를 바꾸어 내게 저돌적으로 공격해왔다. 날카로운 두 뿔을 앞세워 정면으로 달려들었다. 사전에 아무런 적의조차 드러낸 적이 없는 돌발 상황이었다.

아, 그러나 수사슴의 저돌적인 공격을 영 벗어나기는 어려워보였다. 요령부득의 나는 몇 발짝도 물러나지 못한 채 그 자리에 얼어붙고 말았다. 이제는 그 날카로운 뿔에 찔리는 순간만을 속절없이 바라보아야 했다.

이 소설은 몇 해 전에 《배오개상인》으로 박승직의 젊은 시절까지를 써나가다 중도에 그만 접고 말았던 것을, 지난해 초 다시 서랍 속에서 꺼내 쓰기 시작했다. 소설과 함께 꼭이 열두 달을 순회하면서, 그러니까 한 사람의 생을 통시하는 동안 나는 아직 가보지 못한 길 위에 서서 내내 서성거려야 했다. 무람없이 흘러가버리고 만 시간의 뒤편에서 매번 애달아했던 기억이 지금도 아련하기만 하다.

끝으로 느릿하고 힘 부치는 더딘 걸음걸이를 견디어준, 책을 만드느라 애써준 매경출판의 여러분께 마음으로 감사를 드린다. 또한 이처럼 글쓰기가 나에게 허락되어 있다는 것에, 광화문 앞을 지나 집으로 돌아올 적마다 되뇌게 되는 이 비정한 시대에 이같이 살아 있다는 것만으로도 나는 지금 충분히 감사한다.

2013년 6월

박상하

박승직상점_상권

초판 1쇄 2013년 7월 15일

지은이 박상하 **펴낸이** 성철환
기획 · 마케팅 강동균 · 이호길 **펴낸곳** 매경출판㈜
등 록 2003년 4월 24일(No. 2－3759)
주 소 우)100－728 서울 중구 필동1가 30번지 매경미디어센터 9층
홈페이지 www.mkbook.co.kr
카페 http://cafe.naver.com/mkp1
전 화 02)2000－2645(기획 · 마케팅)
팩 스 02)2000－2609 **이메일** gils84@naver.com
인쇄 · 제본 ㈜M－print 031)8071－0961

ISBN 979－11－5542－000－3

값 13,000원

* 매경출판은 여러분의 원고를 기다리고 있습니다.
  원고접수는 매경출판 홈페이지를 이용해 주세요.